太平記(一)

森村誠一

太平記（一）目次

両皇統系譜

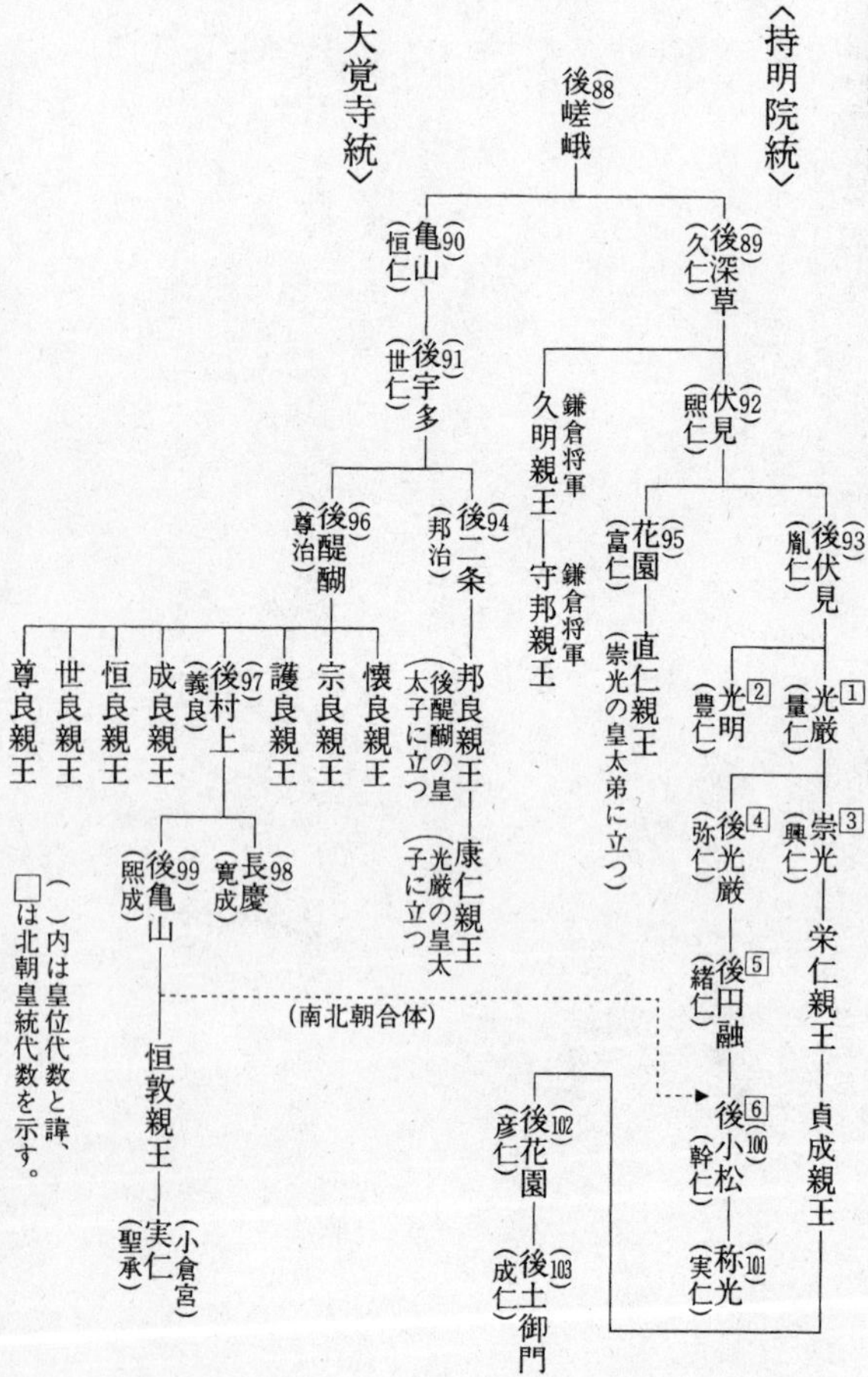

( )内は皇位代数と諱、
□は北朝皇統代数を示す。

足利氏系譜

数字は将軍継承順を示す。
○囲み数字は関東公方継承順を示す。
(　)内は別名。

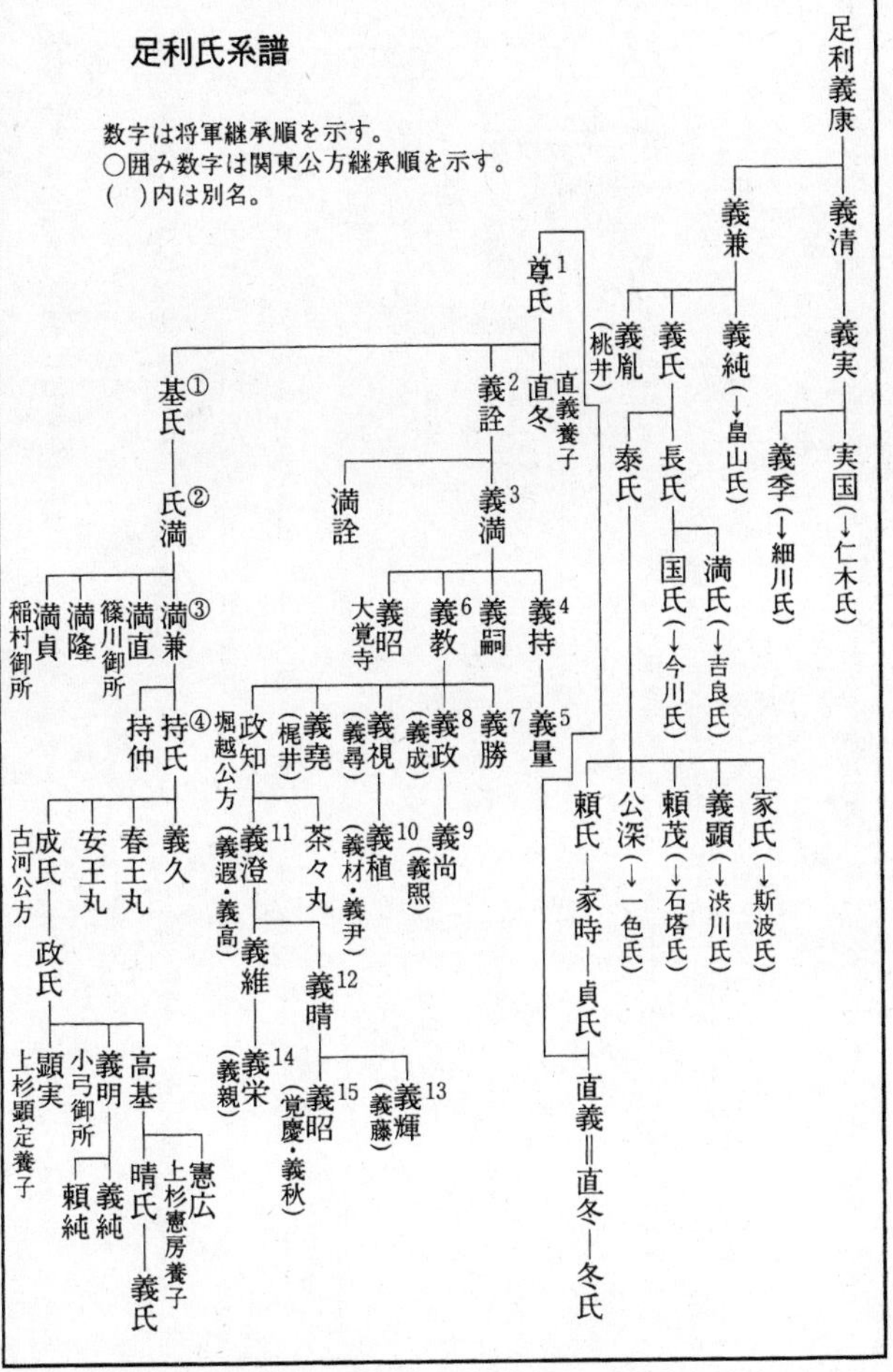

橘氏（楠木氏の旧姓）系譜

（『尊卑分脈』による系図）

敏達天皇―難波親王―大俣王―栗隈王―美努王―諸兄―奈良麿―嶋田麿―真材―峯範―広相―公材―好古―為政―行資―成経―兼遠―盛伸―正遠

正遠の子：
- 俊親 大夫判官
- 正成 多門兵衛尉 摂津河内守
- 正氏 和田七郎

正氏の子：
- 行忠 新兵衛尉
- 賢快 新発

正成の子：
- 正行 帯刀
- 正時 二郎
- 正儀 左馬助

正儀―正秀―正盛―盛信―盛宗―盛秀―長成―隆成―正虎

●楠木氏の系図は何種類かあるが、資料に乏しく詳細は不明のままとされている。〈編集部〉

新田氏系譜

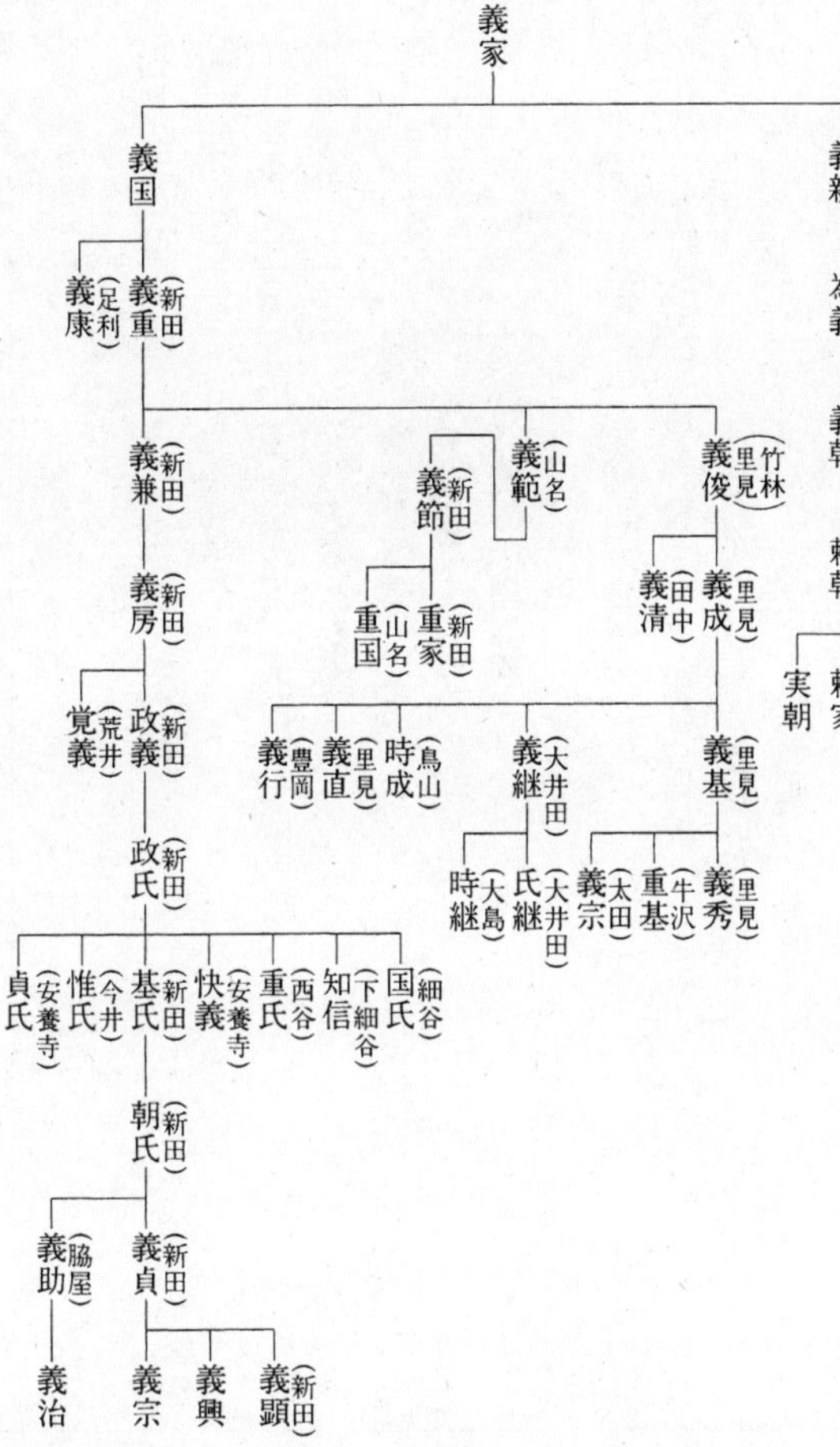

義家
義親
為義
義朝
頼朝
頼家
実朝
義国
（新田）義重
（足利）義康
（竹林 里見）義俊
（里見）義成
（田中）義清
（里見）義基
（里見）義秀
（牛沢）重基
（太田）義宗
（大井田）義継
（大井田）氏継
（大島）時継
（鳥山）時成
（里見）義直
（豊岡）義行
（山名）義範
（新田）義節
（新田）重家
（山名）重国
（新田）義兼
（新田）義房
（新田）政義
（荒井）覚義
（新田）政氏
（細谷）国氏
（下細谷）知信
（西谷）重氏
（安養寺）快義
（新田）基氏
（今井）惟氏
（安養寺）貞氏
（新田）朝氏
（新田）義貞
（脇屋）義助
義治
（新田）義顕
義興
義宗

本書関係略年譜

元亨四年（正中元年、一三二四）正中の変。

嘉暦元年（一三二六）北条高時、出家。

元徳元年（一三二九）尊雲法親王、天台座主に再任。

元弘元年（一三三一）元弘の変起きる。

後醍醐天皇、笠置行幸。

楠木正成、赤坂城に挙兵。

後醍醐天皇捕縛。

赤坂城陥落。

元弘二年（一三三二）後醍醐天皇隠岐遠流。

日野資朝・北畠具行処刑。

護良親王（尊雲）、吉野に挙兵。

楠木正成、赤坂城奪還、千早城に拠る。

序章

空気に花の香りが籠《こも》っている。風が甘く重い。遠方の花の簇《むら》がりに豪勢な花吹雪を舞わせた風が、楼上へたどり着くまでに勢いを失い、生き残った花びらを数片運んで来る。その都度居流れるあまたの月卿雲客《げっけいうんかく》（堂上人《どうじょうびと》）・上﨟《じょうろう》（位の高い女性）が歓声を上げている。天然の流水をめぐらせたここ西園寺《さいおんじ》公宗《きんむね》の北山第《きたやまだい》（御殿）において時の帝後醍醐《みかどごだいご》を奉迎して花御覧（花見）の宴が酣《たけなわ》である。長い春日も杳々《ようよう》としてたそがれかかり、薄墨のように忍び寄りつつある夕闇の中に淡い桜の色が染め出されてくる。北山の空にあかね色が煮つまり、花びらに花びらが逆光の中に重なり合って濃く浮かび上がってくる。

回廊の吊り燈籠《どうろう》に燈《ひ》が入れられ、水上に枝をさしのばした桜が、その艶《あで》やかな全姿を主張してくる。第をめぐる流れの上には舞い落ちた桜の花びらが流英（花の帯）を長く引いている。京の桜にはこの世のものならぬような艶やかさがある。

だが、その桜を圧倒するように楼上では美しい舞楽が進行していた。帝自身が笛を吹き、それに合わせ、紅梅の肩衣《かたぎぬ》をひるがえして花にも見まごう美しい公達《きんだち》（貴公子）が「陵《りよう》王《おう》」を舞っている。凛々《りり》しい面立ち、あくまでも涼しげなまなざし、意志的な口元、若竹のような肢体、帝に侍《はべ》った中宮（皇后）禧子《きし》初め、並居る上﨟、尚侍《ないしのかみ》、内侍司《ないしのつかさ》等の女官もうっとりとして視線を集めている。

降りかかる花びらの下、杳然《ようぜん》たる夕映えを浴びて踊る公達の姿は、花の精が人の姿を借りて舞い出たかのような尋常《よのつね》ならぬ美しさに輝いていた。だれかが、「花将軍」と賛嘆したが、むしろ花よりも艶やかに花やかである。

帝自ら興おもむくままに笛を吹かせたまい、御簾《みす》の内から大納言局《だいなごんのつぼね》が琵琶《びわ》、播磨内侍《はりまのないし》が琴、女蔵人高砂《にょくろうどたかさご》が琴を合わせた。右大臣兼季《みぎのおとどかねすえ》、春宮権中納言《とうぐうごんのちゅうなごん》源具行《ともゆき》、治部卿《じぶのきょう》冬定《ふゆさだ》、室町《むろまち》公春《きんはる》など錚々《そうそう》たる顔ぶれも琵琶、笙《しょう》、琴などで加わった。

まさに後醍醐の治世を象徴する花やかで潑剌《はつらつ》たる花御覧の宴であった。「陵王」の入綾《いりあや》の手を妙技を尽くして舞ったのが北畠顕家《きたばたけあきいえ》、十四歳である。すでに参議、近衛《このえ》左中将を兼ねていた。清新の気あふるる後醍醐政権の中でも最も少壮気鋭の側近である。元徳《げんとく》三年（一三三一）三月四日であった。

闇《やみ》宴《うたげ》

一

物語は少し前にさかのぼる。

薄暗い内陣の四隅に灯《とも》された四本の蠟燭《ろうそく》が、本堂の壁や床や天井に物《もの》の怪《け》のような怪しい影を描きだしている。護摩壇《ごまだん》に火は入っていないが、乳木《にゅうもく》の香りが漂っている。

内陣の厨子《ずし》の奥に祀《まつ》られた象頭人身、男女和合の姿をした大聖歓喜天《だいしょうかんぎてん》が炎の投影を受けて揺れているように見える。大聖歓喜天がいまにも立ち上がって近づいて来そうな圧力を受ける。

「恐るることはないぞ。そなたとわしはいまより合体する。わしの血とそなたの血が混じるのじゃ。そなたの体の中にわしの血が生きる。そなたはこれよりわしの分身となる」

本尊の前に設けられた僧座に、一襲《ひとかさね》の夜具が敷かれている。褥《しとね》の上で僧形の筋骨隆々として全身油を塗ったようにぬめっている男が全裸となって、若く瑞々《みずみず》しい女と交わっていた。女は処女と見えて、恐怖と羞恥《しゅうち》にうち震えている。男は、女の硬い体を無理矢理に押し開き、動物的な体位で犯している。

「僧正様、なにとぞお許しを」

女が訴えても、僧形の男は耳を貸さない。

「苦痛は束《つか》の間《ま》じゃ。すぐに快うなる。そなたの血とわしの血が交わるのじゃ。仏の血がそなたの体の中に入って行く」

僧形の男は美しい獲物にありついた肉食獣のように、その貪婪《どんらん》な牙《きば》を若い肉叢《ししむら》に情け容赦なく突き立てた。

「法悦じゃ。これがまことの法悦じゃ」

僧形の男は若い女を虐げ苛《さいな》みながら、その艶《つや》やかな肉体の隅々まで貪婪に貪っている。女の白い肌が赤く染まった。初めての体が僧形の男の巨大な道具に責められて、出血したのである。

「そなたの血がいまわしの血と交わった」

僧形の男は勝ち誇ったようにつぶやくと、したたかに放精した。女は褥の上に死んだように横たわったまま動かない。目を虚《うつ》ろに見開き、体を無防備に開放したまま、放心している。苦痛が女の羞恥を忘れさせたらしい。

僧形の男は開いたままの女の股間《こかん》にうずくまり、したたり落ちる血を吸った。唇の周囲を女の血で染めた僧形の男は、あたかも女の肉を食ったように見える。そのとき女は悪魔に自分の体を食われたような気がした。

女の血を吸った僧形の男は、股間から女の血を掬《すく》い取り、本尊の大聖歓喜天にそれをなすりつけた。

「仏とわしとそなたがいまこそ合体したのじゃ」

僧形の男が血に染まった口を開いて笑った。過去 夥《おびただ》しい生贄《いけにえ》の血をこすりつけたらしく、大聖歓喜天の本体はどす黒く光っていた。

二

夜が更けていくにつれて、宴《うたげ》は盛り上がってきた。公卿《くげ》、武士、僧侶《そうりよ》、あるいは学者とも医師とも見分けのつかぬ者たちが十七、八歳の容色のすぐれた女たちを侍らせて、酒を酌み、謡い、踊り、まさに酒池肉林の趣があった。

公卿は冠を取り、武士は烏帽子《えぼし》を脱いで髻《もとどり》を解き、僧はもったいぶった法衣を押しはだけ、女は肌の透けて見える絹《すずし》の単衣《ひとえ》姿となって酔い乱れている。

「さあ、今宵《こよい》は無礼講じゃ。頼貞《よりさだ》殿も国長《くになが》殿も、頼員《よりかず》殿も腰が抜けるまで歓を尽くされよ」

「お気に召された女《おなご》があれば、別室の用意もござれば」

「ここには六波羅《ろくはら》の目も耳も届きませぬ。なにとぞ安んじて、お楽しみなされ」

会席者の中で一際たくましげな武士三人に公卿や僧が杯を集める。

彼らから頼貞と呼ばれた武士はかたわらに引きつけた白拍子《しらびょうし》の美妓《びぎ》に関心があるらしい。透明な単衣越しの輝くような白い肌に好色の目を吸いつけられている。それを見抜いた接待の白面の貴公子の公卿が女に目配せをした。色じかけでその武士を虜《とりこ》にしてしまえと言っているのである。

今宵《こよい》の主賓と見られる武士は美濃国《みののくに》の住人土岐《とき》伯耆《ほうき》十郎頼貞および多治見《たじみ》四郎次郎国長、それに頼貞と同族の土岐左近蔵人《さこんのくろうど》頼員である。今宵の集まりの顔触れは先刻頼貞に杯を勧めた白面の貴公子が時の後醍醐帝の最側近日野俊基《としもと》、彼につづいて尹《いん》の大納言（花山院《かざんいん》）師賢《もろかた》、四条《しじょう》中納言隆資《たかすけ》、洞院左衛門督実世《とういんのさえもんのかみさねよ》、日野資朝《すけとも》、聖護院《しょうごいん》の法眼玄基《ほうげんげんき》、西大寺《さいだいじ》門徒律僧の智暁《ちぎょう》、足助重成《あすけしげなり》などである。いずれも後醍醐帝の寵信《ちょうしん》厚い側近グループである。

だが酔い乱れたらんちきパーティの合間にささやき交わされる言葉は尋常ではない。

「いまや鎌倉《かまくら》は腐り果てておる」

「執権殿はうつけの体にて闘犬闘茶狂い、政治は内管領《うちかんれい》のおもうがままよ」

「全国にも鎌倉に対する不平は満ち満ちておる。我らが起《た》てば彼らはこぞって呼応するでござろう」

「機は熟した。いまは火をつけるばかりじゃ」

おだやかならざる言葉が杯の下をかいくぐり、白い泥のように男たちにまつわりついている女の肌越しに交わされる。ここは京都大文字山《だいもんじやま》西斜面の中腹、深い山林に覆われた日野俊基の山荘である。

耳を澄ませば如意ヶ岳《にょいがたけ》から発する桜谷川《さくらだにがわ》の潺々《せんせん》たる水音が静寂の底から這《は》い上がってくるはずである。だがいまは谷川の水音も樹林の梢《こずえ》を渡る風の音も宴の放歌や高声にかき消されている。

土岐左近蔵人頼員はすでに正体がなくなっている。だが女の腰にまわした手を離そうとしない。その様を醒《さ》めた横目で見ながら日野俊基はつぶやいた。

「あの為体《ていたらく》では、男の役に立つまい」

「さらば我らも男の役に立つ間に、別室に引き取り申そうか」

俊基のつぶやきを聞き止めた伊達三位坊遊雅《だてのさんみぼうゆうが》がおもねるように笑った。上半身押し肌脱ぎ、太鼓腹に墨で黒々とひょっとこを描いている。白拍子の歌に合わせて踊る都度、太鼓腹のひょっとこが滑稽《こっけい》な表情をつくり、一座を爆笑の渦に叩《たた》き込んだ。日ごろのしかつめらしい法衣からはうかがい知れぬ側面である。

「御坊のお元気にはとうてい太刀打ちでき申さぬ」

俊基が醒めた目で苦笑した。この集まりの主人をつとめ、無礼講を企画したのも彼である。幕府の監視の目をくらますための苦肉の手であるが、どんなに座が乱れても、彼一人だけは端然としていた。

三十六歳、現在蔵人（政務次官）、下級公卿から後醍醐帝の信任を得て日野資朝と共にその最側近に抜擢《ばってき》された。歴代天皇の中で最も野心的な天皇の一人といわれる後醍醐帝は、帝位につくと、朝廷の人事を一新し覇気満々たる若い公卿を登用して身辺を固めた。俊基、資朝を両輪として花山院師賢、四条隆資、源（北畠《きたばたけ》）具行《ともゆき》、洞院公賢《とういんきんかた》、平（烏丸《からすまる》）成輔《なりすけ》、万里小路《までのこうじ》藤房《ふじふさ》、北畠親房《ちかふさ》、吉田定房《さだふさ》など後醍醐政権を支える新進の公卿グループである。

「それぞれのお気に召したお相手はお決まりかな。そろそろ頃合よしと存じますれば、これより闇宴に入りましょうぞ。明かりを消します故、お相手をまちがえぬように。よろしゅうござるか」

司会役の智暁が告げた。智暁の言葉が終ると同時に、屋内の灯が一斉に消えた。闇の底から女の含み笑いや、おし殺した喘《あえ》ぎが這い上ってくる。妖《あや》しげな気配が室内に充満する。これが無礼講の白眉《はくび》とされる闇宴である。今日の乱交パーティであり、出席者は体力のつづくかぎりパートナーを替えていく。

闇に馴《な》れた視野の底に耀《かがよ》う薄明かりの中に男と女がからまり合い肉の林を築いている。女はいずれも洛中《らくちゅう》から選《え》りすぐった美妓である。だが俊基は自ら企画した肉の妖宴《ようえん》に加わ

ることなく、醒めた意識の底からこの宴の成果を弾《はじ》いていた。武勇の誉れ高い

これで土岐頼貞と多治見国長は味方に引き入れることができた。武勇の誉れ高い彼らを

彼らを味方につけたことは、朝廷の戦力を大いに高めることになろう。

この半年、資朝と共に討幕蜂起《ほうき》に備えて全国を遊説したが、各地の悪党（反幕的な地方の豪族や名主、地侍）たちの充分な感触を得た。彼らの力は分散しているが、それを全国的に結束させれば、幕府を倒せるだけの潜在力を秘めている。

鎌倉幕府は十三世紀中ごろから悪党の蜂起に悩み、これが幕府の存立を危うくする要因となりつつあるという認識に立って、悪党に対して徹底的な弾圧政策をもって臨んだ。当然のことながら悪党は反幕的な後醍醐帝に好意的であった。彼らは自ら禁裡供御人《きんりくごにん》（朝廷に食料を献ずる者）と称して後醍醐帝への接近を図った。このような情勢下で資朝と俊基の全国遊説は行なわれたのである。鎌倉の威勢衰えたりとはいえ、全国の悪党に対する幕府の監視は厳しい。全国に配置された鎌倉の監視機関である守護、地頭の目をくぐるために、俊基は遊説の旅立ちにあたってまず味方から欺いた。

彼は朝廷に出された訴状を披露するにあたってわざと一字を読みまちがえ、満座の失笑を浴びて蟄居《ちっきょ》した。人はこれを俊基が衆人環視の中での失態を恥じて蟄居しているとおもっていたが、その間、資朝と共に山伏に身をやつして全国遊説の途についていたのである。

両人はこの遊説の成果に自信をもって、討幕の具体的な計画を煮つめた。その同志の会

合の場を無礼講でカモフラージュしたのである。無礼講は六波羅の目をくぐって二十数度もたれた。

密議を重ねた結果、蜂起の日取りは元亨《げんこう》四年（一三二四）九月二十三日、北野社《きたのしゃ》の祭礼の当日と決定された。この日は例年のように発生する喧嘩《けんか》と祭りの警備に割かれて六波羅勢が手薄になる。その隙を衝《つ》いて蜂起しようというものである。

鎌倉政権はいまや空洞化している。見かけは巨木であり、全国にその枝葉を伸ばしているが、幹は蝕《むしば》みつくされがらんどうになっている。ひと押しすれば倒れると、俊基と資朝は見ていた。

三

両人から蜂起の日取りを報告された後醍醐帝は、いよいよ起つべきときが来たのを悟った。帝は土岐頼貞と多治見国長を味方に引き入れたと聞いてことのほか喜んだ。彼らは清和《せいわ》源氏の流れをくみ武勇の誉れ高い。また六波羅探題（幕府の京都出先機関）の評定衆引付頭人《ひきつけとうにん》（長官）伊賀兼光《いがかねみつ》を抱き込んでいる。

計画は完璧《かんぺき》に見えた。後醍醐はその日が来るのを待ち切れぬおもいであった。本当の意味での自分の天下が来る。現在の帝位は十年の暫定《ざんてい》的な政権にすぎない。文保《ぶんぽう》元年（一三一七）四月九日の「文保の和談」によって迭立《てつりつ》（交互に立てる）十年と定められ、将来の帝位は後醍醐の兄後二条《ごにじょう》と、持明院統《じみょういんとう》の後伏見《ごふしみ》の子孫から選ばれることになった。それが後醍醐践祚《せんそ》（即位）の条件であった。

すでに文保の和談から六年経過している。後醍醐帝の在位期間はあと四年しか残されていない。残された在位期間四年、しかも十八人（十六人、十七人説もある）の皇子に恵まれながら、自分の血統に帝位を後継させることができない。このことが後醍醐をいらだたせ、討幕に駆り立てていった。

権力はいったん手中におさめると、手放したくない。まして野心的な後醍醐は、幕府の軍事力のもとの名目的な政権を、幕府を討って実質的なものとして確保し、自分の血統をもって独占したいと願っていた。

南北朝動乱の種は第八十八代後嵯峨《ごさが》天皇にさかのぼる。後嵯峨帝は承久《じょうきゅう》の乱（一二二一）後鎌倉幕府の後押しによって即位した関係上、関東からの干渉を許さざるを得なかった。鎌倉からの要請に応《こた》えて第一皇子宗尊《むねたか》親王を征夷《せいい》大将軍として鎌倉に下した。

後嵯峨を継いだのは第二皇子後深草《ごふかくさ》である。だが後嵯峨は第三皇子亀山《かめやま》を偏愛して後深草より亀山に無理に皇位を譲らせた。これが後深草系の持明院統と亀山系の大覚寺統《だいかくじとう》による南北朝動乱の源となった。

後嵯峨は亀山を偏愛し、亀山の大覚寺統に皇位を伝えようと図り、亀山の皇子後宇多《ごうだ》を皇太子に立てた。当時の朝廷は天皇の父親の上皇が政権を握る院政を布《し》いていた。後宇多が帝位を継げば、実権を握るのは亀山ということになる。無理矢理に退位させられた後深草はこのとき十七歳、この怨《うら》みを深く含んで、後嵯峨が崩御したとき、我が皇子伏見《ふしみ》を次帝に立てようとして亀山と争った。

困惑した亀山上皇は幕府に調停を依頼した。時の八代執権北条時宗《ときむね》は後深草に同情的であった。彼は両皇統の間を調停して後深草の皇子を後宇多の後継者として皇太子に立てた。ここから持明院統の後深草系と大覚寺統の亀山系の両派が交互に皇位を継承する両統迭立が始まったのである。後深草は持明院を御所とし、後宇多が大覚寺に住まわれたところから、両統がこの名前で称《よ》ばれるようになった。

幕府の調停に従い後宇多天皇が譲位すると、後深草の第一皇子が九十二代伏見天皇となる。伏見天皇の皇子が九十三代後伏見となり、その後を大覚寺統の後宇多天皇の皇子が継いで九十四代後二条天皇となった。つづいて九十五代は持明院統の花園《はなぞの》天皇が継ぐ。

このあたりは一見順調に両統で交代して帝位を継いでいるようであるが、皇太子選定の暗闘は激烈を極め、両統から鎌倉への働きかけは京童《きようわらべ》から「鎌倉競《くら》べ馬」と呼ばれたほどである。

帝位を花園天皇に譲った後二条天皇は、九十六代は自分の皇子邦良《くになが》親王を立てたいと願ったが、当時まだ三歳の幼児であったために暫定政権として異母弟の尊治《たかはる》親王を皇太子として立てた。これが九十六代後醍醐天皇となる。時に尊治親王は三十一歳の壮気最も盛んなときである。花園天皇より九歳年長であった。花園天皇が日記に「年歯父の如《ごと》し」と書いたほどである。また「和漢の才を兼ね、人の帰する所、天の与《よ》する所か」と感嘆したほど人望があった。

だが後二条天皇は尊治親王の即位を認めたものの、皇統が分裂するのを嫌い尊治親王の帝位は一代かぎり、その子孫は皇位を継がないという条件をつけた。これが文保の和談である。

だがやる気満々の後醍醐は、即位の条件として文保の和談をのんだものの、政権を確保し、自分の血統をもって独占したいと望んだ。護良《もりなが》親王、懐良《かねなが》親王などは父の英邁《えいまい》な気質を受け継ぎ、頼もしい後継者であると同時に、信頼すべき戦力であった。

後醍醐は帝位についたが、十年後文保の和談を守って帝位から下りるつもりはさらさらない。彼の野心を推し進めるためには十年はあまりにも短い。

この帝位に跨《また》がり、できるだけ遠くまで行くのだ。後醍醐は心に深く期した。そのためにはまず院政をやめさせなければならない。後醍醐は後宇多上皇に強談してついに院政を廃止させることに成功した。

元亨元年（一三二一）十二月九日、法皇制を廃止し、後醍醐の親政となった。帝を中心に若い人材が登用され、宮廷は清新の気に溢《あふ》れた。後醍醐政権の推進力となったのが日野俊基、資朝の両輪である。後醍醐政権にとって幸か不幸か、北条氏が実権を握った鎌倉幕府が時を同じくして衰微してきた。

元寇《げんこう》に伴う戦費は幕府の財政を破綻《はたん》させ、守りの戦いであったので、戦利品がない。戦後の論功行賞が充分に行き渡らなかったために、次第に、御家人たちの心が離れていった。幕府は内部からも崩壊現象を現し、高時の暗愚に乗じて実権は内管領長崎氏の手に移ってしまった。

後醍醐にしてみれば時まさに至れりという感がある。昔日の力を失った幕府の調停などに縛られる必要はない。幕府が沈み行く陽であるなら、後醍醐を中核とする朝廷は昇り行く朝陽の活気に満ちている。だが上昇気流に乗っている者が、まだ巡航速度に達しない前に、下降気流の者をやや見くびりすぎたきらいがあった。

後醍醐自らも「関東の執政しかるべからず。また運すでに衰うるに似たり。朝威はなはだ盛んなり。あに敵すべけんや。よって誅《ちゅう》せらるべし」と、資朝をはじめ一味同心の者に語った。

後醍醐が蜂起の期日は元亨四年九月二十三日と報告を受けたのは八月の下旬である。この年十二月九日、正中《しょうちゅう》と改元される。

「早すぎはせぬか」

帝はふと胸騒ぎをおぼえた。期日まであと一か月もない。

「土岐頼貞、多治見国長、また伊賀兼光らの一味同心をようやく確かめましたなれば、もはや一刻の猶予もおかず蜂起の狼煙《のろし》を上げるべきかと存じ奉ります」

俊基が言った。

つづいて資朝が説明した作戦によると、北野社祭礼の警備のために手薄となった六波羅探題を襲い、一挙に殲滅《せんめつ》する。同時に帝の檄《げき》を全国の同心の豪族に発する。

「六波羅は伊賀兼光が手引き仕《つかまつ》ることになっております。万に一つの仕損じもございますまい」

資朝が俊基の言葉を保証した。

「無礼講に呼んだ女どもから、鎌倉方に漏れぬか」

後醍醐はなおも不安を拭《ぬぐ》い切れなかった。もともと帝は無礼講にかこつけて討幕計画を練ることに不安をおぼえていた。無礼講に呼ぶ白拍子や遊女は、幕府にも出入りしている。口さがない遊女らから、討幕の密議が鎌倉方に漏れぬという保証はない。

「そのご懸念はご無用に存じまする。女どもは我らに心を寄せる口の固い者のみを選びましてございます」

帝の不安を見越した資朝がなだめた。

「女ども以外の者から漏れる虞れはないか」

帝はなおも問うた。無礼講は幕府の目をくらます隠れ蓑《みの》となるが、同時に無礼講のみを楽しみに集まって来る心卑しき者があるかもしれない。また鎌倉方の密偵が潜入する危険性もある。

　現に朝廷側から鎌倉の奥深く密偵を潜入させている。鎌倉の腐敗ぶりをつぶさに知ることができるのは、これら密偵の報告によるものである。情報の重要さをよく承知していた後醍醐は、同時に敵に情報が漏れるのを極度に恐れていた。

「無礼講にはめったな者は呼びませぬ。いずれも一味同心として確かめられた者のみを招いておりますれば、そのご懸念はまったくご無用に存じます」

　俊基に説かれても、なお帝の顔に塗られた不安の色は消えなかった。

　俊基は同心を確かめた者のみを呼ぶと言ったが、土岐頼貞や多治見国長は無礼講の席上で女を供し接待しながら徐々に一味に引き込んで行ったのである。無礼講が同志の輪を拡大するのに役立っていることは事実であるが、鎌倉方の諜報《ちようほう》に対して万全の備えを固めているとは言い難い。

　だがすでに計画は軌道に乗って走り始めている。時期をおけばおくほど鎌倉に漏れる危険が多くなる。その意味では九月二十三日の蜂起日は前広《まえびろ》(期日まで長い)すぎるかもしれない。後醍醐は静かな興奮が胸のうちから盛り上がってくるのをおぼえた。

　この蜂起が成功すれば、幕府を討伐し、多年にわたる持明院統と大覚寺統の血で血を洗う確執に終止符を打ち、後醍醐政権を不動のものとすることができる。もはや文保の和談に縛られた屈辱的なつなぎの政権ではない。後醍醐の脳裡《のうり》には討幕後の王権の構図が描かれている。

後醍醐が理想とする王権は、延喜《えんぎ》（醍醐朝）、天暦《てんりゃく》（村上朝）時代、幕府や院政、摂政、関白など天皇の権力に干渉する存在のまったくない、天皇が国家権力を完全に掌握する絶対主義的天皇制の復元である。後醍醐帝が前例を無視して死後に贈られるべき諡《おくりな》を生前に後醍醐と定めたのも、延喜、天暦時代を天皇制のあるべき姿と認識しているからである。

現在の天皇は最高権威者ではあるが、最高権力者ではない。最高権力はあくまで幕府に握られている。幕府を倒し、権威と権力を一手に握る。そのときこそ自分が日本の本当の意味の天皇になれる。そのような認識の後醍醐にとって文保の和談は屈辱以外のなにものでもなかった。

後醍醐のこのときの不安は虫の知らせというべきものでもあった。

四

土岐左近蔵人頼員は武勇の誉れ高かったが、小心な男であった。清和源氏の血を引く者として、武名のみが先走ってしまった感がある。

日野資朝より同族の頼貞と共に招かれて無礼講に参加しているうちに、討幕計画を打ち明けられた。そのときはすでに引き返せぬほど深く引きずり込まれていた。

「ご貴殿の一味同心得らるれば、すでに幕府は倒れたも同然でござる」

酒を飲まされ、女を抱かされ、資朝に持ち上げられて、頼員はすっかりその気になってしまった。討幕が成功すれば、頼員は後醍醐政権の最大の功労者として、我が世の春を謳《うた》える。

「ご安心召されよ。拙者、帝《みかど》の御馬前に立ち、必ずや幕府を倒してみせましょうぞ」

お調子者の頼員は揚言した。だが計画が煮つまってくるにしたがって、胸に不安が墨のように拡がってきた。

衰えたりとはいえ、幕府の兵力は強大である。それに対して帝側の戦力は頼員自身と頼貞および多治見国長だけである。あとの者は口ばかりが達者で、合戦になった場合なんの力にもならない。

仮に六波羅を制したところで、全国の悪党どもが呼応して起《た》ってくれるとはかぎらない。もし彼らが起たずば、怒り狂った鎌倉の大軍にそれこそひと揉《も》みに潰《つぶ》されてしまうであろう。

日野俊基、資朝の両名は智恵者ではあるが軍略家ではない。彼らは幕府の京都出先機関である六波羅さえ制すれば鎌倉は陥《お》ちたも同然のようなことを言っているが、鎌倉が多年にわたって全国に扶植した勢力はそんな生易しいものではない。鎌倉の大軍を引き受けては、万に一つの勝算もない。

頼員は無礼講の酔いが醒《さ》めて、胸に不安が降り積もってきた。その不安を自分一人の胸のうちにたたみ込んでおくのが重苦しくなって、つい妻に寝物語で漏らしてしまった。

頼員の妻は六波羅の奉行斎藤太郎左衛門利行《たろうざえもんとしゆき》の娘である。彼はこの妻を愛していた。まだ娶《めと》って間もない新妻であるが、睦《むつ》み合うほどに愛《いと》しさがまさる。自分が討ち死にするような羽目になった場合、妻を一人残していくことに耐えられなかった。

「人の運命の定めなきはこの世の習いである。会った者は必ず別れなければならない。もし我が身に万一のことがあったときは、私のために操を守り、私の冥福《めいふく》を祈ってもらいたい。もしふたたびこの世に生まれ還《かえ》ることがあれば、おまえともう一度夫婦になりたい。極楽浄土に生まれ還ることがあれば、蓮《はす》の花の上に半分座をあけて待っている」

と頼員は妻に言った。

「いつになく不吉なお言葉でございます。あなたに万一のことがあればなどとは考えるのもいやでございます。あなたと夫婦になって間もないのに死後の冥福を祈れとか、浄土の蓮の花を半分あけて待てとか、あなた、今宵にかぎっていかがあそばしたのでございますか」

妻は不安になって問い返した。

「武士《もののふ》たる者、常に覚悟を定めておかなければならぬ。そなたに武士の妻としての心構えを申し聞かせただけじゃ」

頼員はややうろたえて言った。

「さようなことは申されずとも心がけております。さようなことを一度も仰せられたことのないあなたが、なぜ今宵にかぎってさような不吉なことを仰せられるのでございますか」

妻はつめ寄った。

「さように案ずることはない。ふとおもい立って武士の妻の心構えを説いただけじゃ」

頼員は言葉を濁そうとした。だが妻は納得しない。

「いいえ、今宵のあなた様はどこか様子がおかしゅうございます。このごろよくお出かけになりますね。衣服に女の香りが残っていることもございます。なにかよからぬ談じ事に加わっているのではございませぬか」

妻はやきもちを交えてつめ寄って来た。頼員は言い逃れができなくなった。

「夫婦の契りを交わしながら水臭うございます。あなた様にもしものことがございますれば、私も生きてはおりませぬ。どうぞお打ち明けくださいませ」

妻は頼員の体にすがって訴えた。ついに頼員は言い逃れができなくなった。

「されば、そなたにのみ申し聞かせよう。このことはかまえて他言無用じゃ」

「どうぞあなたの妻をお信じあそばしませ」

頼員は妻に討幕計画の一部始終を打ち明けた。

「もはや武士として退《ひ》くに退かれぬ。鎌倉に対する謀叛《むほん》に与《くみ》すれば、千に一つも生き残ることはかのうまい。そなたも覚悟を定めてくれ」

頼員は話している間に感傷的になり、妻の体を抱きしめた。死ねばこの瑞々しい妻の体を二度と抱くことはできなくなる。未練がよみがえってきた。

夫から討幕計画を打ち明けられた妻は驚愕《きょうがく》した。夫から固く口止めされたが、妻として夫がみすみす死にに行くのを黙って見送るわけにはいかない。事は夫一人の問題ではない。もし夫が参加した討幕計画が成らなければ、一家眷属《けんぞく》すべてに累が及ぶ。せめてこのことを自分が幕府方に通報すれば、夫の命と親類は救われるかもしれない。

動転した頼員の妻は、実家へ駆け込んだ。娘の注進を受けた斎藤太郎左衛門は仰天した。

「婿殿が主上のご謀叛に加担だと。それはまことか」

太郎左衛門はにわかには信じられない。

「頼員殿から直接聞きました」

「それは一大事じゃ。ただちに頼員殿をここへ呼んでまいれ」

太郎左衛門は娘と共に家来を派遣して頼員を引き立てるように連れて来させた。

「いま娘から聞いたところであるが、主上ご謀叛の企てに加担とはまことのことでござるか」

太郎左衛門は血相を変えて頼員につめ寄った。頼員は妻に打ち明けた時点で、太郎左衛門の耳に入るのをひそかに予期していた。妻に口止めはしたものの、おそらく彼女の口を閉じさせられまい。直接密告する度胸がなくて、妻の口を介したのである。

頼員は舅《しゅうと》にすべての計画を打ち明けて命乞《いのちご》いをした。

「なんたる無謀な企てを。石を抱いて淵《ふち》に身を投げるようなものである。わしの耳に入ったからよかったものを、もし他の口より六波羅の耳に聞こえれば、お主一人のみならず一族すべて誅《ちゅう》せられるところであったぞ」

太郎左衛門は激しく詰《なじ》った。

「申し訳ございませぬ。拙者が浅はかでございました。この上はなにとぞ舅殿のお力添えを賜り、我が命を助けたまえ」

頼員は武士の意気地もかなぐり捨てて命乞いをした。これが九月十七日深更のことである。太郎左衛門は深夜をも憚《はばか》らず六波羅に出仕して事の次第を報告した。

六波羅は仰天した。朝廷の不穏な気配はすでに放免（検非違使《けびいし》の手先、密偵）から報告を受けている。だが討幕計画がここまで煮つまっているとは予想しなかった。

六波羅は鎌倉へただちに早馬を立て、洛中洛外《らくちゅうらくがい》の兵力を六波羅に集結させた。十九日夜その兵力約三千。小串《おぐし》三郎左衛門尉範行《のりゆき》および山本九郎時綱《ときつな》に率いられて兵力を二手に分け、多治見国長の宿所錦小路高倉《にしきのこうじたかくら》と、土岐頼貞の宿所三条堀川《さんじょうほりかわ》に押しかけた。

このとき土岐頼貞は宿所の客殿で寝ていたが、時ならぬ人馬の喊声《かんせい》に起き上がって身仕舞いをし、激しく迎え討った。土岐頼貞は勇戦奮闘して寄せ手を悩ませたが、ついに衆寡敵せず、寝所に戻ると自ら腹を十文字に斬って果てた。彼の家来もそれぞれ奮戦して全滅した。

一方多治見は寄せ手が押し寄せたとき、痛飲して女を抱いて前後不覚に寝入っていたが、鬨《とき》の声に眠りを覚まされた。添い寝をしていた遊女がもの馴《な》れていて、彼女の介添えによって鎧《よろい》を身につけると、自ら先に立って寝入っている家来を起こしてまわった。

逸速《いちはや》く目を覚ました家来の小笠原孫六《おがさわらまごろく》が敵の旗印を見て取って、

「六波羅よりの討手と存じまする。もはや事は露見してござる。この上は刀の目貫《めぬき》のつづくかぎり斬って斬って斬りまくり死出の花道を飾らん」

と呼ばわり、重籐《しげどう》の弓を取り、門の上の櫓《やぐら》へ走り上り、うちかかる敵を片はしから射落とした。矢を射尽くすと最後の一矢を腰に差して、

「この矢は冥土《めいど》の旅の用心じゃ。日本一の豪の者の最期をおのれらよく見届けて後世の者に語れ」

と大音声に呼ばわり、刀の切っ先を口にくわえ真っ逆さまに地上に身を躍らせた。

多治見以下一族郎党二十余名は大軍の中に斬り込んでさんざんに斬り立てたが、ついに追いつめられ、たがいに刺しちがえて死んだ。後醍醐帝が最も戦力と頼む土岐と多治見を討たれては、朝廷側は手足を捥《も》がれたようなものである。

討手が土岐頼貞と多治見国長の宿所へ押しかけているとき、六波羅へ一人の僧侶が駆け込んで来た。彼はがたがた震えながら、

「鎌倉に対して異心を含み謀議を重ねた者どもの名前をご注進申し上げます」

と訴えた。彼は無礼講に参加した一人である僧遊雅である。

「其方《そのほう》がなぜその名前を知っておるか」

斎藤太郎左衛門が詰問した。

「私めも事情を知らず招かれ、たまたまそこに居合わせてのう。そして其方は謀議に与さなかったと申すか」

「いかにも仰せのとおりにございます。なにも知らぬまま同席仕ったもの。なにとぞお咎めなかるべきようお取り計らいお頼み申し上げます」

遊雅は計画が漏れたのを逸速く悟り、一味同心の者を裏切ることによって、一命を助かろうと六波羅に訴え出て来たのである。斎藤は遊雅の卑しい心根を憎んだが、婿の頼員と同じ立場にあることにおもい至って、遊雅を許した。

遊雅の訴えによって、謀議に参加した者は一網打尽にされた。

追捕《ついぶ》の兵は日野俊基、資朝の許《もと》へも行った。捕われた後、俊基は事の露見は土岐頼員が妻に漏らしたためと知らされた。頼員が白拍子を抱え込んだままだらしなく酔い潰れていた姿を見たときに感じた不安が、裏書きされたのを悟った。

頼員は勇戦して死んだ土岐十郎頼貞が引き連れて来た者である。俊基は頼員の女にだらしのないのを見抜いていたが、頼貞が欲しいために一味に加えた。いまにしてそれを悔やんだが、後の祭りである。

このときの幕府の対応は素早かった。だがその後の処置はなぜか手緩《てぬる》かった。俊基は証拠不充分で放免、資朝は死罪一等を減じて佐渡《さど》へ流された。万一事前に計画が露見した場合に備えて、資朝が罪を一身に背負い、俊基があとに残って計画を続行するという申し合わせができていた。

謀叛計画の中心に後醍醐天皇がいることは明らかであったが、幕府は帝の追及を中途半端なまま取り止めた。

斎藤太郎左衛門より、「当今《とうぎん》（今上陛下）ご謀叛」を早馬で伝えられた鎌倉は仰天したものの、素早い対応が討幕計画を不発に終らせた。

まずは事なきを得た幕府は、後醍醐帝を追いつめて、全国の反幕勢力に飛び火することを恐れた。後醍醐帝は強気の姿勢を崩さなかったが、彼の両腕ともいうべき日野資朝、俊基が鎌倉に引き立てられたので心安らかではなかった。この両名が白状すれば、討幕の謀議はすべて帝から発していることが明らかになる。

帝は深夜、吉田中納言冬房を召し出し、鎌倉の怒りを鎮むべきなにかよい案はないかと下問した。

「資朝、俊基が白状したとはまだ聞き及んでおりませぬ。彼らが口を割らぬかぎり鎌倉としても主上に対し奉りいかなる沙汰《さた》もあるまじと存じ奉りますが、このごろの鎌倉の振舞いには礼を失すること多く、ご油断召されませぬよう。まず主上の告文《こうぶん》（誓文）を下しおかれて、相模《さがみ》入道（高時）の怒りを鎮めたまいませ」

と奏上した。後醍醐帝はうなずき、

「さらば其方、草案をしたためよ」

と冬房に命じた。

その場で冬房が書き上げた告文を一読した帝は、

「一天万乗の身が、武臣たる東夷《とうい》にかかる告文を下して弁疏《べんそ》しなければならぬとは無念である」

と言って涙をはらはらと落としながら袖《そで》で拭《ぬぐ》った。

そのとき御前に侍った老臣どもはすべて泣いた。万里小路《までのこうじ》宣房《のぶふさ》が勅使として立ち、この告文を関東へ下した。

告文を受け取った高時は早速披見しようとしたところ、二階堂出羽《にかいどうでわ》入道道蘊《どううん》が、

「天子が武臣に対して直接告文を下しおかれることは異国にも我が国にも極めて稀《まれ》なことでございます。神仏に対し畏《おそ》れ多いことなれば、この告文は文箱《ふばこ》を解かぬまま勅使に返し申し上げるべきと存じまするが」

と諫止《かんし》した。高時は二階堂の忠告に耳を貸さず、

「なにを憚《はばか》ることがあろう。苦しゅうない。文箱を持て」

と強引に文箱を開き、かたわらに控えていた斎藤太郎左衛門に代読させた。太郎左衛門が読み始めたところ、にわかに眩暈《めまい》がして鼻から出血した。太郎左衛門は読み進むことができず、そのまま退出したが、七日後血を吐いて死んだ。さすが鎌倉の無骨者どもも、

「君臣上下の礼をたがえたために仏神の罰が下った」

と恐れおののいた。

このような怪異が正中の変の処断についてもともと及び腰であった鎌倉の姿勢を腰砕けにさせた。

幕府の形式的な取調べに対して、後醍醐帝は、謀議に関係ありとされることはすこぶる迷惑、とすげなく答えた。

「謀叛とはなにごと。それが帝に対して言う言葉か。謀叛とは下位の者が上位の者に対して企てること。朕《み》は主上として最高位にある者。朕《み》がたれに対して謀叛を企てたと申すか」

帝は鎌倉の使者に逆ねじをくわせた。尤《もっと》もな道理であり、鎌倉方は一言も反駁《はんばく》できない。名目上ではあるが帝は最高権威者である。最高権威者が最高権力者に対して謀叛を企てるということは理論上あり得ない。帝を追いつめる意志のない鎌倉の使者はすごすごと退散せざるを得なかった。

この未遂に終ったクーデターが正中の変である。これによって後醍醐帝の討幕計画は一時挫折《ざせつ》した。だがこの事変によって京都における討幕運動はますます激しくなった。

妖霊星《ようれぼし》の刺客

一

後醍醐《ごだいご》帝は正中《しょうちゅう》の変《へん》の怨《うら》みを心に深くたくわえた。やむを得ざる仕儀とはいいながら、天子が武臣に対して詫《わ》び状を書いたのである。

その詫び状のおかげで、資朝《すけとも》一人が人身御供《ひとみごくう》となって佐渡《さど》へ流されただけで、首謀者の一人俊基《としもと》は放免された。宮中の一味同心のほとんどすべては鎌倉《かまくら》の追捕《ついぶ》を免れた。罪を一身に背負った資朝には気の毒であるが、彼が捨て石になってくれたおかげで討幕勢力は生き残れたのである。

だが天皇の主権を延喜《えんぎ》、天暦《てんりやく》の昔に返すことをスローガンとしている後醍醐にしてみれば、鎌倉に膝《ひざ》を屈して許しを乞《こ》うたことは骨に刻みつけたような屈辱であった。

おのれ、東夷《とうい》め。この怨みいつか晴らさずにおくべきか。帝《みかど》は深く心に期した。

「関東の運すでに衰うるに似たり。朝威はなはだ盛んなり。あに敵すべけんや」と正中の変の前はあたるべからざる勢いであった帝の鼻息が、現実に鎌倉の弾圧の前には机上の計画にすぎなかったことが実証されてしまったのである。

まだまだ鎌倉の力が巨大であることをまざまざと見せつけられた帝にとって、この挫折《ざせつ》は二重の衝撃であった。討幕の機は熟したどころか、まだまったく未熟であったことをおもい知らされた。

「さほどお心落としになることはございませぬ。この度の御事露見は、鎌倉調伏《ちょうぶく》の祈りが足りなかったためでございます。拙僧、さらに渾身《こんしん》の力を籠《こ》め祈りを捧《ささ》げますれば、主上におかせられてもご祈禱《きとう》なされますよう」

西大寺流《さいだいじりゅう》律僧の文観《もんかん》が献言した。二十七貫（約百キロ）を超えそうな巨体は全身精力の塊りのように脂ぎっている。手を触れられるとねっとりした脂がからみついて、水で洗ってもしばらく落ちない。全身が粘液に包まれ、相対していると妖気《ようき》が吹きかけてくるような妖《あや》しげな雰囲気をまとっている。

文観の身辺には常に数十人の美しい女信徒が群れ、一日に数人ずつ血分けと称して方丈の奥に設けられた法悦の間で怪しげな祈禱を施していると噂されている。

文観は後醍醐帝の帰依を受け、終始南朝を擁護した大シンパであったが、信仰対象を性的ヨーガ（絶対者との合一を目ざす修行）の女神で狐の精といわれる荼吉尼《だきに》に置き、性的なエクスタシーこそ仏教の法悦と信ずる真言立川流《しんごんたちかわりゅう》（密教《みっきょう》）中興の祖といわれている。

後醍醐は文観を寵信《ちょうしん》し、象の頭を持つ一組の男女が固く抱擁している仏像大聖歓喜天《だいしょうかんぎてん》を宮中に祀《まつ》り、その前で行法《ぎょうほう》を行なっていた。これまでもしばしば宮中に文観を招き、宮中深く祀った大聖歓喜天の前で幕府調伏の祈禱を行なっている。

「この上は帝御自ら仏に祈禱を捧げたまえ。拙僧より伝法灌頂《でんぽうかんじょう》（阿闍梨《あじゃり》の位につくことを認める密教の儀式）をお授け奉ります」

文観は言った。帝自らが大日如来《だいにちにょらい》との合一を目指す阿闍梨の位について自ら護摩を焚《た》き、幕府調伏の祈りを捧げた。宮中に護摩の煙がもうもうと立ち籠め、揺らめく燈明の反映を受けて一心不乱に幕府調伏を懇祈する後醍醐帝の姿は不動の化身のごとく周囲を圧した。

さすがに側近たちが案じて、

「正中の変の余燼《よじん》もいまだ収まらぬうち、帝御自ら伝法灌頂を受け、護摩を焚き幕府を調伏するははなはだもって穏やかならざる仕儀と存じ奉ります。万一相模《さがみ》入道の耳に聞こえ達することがあれば、一大事にございます。なにとぞお憚《はばか》りあそばしますように」

と諌言《かんげん》した。だが帝は事もなげに、

「相模入道も仏門の信徒である。宮中においての祈禱がよもや鎌倉調伏のためとは悟られまい」

と言い放った。暗愚で遊興に耽《ふけ》っていた高時《たかとき》であるが、禅宗《ぜんしゅう》の熱心な信徒であった。南《なん》山士雲《ざんしうん》に帰依し、文保《ぶんぽう》元年（一三一七）南山を円覚寺《えんがくじ》の住持に据えている。

「鎌倉の目をくらますため、せめて中宮（禧子《きし》）さまの安産の祈禱に託されませ」

万里小路宣房《までのこうじのぶふさ》のたっての言を入れて、名目のみ安産修法《ずほう》の祈禱とすることになった。

文観との結びつきが深まるにつれて、後醍醐は神がかりになってきた。文観から伝法灌頂を受け自ら阿闍梨の位について大日如来との合一を果たしたと信ずる後醍醐は、仏の加護の下、討幕成らざるはなしと確信した。

「帝にも困ったものよのう」

正中の変を生き残った万里小路藤房《ふじふさ》や千種忠顕《ちぐさただあき》は額を寄せ合って溜《た》め息をついた。正中の変の不発も、帝の過激な姿勢が両日野や四条隆資《たかすけ》や洞院実世《とういんさねよ》など急進派に乗ぜられたためである。

妖僧《ようそう》文観に帰依して、宮中において帝自ら護摩を焚き幕府の調伏を行なっていることが、鎌倉の耳に入らぬはずはない。宮中に鎌倉密偵の諜報網《ちょうほうもう》は張りめぐらされているのである。

「安産修法などと名目を立てても、鎌倉の目はくらましきれまい」

藤房の面を塗った憂色は濃い。

「帝にはいたく文観殿をご寵信あそばされておるが、麿《み》はどうもあの僧が信用できぬ」

忠顕が言った。

「あの生臭坊主め、血分けと称して見目うるわしき信女どもをおもうがままにつまみ食いしておるとか」

「男女の交合《まぐわい》こそ、仏門の法悦とは、まことに仏を恐れざる教え、無礼講も文観の勧めによるそうな」

「後より聞かされたことであるが、無礼講に侍《はべ》った女どもは、すべて文観が血分けした信女どもだったそうぞ」

「呆《あき》れ果ててものも言えぬわ。まさか帝にもさような信女を勧めまいらせているのではなかろうな」

「文観ならばやりかねぬぞ」

側近たちの懸念をよそに、後醍醐の幕府調伏の祈禱はますます加熱していった。

そのころ側近の懸念をよそに、噂の主の文観は在寺の方丈奥深くでひそかに数名の異体の男たちと密談を交わしていた。方丈の中はこれが寺の内部とは信じられないほど数寄《すき》を凝らした造りになっている。

これを当今《とうこん》流行の婆娑羅風《ばさらふう》というのか、壁には一流の絵師による障壁画が描かれ、障子は中国から輸入した唐紙《からかみ》に派手な装飾が施されている。床には畳が敷きつめられ、引き戸で間仕切りがされているが、連歌会や茶寄合《ちゃよりあい》が催される際は間仕切りが取り払われ、会所（集会室）となるように設計されている。

室内の計算された布置《ふち》に配された香炉や花瓶、燭台《しょくだい》、また座敷飾りや床飾りは豪奢《ごうしゃ》を極め、まさに『建武式目《けんむしきもく》』に「近日婆娑羅と号し専ら過差（身分不相応）を好み、綾羅錦繍《りようらきんしゆう》、精好銀剣《せいごうぎんけん》、風流服飾、目を驚かさざるはなし」といわしめた婆娑羅の風流を尽くしている。

方丈の内部には抹香のにおいよりも、脂粉の香りが濃く立ち籠めているようである。

彼らはいずれも頭巾《ときん》を戴《いただ》き、鈴懸《すずかけ》（麻の上衣）の上に結袈裟《ゆいげさ》をかけ笈《おい》を背負っている。皮膚は陽に焼け、眼光するどく贅肉《ぜいにく》をすべてこそぎ落としたような精悍《せいかん》な体軀《たいく》をしていた。

「其方《そのほう》どもに申しつける。鎌倉に忍び込み、相模入道を討て。よいか。決して仕損ずるでないぞ」

文観は山伏の首領らしい一際すぐれた体格の総髪の男に命じた。

「かしこまってございます。我ら必ずや相模入道を討ち、ご宸襟《しんきん》を安んじまいらせます」

「頼むぞ。いまや鎌倉の根は腐りかけておる。相模入道を討てば、内から崩れ落ちるであろう。山伏ならば、鎌倉へも入りやすい。捕われるようなことがあっても、決してわしの名を出すでないぞ」

「ご懸念ご無用にござる。我らにご命じなされたからには、相模入道はもはや討たれたも同然にござる」

山伏の首領は不敵な笑みを漏らした。

「されば其方どもに鎌倉への通行手形をまいらせよう」

文観がにやりと含み笑いをした。

「通行手形と仰せられますと」

山伏の首領が目を上げた。文観は手を叩《たた》いて立てられた間仕切りの襖《ふすま》越しに、

「こちらへまいれ」

と呼ばわった。引き戸がするすると引かれて艶《あで》やかな花が入って来た。花と見まごうたのは目もあやな小袖《こそで》をまとった若い女性《にょしょう》である。空気が揺れて花の香りが漂う。無骨で無表情な山伏の一団がおもわず目を見張った。

「近ごろ都で田楽《でんがく》第一の名手菊夜叉《きくやしゃ》じゃ。この度、田楽狂いの相模入道の招きを受けて鎌倉へ下ることになった。お主たちにその案内《あない》役を申しつける。道中無事に送り届けよ」

文観は山伏たちに告げると、菊夜叉と紹介した女の方へ顔を向けて、

「この者が密山樹海《ささやまじゅかい》じゃ。お主を鎌倉まで送り届けるであろう」

と山伏の首領を引き合わせた。

「菊夜叉でございます。なにとぞよろしゅうお願いいたします」

菊夜叉は山伏たちに丁重に挨拶《あいさつ》をした。

「こちらこそよろしく」

樹海が柄にもなく固くなって挨拶を返した。名前のとおり菊のように清楚《せいそ》な雰囲気をまとった女性である。だがこの女も文観が血分けした信女であろう。

北条高時の田楽狂いは京の都にまで聞こえている。闘犬に夢中になっていた高時は、諸

国に触れを出して納税の代りに犬をさし出すように命じた。諸国から鎌倉に運びこまれる犬は四、五千匹にのぼり、犬を輿《こし》に乗せて運ぶようになった。

農民たちには、輿運搬用の使役が割り当てられ、道中犬の輿に出会った人々は路傍にひざまずいて道を開けなければならなかった。ついには錦《にしき》を着せた犬までが登場するようになった。元禄《げんろく》期のお犬様はすでに鎌倉幕府の末期に先駆けをしていたのである。

高時は闘犬の次に田楽に狂うようになった。田楽と闘犬に耽《ふけ》る高時の跡を継いで第十五代執権になった金沢貞顕《かねざわさだあき》は高時を評して、

「田楽のほか他事なく候」

と手紙に書いたほどである。高時の田楽狂いは正中の変前後から始まり、ついに都から田楽の名手を呼び寄せるようになった。その最初の白羽の矢を立てられたのが菊夜叉である。

菊夜叉は文観の信女であった。文観は彼女に目をつけ、彼女の護衛という形で鎌倉に刺客団を送ることを考えついた。いまや執権の実権は内管領《うちかんれい》の長崎氏に移っているが、名目人はあくまで高時である。

内管領の専横ぶりには多くの御家人が反感を抱いている。ここに高時を暗殺すれば、疑いは長崎氏に向けられるであろう。反長崎派の御家人たちが一斉に蜂起《ほうき》し、鎌倉に内乱の渦が巻き起こる。

文観はそのように読んでいた。正中の変によって一歩後退した討幕勢力は鎌倉の内乱によって一挙に盛り上がるであろう。密山樹海は文観がかねてより手なずけておいた熊野《くまの》三山に蟠踞《ばんきょ》する山伏集団の統領である。

彼らは文観が座主《ざす》をつとめた醍醐寺《だいごじ》とは浅からぬ因縁にある。醍醐寺の開祖真言宗の聖宝《しょうぼう》はもともと山伏であった。彼らは厳しい山岳修行を通じて人間業を超えた技を身につけた。加持祈禱において著効を顕《あらわ》したのみならず、冬の山に閉じ籠《こも》って積んだ厳しい修行は専門の武芸者を超える武技を練り上げさせたのである。

彼らが忍者の先駆者であり、

「士は禄《ろく》をはんで武を磨き、無足人《むそくにん》は禄なくして兵を練る。権力の上よりは士分、郷士《ごうし》の上にあり。実力よりすれば士分、郷士を凌《しの》ぐなり」

と安政《あんせい》年間の著『伊乱記《いらんき》』（天正伊賀の乱を編述）に記された無足人の濫觴《らんしょう》といえる。無足人とは大名から手当てをもらい在野のまま特別の任務と待遇をあたえられた屯田兵の一種である。

彼らは扶持《ふち》はあたえられたが食禄をもって召し抱えられなかった。

二

　さて、これでどう賽《さい》の目が出るか。菊夜叉を通行手形に刺客団を送り出した文観は、一人取り残された方丈の中で自分のおもわくを凝視した。

　後醍醐帝を名実共に一天万乗の大君に祀り上げることは、文観の見果てぬ夢であった。彼は帝《みかど》の中に不敬にも自分と同族の体臭を嗅《か》いでいる。

　歴代天皇の中でこれほどエネルギッシュで野心的な帝がおわしたであろうか。太い眉《まゆ》の下に炯々《けいけい》たる眼光を沈めた鋭い目、がっしりした四肢、正室、寵妃《ちょうひ》約三十人に男女合わせて三十六人の子供を生ませた事実もそのなみなみならぬ精力を物語るものである。

　後醍醐が帝位についたとき、文観はこの帝がわずか十年の暫定《ざんてい》政権に甘んじているはずがないと期していた。後醍醐こそが二統に分かれた皇家を統一し、幕府を討滅し、天皇親政の理想を実現できる帝である。文観は後醍醐とウマが合った。後醍醐の帰依を一身に集め、その政僧として後醍醐政権に深く食い込み、天下を牛耳る。

　そのためにはようやく衰微の兆しを見せ始めた鎌倉幕府を討ち、皇家を統一しなければならない。

「算道を学び、卜筮《ぼくぜい》を好み、専ら呪術《じゅじゅつ》を習い、修験を立て貪欲驕慢《どんよくきょうまん》にして荼吉尼《だきに》を祭り、律僧でありながら破戒無慙《むざん》、武勇を好み、兵具を好む。まさしくこれは天魔鬼神の所行なり」

と後に高野山《こうやさん》宗徒から糾弾された文観であるが、罵《ののし》りたくば罵れ、百万人といえども我行かんの気概を文観は持っている。

「我が調伏が足りなければ足らせてみしょうぞ」

文観は鎌倉調伏《ちょうぶく》の祈禱《きとう》力を倍増するために〝同族〟の後醍醐に伝法灌頂を授け、二人の力をもって幕府調伏を図ったのである。

畏《おそ》れ多いことながら文観は後醍醐帝を自分の分身のようにおもっている。高野山宗徒をして天魔鬼神といわしめた祈禱力に後醍醐帝の念力を加えたならば、その力は相乗して倍以上になるであろう。

播磨《はりま》の貧農の子に生まれ、口べらしのために旅僧に売り飛ばされ、転々流浪した乞食《こじき》僧が天下を操る権僧に上りつめる。それが彼の野心の行き着く所である。

文観にとっては後醍醐すら、彼の野心を達成するための道具にすぎない。後醍醐に出会ったことによって、文観の野望はにわかに現実味を帯びてきたのである。

鎌倉では北条高時が菊夜叉の到着を待ちかねていた。菊夜叉のために新たに客殿を造り、数百人を収容できる大桟敷《さじき》を組み立てた。

「菊夜叉はまだ着かぬか」

彼は連日家臣に催促してその到着を首を長くして待ちかねていた。ついに待ち切れなくなり、三善貞連《みよしさだつら》に家来十数名をつけて途中まで迎えに行かせた。

もう一つ耽溺《たんでき》している闘犬の方は、ここのところ菊夜叉にまぎれて忘れられている。寝ても覚めても菊夜叉のことしか頭にない。まことに「亡気（腑抜《ふぬ》け）の体《てい》にて、田楽のほか事もない」有様であった。

鎌倉からの迎えが東下して来る菊夜叉の一行と出会ったのは藤枝《ふじえだ》の近くである。三善貞連は菊夜叉が山伏の一団に守られて旅をして来たのにやや驚かされた。いずれも一くせも二くせもありそうな面構えをした山伏たちであったが、菊夜叉の従者ということで、貞連はなんの疑念も抱かなかった。

文観が発行した通行手形は、見事な効果を発揮したのである。迎えの者たちもまさか花にも見まがう菊夜叉につき従って来た山伏の一団が、妖僧《ようそう》文観の送り込んだ恐るべき刺客とは気がつかない。

鎌倉は三方に山をめぐらし南方を由比ケ浜《ゆいがはま》の海によって閉塞《へいそく》される天然の要害の地である。海が堀の役を果たし、山が城壁として外部からの侵入を阻んでいる。鎌倉に通じる街道は上、中、下の三道と、鎌倉七口《しちくち》と呼ばれる極楽寺《ごくらくじ》坂、大仏坂、化粧《けわい》坂、亀谷《かめがやつ》坂、巨福呂《こぶくろ》坂、朝比奈《あさひな》、名越《なごえ》の七つの切り通しだけである。

後日鎌倉攻めのとき新田義貞《にったよしさだ》は鎌倉七口を攻めあぐみ、稲村ケ崎《いなむらがさき》に太刀を投げ、潮が退《ひ》いた後の干潟を渡って市中に攻め込んだ。その天然の城塞《じょうさい》である鎌倉へ、美しい通行手形を擁した刺客団はなんなく入り込んだのである。

菊夜叉も、山伏一行も鎌倉の地を踏むのは初めてである。さすが百三十年余つづいた武士の都だけに、見るものすべてに目を見張らされる。由比ケ浜前浜より若宮幕府から鶴岡《つるがおか》八幡宮《はちまんぐう》まで一直線に市中を貫く若宮大路を中心に大路や小路が派生し、市内は繁盛を極めている。

市中や、市の周辺には建長寺《けんちょうじ》、円覚寺、覚園寺《かくおんじ》、大仏、長谷《はせ》観音《かんのん》など古社寺がちりばめられ、壮麗な伽藍《がらん》が整然と並んでいる。材木座《ざいもくざ》の先の和賀江《わかえ》島《じま》には港が築かれ、宋船《そうせん》が出入りしている。

市中七か所に幕府によって商業地区が指定され、ここで商品の売買が賑《にぎ》やかに行なわれている。三道七口を通って鎌倉に流れ込む食べ物、日用品、奢侈《しゃし》品などの消費財に加えて、武士の都らしく武器や馬は夥《おびただ》しい量にのぼる。

高時は暗愚であったが、歴代執権の中で文化芸能を愛したので、鎌倉には商人や生活物資や武器に加えて、多くの文化人や芸能人や文物が集まり、鎌倉文化の花を開いた。市の規模は京都より小さかったが、それだけに山と海にかぎられた地域に幕府の施設や神社仏閣や町家が密集しているために、パワフルな活気がある。

その殷賑《いんしん》ぶりは『海道記』に次のように記述されているほどである。

「数百艘《そう》の舟ども、綱をくさりて大津の浦に似たり。千万宇の宅、軒を並べて大淀《おおよど》のわたりに異らず（中略）。海あり、山あり、水木古よりあり。広きにもあらず、狭きにもあらず、街衢《がいく》のちまたは方々に通ぜり。実にこの聚おなじ邑《ゆう》をなす。郷里都を論じて望先づ珍らしく、亭をえらび賢をえらぶ。門槨《もんかく》しきみを並べて地また賑《にぎわ》へり」

都から下って来た菊夜叉の一行に、市民の目が集まった。

「さすが都で聞こえた菊夜叉じゃ」

「体から後光が発しているような」

「入道様は庶民にも田楽の見物を許されるそうな。早う菊夜叉の踊る姿を見たいものよ」

「それにしてもあの無骨な山伏たちはなに者じゃ」

「まるで天狗《てんぐ》のような」

「天狗じゃ。天狗が菊夜叉を護《まも》って都から下って来たのじゃ」

物見高い鎌倉童たちは菊夜叉の一行を取巻きにしてささやき合った。

若宮大路には高時自らが出迎えた。

「よう参られた。一日千秋のおもいで待ちこがれておったぞ」

と相好を崩しながら菊夜叉の手を引いて、彼女のために新築した客殿に自ら案内した。

同行して来た山伏一行など眼中にないかのようである。その方が密山樹海らにとっては都合がよい。

その夜は大歓迎会となった。高時は上機嫌で自ら杯を取り菊夜叉に勧め、密山一行にも振舞った。高時の周辺に居流れている者は、いずれも彼のお茶坊主ばかりである。武芸に秀でた侍は少なく、彼の贔屓《ひいき》の芸人か、阿諛追従《あゆついしょう》の遊び仲間ばかりである。

(討つならいまでも討てる)

部下の山伏たちがはやっているのが目に見える。

(待て。焦ってはならぬ。この為体《ていたらく》では、これから討つ機会はいくらでもある。絶対に仕損じてはならんのだ)

樹海ははやる部下を目で制した。

高時は主人の席に菊夜叉を引きつけて上機嫌である。

「菊夜叉の供の者ども、京都より大儀であった。そのようにしかつめらしい顔をせず、袈裟《けさ》を脱ぎ、念珠をはずし、くつろぐがよい。京の酒に馴《な》れておろうが、東《あずま》の酒もまた格別じゃぞ」

と高時は密山一行に酒を勧めた。

樹海は高時に侍っている茶坊主の中の一人が次第に気になってきた。武士であり、いぎたなく酒を飲んでいる。その顔に薄い記憶があるようなのだ。先方も樹海が気になるらしく、杯の陰から時折ちらちらと視線を向ける。京都には幕府の出先機関である六波羅もあり、東国から鎌倉の武士が交代で出張って来ている。その中に彼がいたのかもしれない。

京都で出会っていてもいっこうにさしつかえないはずであるが、相手の目つきがどうも気になる。べつに害意を含んでいる目ではないが、いやな目の色をしている。先方もおそらく同じようにおもっているのであろう。

酒がまわり、座が次第に乱れてきた。高時は菊夜叉にしなだれかかっている。京都から幕府の得宗《とくそう》（北条総本家の当主）がわざわざ女の芸人を呼び寄せるということは、夜の伽《とぎ》も含んでいる。一座には選《え》りすぐられた鎌倉の遊女も侍っていた。

「今宵《こよい》は無礼講をさし許す。気に入った女がおれば、自由に遊ぶがよい」

高時は言って菊夜叉に支えられながらゆらりと立ち上がった。

「無礼講」

高時の言葉に樹海は愕然《がくぜん》となった。気になっていた視線の主の素姓と会った場所をおもいだしたのである。

あれは京の大文字山の日野俊基の別邸であった。討幕の密議をこらすために無礼講を装って討幕勢力が寄り合いをしていた。その警護を樹海らが担当していた。別邸の周囲に身を隠し、六波羅の密偵を警戒していたのである。その寄り合いの中に視線の主を何度か見かけた。

（土岐《とき》頼員《よりかず》。きゃつだったか）

密山樹海は心中にうめいた。頼員が寝返ったために討幕の企ては幕府の知るところとなり、一味同心が一網打尽にされた。頼員は仲間を売った功績で一命を救われたと聞いた。その頼員が鎌倉で高時の茶坊主として侍っている。もし頼員が樹海を憶《おぼ》えていれば万事休すである。

樹海ら護衛の者は物陰に隠れていて、日野俊基別邸に集まった討幕勢力の者たちと直接顔を合わせたことはない。だがどこかですれちがっているかもしれない。

樹海らが日野別邸に居合わせたことを、頼員がおもいだせばもはや機会はない。時をおいてはまずい。樹海は咄嗟《とつさ》に判断した。やるならいまをおいてない。

樹海はそっと手から念珠をはずした。それがあらかじめ取り決めてあった決行の合図《サイン》である。樹海が高時に近づこうとしたとき、頼員が立ち上がって、樹海に近づいて来た。

「都より遠路はるばるご足労でござった。まずはまいられよ」

頼員は愛想笑いをつくりながら、樹海に杯を勧めた。出鼻をくじかれた樹海は、やむを得ず頼員のさし出した杯を受けた。

「お手前には以前どこかでお目にかかったような気がするのだが」

頼員は瓶子《へいし》から樹海に手渡した杯に酒を注ぎながら言った。

「さあ、拙者には心当たりはござらぬが、他人の空似でござろう」

樹海はとぼけた。

「いや、どこかで出会うておる。拙者も少し前まで都におった者、京のどこかで出会うたかもしれませんな」

頼員が樹海の顔色を探っている。

「都は広うござれば」

「いや、広いようで狭うござるよ。久しぶりに都の風に接して懐かしゅうござる」

頼員の表情が京を懐かしんでいるようである。

京に長く暮らした者は、東国の人間に対して東夷《とうい》という蔑《さげす》みがある。京から下って来た者にとっては、どんなに鎌倉が殷賑を極めていても、それは東夷の都にすぎない。京から下って来た樹海一行に、頼員はただ単に感傷的になっただけかもしれない。

頼員の杯を受けている間に、菊夜叉に支えられて高時は別室に下がってしまった。

（やんぬるかな）

最初の機会は失われた。高時の寝所がどこにあるかわからぬが、この館《やかた》のどこかにあることは確かである。樹海は館が寝静まるのを待って、高時の寝込みを襲うことにした。彼はいったんはずした念珠を手首にかけ直した。

木の香も新しい客殿の寝所に案内された樹海一行は、改めて武装を整えた。

「よいか、念珠をはずしたのを菊夜叉は見ているはずだ。高時の寝所を我らにおしえるために必ず田楽を舞うであろう。深夜田楽の囃子《はやし》が聞こえて来る所が高時の寝所じゃ。機会は一度かぎり、ぬかるでないぞ」

樹海は部下たちに言った。土岐頼員に出会ってしまった以上、逡巡《しゅんじゅん》は許されない。

鎌倉方も菊夜叉の一行が刺客団とは努々《ゆめゆめ》おもっていないようである。正中の変によって京都の討幕勢力を一掃したという意識があるので、鎌倉全体がたるんでいるようである。館の警備も緩やかである。

ただ一触の発動で、討幕の謀議を叩き潰《つぶ》した鎌倉は、京都に対して見くびりがある。彼らがなにを企《たくら》もうと、しょせんは殿上人《てんじょうびと》の戦さごっこ、京都の総力すら鎌倉の一出先機関にすぎぬ六波羅の兵力をもって鎧袖一触《がいしゅういっしょく》だったのである。

正中の変によって牙《きば》を抜かれた京都が、まさか鎌倉の本営奥深くまで刺客を送り込んで来る力があろうとはおもってもいない。深沈とした夜気の中に響く高鼾《たかいびき》は、まったく無防備、無警戒であった。夜は鼾声のみ高く、二更三更と更けていく。

突然館の奥の方で田楽の囃子が沸き起こった。腰鼓に太鼓、笛や簓《ささら》、銅拍子と、時ならぬ賑やかな囃子である。

「あれだ、菊夜叉が入道の寝所をおしえてくれているのだ」

刺客団はただちに行動を起こした。樹海のゴーサインと共に一同は天狗の面をつけた。まだ妖怪《ようかい》や物《もの》の怪《け》が闇の底で人間と同居していた時代である。異類異形の化け物に扮《ふん》して一気に高時を暗殺しようという作戦である。

一同は物の怪そのものになって廊下にすべり出る。屈曲した廊下を囃子を頼りに奥へ向かう。所どころ廊下の角に短檠《たんけい》が灯《とも》されている。宿直《とのい》の者はいるにはいるが、皆いぎたなく眠りこけている。

北条一族が幕府の実権を独占してから、鎌倉の眠りを妨げた外敵はない。彼らは多年つづいた平穏無事の上に偸安《とうあん》の眠りを貪《むさぼ》っている。

廊下を伝って奥へ奥へと行くほどに、囃子は賑やかになった。新館の奥まった寝室では、酔いから醒《さ》めた高時が、菊夜叉に早速田楽の披露を所望した。菊夜叉がそのようにしむけたのである。

間仕切りの引き戸が取り払われ、大広間に戻した寝室に京から従《つ》いて来た一座の者が加わった。

「さあ、皆の者、今宵は踊り明かし謡い明かし囃《はや》し明かすのじゃ」

興のおもむくままに高時は自ら先頭に立って舞い唄《うた》った。太鼓、笛、編木《びんざさら》、小鼓、銅拍子などの楽器が賑やかに囃し立てる。

　やあ、恋の思いにたえかねて　色事の
　褥《しとね》の果てに這《は》い出《い》でてみわたせば
　闇の祭にまぶしき灯《あか》り

両人たがいに
顔みれば　やらうつくしの男やら　あらうつくしの女よと
二つおび　たれかむすびし。ゆい枕
解かれぬなかは。きみとわかみぞ

田楽は本来は田植え神事に従う芸能の総称であり、豊作を祈願して田植えをしながら歌舞を奏することから始まった。農村の神事に根ざした田楽はその娯楽性が強調されて都市に進出し、勧進興行を打って多くの観客を集め、田楽を神事から民衆の娯楽に開放してしまった。その内容も豊作祈願の農事から娯楽性豊かな淫《みだ》らな寸劇や猥褻《わいせつ》な踊りが多くなってきた。


高時を中心に踊りの輪ができた。そのとき部屋の外から一団の山伏が入って来た。いずれも天狗の面をつけている。一瞬ぎょっとしたものの、山伏の一団は身振り手振り面白おかしく、

「天王寺《てんのうじ》のや　ようれぼし（妖霊星）を見ばや」

と妖しげな言葉で囃し立てながら踊りの輪に加わった。踊りの輪は伸びたり縮んだりしながら高時を中心に移動した。

樹海ら刺客団は高時を押し包むようにして機会を狙ったが、かたわらに常に菊夜叉をはじめ一座の者たちが入り乱れているのでなかなか機会をつかめない。踊りはますますたけなわになってきた。

ようよう　急ぎゆくほどに　ようよう　急ぎ　ゆくほどに
ままて手綱をひきしめて
まぐわいたのしみおもてしろしおもしろし
ようさん　よほほう　ほう　御開帳
あなおもしろし　ここちよし
ようおうおほほう　ほう
契りしすがたをあらわして
ようほうおほほう　ほう　御開帳

即興のままに歌は猥雑《わいざつ》となり、踊りは交合をかたどって妖しげに淫らになった。
あまりの騒ぎに眠りを破られた侍女が起き出してきて、障子の隙間から中の様子をうかがい見た。室内では高時を中心に天狗たちが舞っている。侍女は驚愕《きょうがく》した。寝ぼけ眼の侍女の目には山伏たちの背中から羽が生えて見え、室内を朧《おぼろ》に照らす短檠の明かりが青い火の玉のように映った。

高時が異形の化け物に囲まれて舞っている。高時自身が化け物の仲間になったように見えた。危うく腰を抜かしかけた侍女は、這うようにして異変を宿直《とのい》の侍に告げた。

「妖《あや》かしの者たちが入道様を囲んで舞っております」

侍女の急報にいぎたなく眠りこけていた宿直の侍たちは押取《おっと》り刀で寝室へ駆けつけて来た。寝室では高時を中心にして刺客団の輪が絞られた。

「やれ」

樹海が命じたとき、輿に乗った高時が菊夜叉を抱いた。舞い踊りながら交合の体位を取って行く。いまのランバダのような踊りの型《パターン》である。

もともと田楽は田植えの際に豊穣《ほうじよう》を祈って演ぜられる農村芸能である。秋の豊かな収穫を願う農民たちにとって田楽の歌と舞いは穀物霊の生命力を奮い立たせ、最大限に引き出すための祝い歌であった。

田楽の歌と踊りを通して村の若者と娘は睦《むつ》み合う。日ごろの厳しい労働を忘れて篝《かがり》の反映の中で乱交する。農村芸能が性的な集いに発展していくのは妨げられない。農村から発した官能的な歌舞は都会に吸収され、都鄙《とひ》、貴賤《きせん》を問わず人々を捉《とら》えていった。

北条家の直統として権力の中枢に据えられていた高時は、その暗愚さ故に権力の実権から疎外され、最高権威に傀儡《かいらい》として祭り上げられた孤独と無聊《ぶりよう》を田楽にまぎらせた。まぎらせたというよりは、遊び好きの素質が田楽の魔力に取り憑《つ》かれてしまったといった方がよい。

セックスに歌と踊りとアルコールが伴ったとき、その刺激は最高に高まる。都随一の田楽の名手であり美形である菊夜叉を相手に、高時は我を忘れた。もともと自分自身を失っている男である。

だがそのときは彼の際限もない放埒三昧《ほうらつざんまい》がその生命を救った。いままさに刺客の刃《やいば》が下されようとした瞬間、菊夜叉とからみ合ってその刃をためらわせた。

樹海が命じたとき、障子が開かれ、宿直の武士が駆け込んで来た。

（菊夜叉共々斬れ）

「おのれ、妖怪」

宿直の武士たちはおめきざま天狗の面をつけた刺客団に斬りかかった。踊りの渦はたちまち乱刃の渦に変わった。高時の周囲に護衛の輪が築かれる。

「怯《ひる》むな。狙いは入道一人じゃ。他の者に目をくれるな」

樹海は大刀を旋回させながら護衛の輪を斬り破ろうとした。寝室の騒動は全館に伝播《でんぱ》し、侍たちが次々に駆けつけて来る。護衛の輪は厚くなる一方である。

樹海は暗殺が失敗したのを悟った。これ以上留まると脱出の機会を失う。

「やむを得ぬ。退け。退けえ」

樹海はついに断念した。

「逃すな」

勢いに乗った宿直の武士が追跡した。だが厳しい山岳修法で鍛えた山伏たちの足に追いつけない。彼らはまさに妖かしのように闇の中に姿を消した。高時の外戚《がいせき》であり、間もなく十五代執権に就く金沢貞顕が駆けつけて来た。

刺客団が立ち去った後には獣のような足跡が座敷から廊下、庭にかけて一面に残っていた。これは樹海が逃走するにあたり足跡をくらますために獣の足跡をつけさせたものである。累を文観や菊夜叉に及ぼさないための樹海の詐術である。

貞顕はこの詐術にまんまと引っかかった。貞顕は天狗が田楽の囃子に惹《ひ》かれて館の中にまぎれ込んで来たと考えた。天狗の一行が文観がさし向けた刺客団とは夢にもおもわなかった。

後日この話を伝え聞いた儒者の藤原仲範《なかのり》は、

「天下乱るるとき、妖霊星が下って災いをもたらすという。しかも、天王寺は仏法最初の霊地であり聖徳太子御自ら日本の未来記を記したところである。天王寺のあたりから天下の動乱が始まり、国家が滅びるという予言であろう」

と語った。

北条高時を討ち損なったものの、この事件が鎌倉に及ぼした影響は大きかった。幕府の高官や御家人たちは異類異形の化け物が高時館の奥深くまで跳梁《ちようりよう》するようになった幕府の先行きを見たようなおもいがした。高時の「亡気の体」がついに化け物を呼び寄せたのである。

「高時殿があの為体《ていたらく》では、鎌倉も長くはあるまい」

心ある侍たちは幕府の先行きを案じた。

天狗闖入《ちんにゆう》事件の後、高時の亡気はますます悪化してきた。菊夜叉を片時もかたわらから離さず、昼日中より酒に酔い田楽に耽《ふけ》り、闘犬に興じた。ついには一騎打ちの闘犬に飽き足らず、数百匹の犬を二軍に分け、合戦を模して戦わせた。

犬の咬《か》み合う声が天地に響き、無責任な野次馬たちは単純に面白がったが、心ある人々は鎌倉の前途に暗澹《あんたん》たるものをおぼえた。

傀儡《かいらい》とはいえ北条氏の得宗たる高時のこの為体に幕府内部には賄賂《わいろ》や陰謀が渦を巻き、実権を握った内管領父子長崎円喜《えんき》、高資《たかすけ》の政治壟断《ろうだん》を憎んでの派閥抗争が繰り返された。すでに草創の時期の覇気を失った幕府は、高時の暗愚に加えて、派閥抗争によって内部から崩壊しかけていた。

幕府の支配力は急速に失われ、その間隙《かんげき》を衝《つ》いて正中の変で叩《たた》かれた討幕勢力は息を吹き返していったのである。

閉じ込められた家運

一

正中《しょうちゅう》の変は全国の豪族、悪党にも衝撃をあたえていた。ここ河内《かわち》の国赤坂（阪）、水分《みくまり》にある楠木館《くすのきやかた》の奥深い仏間で、館の主《あるじ》楠木正成《まさしげ》が独り思案を追っていた。彼が考え事をするときはこの仏間に閉じ籠《こも》るのが常である。

この仏間に祀《まつ》られた楠木家の祖霊が彼によい智恵を貸してくれるようにおもわれる。天皇ご謀叛《むほん》、討幕クーデター失敗の報知は九月二十日にはすでに正成の耳に達していた。

赤坂村は金剛《こんごう》山地の西麓《せいろく》千早川《ちはやがわ》沿いに開けている。段丘の急斜面には橘《たちばな》が栽培されている。正成が勧めて栽培させたものであるが、これが後の赤坂ミカンとなり、楠木一族の財源の一端となっている。村の中心は葛城山《かずらぎさん》西麓の森屋《もりや》と水分である。

正成は水分に館を設けこの地方一帯に勢力を張っていた。河内の片隅の一土豪にすぎなかったが、懐ろは豊かである。それというのもこの赤坂一帯には辰砂《しんしゃ》（朱砂《すさ》）という水銀の原鉱があり、そこから化粧や染料の原材である朱の原料になる鉱物が採掘されていた。土豪といっても楠木一族はこの採鉱権を独占し京や奈良に売りさばき、大きな利益を得ていた。土豪といってもこの時代、各地に蟠踞《ばんきょ》した山賊や海賊のような土豪とはちがうのである。

いま赤坂郷は深い秋色の中にある。水分館は葛城山山腹の濃い木立の中に建てられている。耳を澄ますと水分川の水音が深い静寂の底から這《は》い上ってくる。正成は正中の変による討幕運動の挫折《ざせつ》が、楠木一族にどのような影響を及ぼすかを思案していた。

正成が後醍醐《ごだいご》天皇の最側近、日野俊基《としもと》の訪問を受けたのは、昨年、元亨《げんこう》三年（一三二三）のいまごろであった。そのとき俊基は正成に討幕の計画を打ち明けて、蜂起《ほうき》のときは呼応して起《た》てという後醍醐天皇の内旨を伝えた。そのとき正成は河内の片隅の一土豪にすぎない自分の存在を、帝《みかど》が知っていることに感激した。

この地域に武威を張っているとはいうものの、せいぜい河内の一隅で暴れまわっている土豪にすぎない。その土豪の統領たる正成に、後醍醐政権を支える両輪の一人ともいうべき最側近の俊基が派遣されて、力になってくれと天皇の内旨を伝えてきたのである。帝の英邁《えいまい》さは、正成の耳にも聞こえている。

鎌倉の、悪党（反権力的土豪）に対する強圧政治には楠木一族も反感を抱いている。だが鎌倉に対して公然と叛旗《はんき》を翻すには相手はあまりにも強大であり、我が方の勢力は微小にすぎた。せいぜい地方でゲリラ的活動を行なって、鎌倉の権力に対するデモンストレーションを行なう程度である。

ここに時の帝から内々に討幕蜂起の協力を呼びかけられて、正成は感激すると同時に困惑した。朝廷の討幕計画に未熟なものをおぼえたからである。たしかに鎌倉は創設期のような覇気と実力を失っている。だが全国に扶植した幕府の勢力は、朝廷が観測するほど衰えてもいなければ甘くもない。

幕府につけばとりあえずの安定は維持できるが、所詮《しょせん》北条は沈み行く陽である。昇天の勢いに乗る後醍醐にはまだ危険が多すぎる。だが局外中立は許されない。

楠木氏の勢力は摂津《せっつ》、河内、和泉《いずみ》の三国に限られているが、奈良街道の交通の要衝を押さえ、朱砂や橘の取引きを通し全国の商人、運搬業者、修験者、旅芸人、傀儡《くぐつ》の群れなどと連絡を保ち、全国から情報を蒐集《しゅうしゅう》していた。

宮中奥深く奉られて、側近から都合のよい情報ばかりを耳に入れている帝とは情報の質と量がちがっている。鎌倉幕府と北条氏の手強《てごわ》さは、彼らと直接斬った張ったを繰り返している楠木一族の実感である。

天皇の密使として、都から派遣された日野俊基の内旨を受けても、正成ははっきりとした返答はしなかった。下手をすると楠木一族の命取りになってしまうからである。命取りではあるが、正成にとってそれは危険な誘惑であった。

討幕の計画が成功すれば、天皇の檄《げき》に応じて討幕軍に加わった者は、第一級の功労者として一躍時代の脚光を浴びられる。河内の片隅の土豪から、中央政界の舞台に羽ばたけるのである。それは正成にとって大きな魅力であった。

正成が持てる才能のすべてを傾けてどんなに頑張ったところで、その活躍範囲は高が知れている。だが正成の才能に天皇の権威が加われば、彼の舞台は摂津、河内、和泉の限られた地域から一挙に全国的に拡大される。

自分の才能をこの限られた地域に封じ込めておくのをもどかしくおもっていた正成は、帝の内旨に血を掻《か》き立てられた。

楠木一族の出自は古い。楠木氏の遠祖は第三十代敏達《びだつ》天皇とされている。敏達天皇から正成に至るまで七百年以上の経過がある。系図が古いわりに正成《まさつら》、正行親子を除いて不明確である。伝えられた系図も多岐に分かれ、正成の父すら、正遠《まさとお》、正康《まさやす》、正玄《まさずみ》、正澄《まさずみ》などに分かれている。

『太平記』には、

「河内国金剛山《こんごうざん》の西にこそ、楠木多聞兵衛《くすのきたもんのひょうえ》正成とて、弓矢取って名を得たる者は候《そうろう》なれ。是《これ》は敏達天皇四代の孫、井手《いで》左大臣 橘 諸兄《たちばなのもろえ》の後胤《こういん》たりといえども、民間に下って年久し」（巻第三）

と記されている。

『太平記』にある兵衛という官職は、北条氏の執奏に基づく守護、守護代、あるいは地頭、地頭代の地位に相当する。とすると楠木一族は朝廷よりも鎌倉、北条氏に近い位置にあることになる。だが距離的には都に近く、正成は天皇家のシンパであった。

正成には「弓矢取って名を得たる」武将としての才能に加えて、朱砂の取引きやミカンの栽培者としての商才や、甥《おい》に能楽の偉才、観阿弥《かんあみ》（世阿弥《ぜあみ》の父）を持つ芸能の才がある。今日でいうならマルチチャンネルの人間である。

この多面的な才能の嗅覚《きゆうかく》が敏感に衰運の北条勢力と上昇気流に乗った朝廷の交代を嗅《か》ぎ分けていた。後醍醐という偉大な帝の出現が、この上昇気流をつくりだしている。正成には後醍醐帝を核《コア》として巻き起こっている時代の流れがわかるのである。

いかなる者もこの時代の流れを止めることはできない。彼の弓矢取って名を得たる武将としての血が、後醍醐帝の決起の呼びかけに騒ぎ立った。

だが同時に彼の商人としての才能が、機会がまだ充分に熟さないことを警告していた。時流に乗っていても、時期尚早のうちに先駆すれば、本流が押し寄せて来る前に、冬将軍の前触れの雪のように、積もる前に消えてしまう。

七百年つづいた名流を、自分の代に至って正成個人の判断の誤りによって絶やすことはできないのである。正成は慎重に構えた。正成の確答を得られなかった日野俊基は、落胆して京へ帰った。

俊基が決起を呼びかけたのは正成一人ではない。日野資朝《すけとも》が東国、俊基は大和《やまと》、河内、紀伊《きい》をはじめ西国を担当して尊皇の志ある人々を探し求めて遊説した。山伏に身をやつして柿の衣に綾藺笠《あやいがさ》を着て全国遊説する彼らの姿は、帝側近のエリート公卿《くげ》というイメージからは程遠かった。

正成は俊基に確答はあたえなかったが、このとき天皇決起の際の呼応を心に期していた。だが正成が案じたとおり、計画は未然に発覚した。鎌倉の敏速な行動によって、討幕勢力は一挙に叩《たた》き潰《つぶ》されてしまった。正中二年（一三二五）八月、資朝は佐渡《さど》に流されたが、俊基は許されたと聞いて、正成はまずは安堵《あんど》の胸を撫《な》で下ろした。

幕府の意外に寛大な処分も、正成のひそかな決意を強めることになった。昔日の幕府ならば、鎌倉に対する謀叛を容赦しなかったはずである。それがこの手緩《てぬる》い処置は、幕府の実力がそれだけ衰えていることを示すものである。

長くはない。正中の変は、むしろ勿怪《もっけ》の幸いであったかもしれぬ。正成は内心おもった。

「兄者《あにじゃ》、こちらにおられましたか」

弟の七郎正季《まさすえ》が仏間に入って来た。

「よろしゅうございますか」

正季が問うた。

「よい。入れ、独りに厭《あ》いていたところじゃ」

正成は弟を呼んだ。

「なにをご思案あそばしていましたか」

　正季が問うた。

「楠木一族の行方をな、占うておった」

「卜《け》はどのように出ましたか」

　正季の面が興味の色を塗った。

「さあ、それが吉とも凶とも出た」

「それでは占いになりませぬな」

「うん。それで弱っておる」

「しかし、兄上の心は定まっておられるのでしょう」

　正季が正成の顔色を探った。

「これより世の中が変わるぞ。どのように変わっていくかわしにもわからぬ。だが変わることだけは確かじゃ。その変化の外に楠木家は立つことはできぬ」

「楠木家も変わると仰せられるので」

「世の流れから逃げることはできぬ。逃げれば呑《の》み込まれるであろう。呑み込まれる前にその流れに飛び込み泳ぐのじゃ。泳いでどこへ泳ぎ着くかわからぬ。だが流れに身を任せて溺《おぼ》れるよりはましであろう」

「我が一族は兄上のお心のままにあります」

「そのことをおもうと、わしの責任は重い。だがわし一人の力ではどうにもならぬ。其方《そのほう》ら一族の力を結集して、逆巻く時流の波を泳ぎ渡らなければならぬ」

「我らはさしずめなにをすればよろしいので」

「都から目を離すな。渦は都から発する。この数年のうちに都から発した渦が日本全国を巻き込むであろう」

「都では日野資朝朝臣《あそん》が佐渡へ流されたもうたそうな」

「資朝朝臣が正中の変の責めを一身に背負ったのだ。俊基朝臣はよもやその犠牲を無駄にはすまい」

「正中の変によって朝廷に心を寄せる者どもも出鼻をくじかれた形でございますが」

「一見くじかれたようであるがさにあらず。後醍醐帝は鎌倉の腰抜けの処分に、いっそう強気になっておられる。鎌倉を見くびっておるのじゃ。その見くびりが正中の変の失敗に連なったのだが、今度はもっと大がかりになるぞ。楠木一族も本腰を入れなければならぬ」

いまにして正中の変の挫折は、正成に決意させるための捨て石となった。

だがまだこの時点では帝を奉じての討幕運動の具体的な戦略は正成にはない。巻き起こる渦に備えて本能的に身構えをしたのである。諜報網《ちょうほうもう》をさらに伸ばし、情報を蒐集《しゅうしゅう》する一方、多年養ってきた兵力に磨きをかける。いつ戦さが始まっても、応じられるように臨戦態勢をとったのである。

正中二年の秋、正中の変の首謀者の処分が決定して間もなく、鎌倉の高時館での天狗跳《てんぐちょう》梁《りょう》の報《しら》せが正成の許《もと》に届いた。鎌倉ではこれを物の怪《もののけ》のしわざと見ているようであったが、正成は朝廷のさし向けた刺客と正確に分析していた。

「田楽《でんがく》の踊り手に見せかけて刺客を送るとは、朝廷においても味なことをやるものぞ。これは公卿の考えることではない。おそらく文観《もんかん》の差し金であろう」

正成は推測した。もし幕府が天狗の一行を刺客団と察知すれば、必ずや痛烈な巻き返しが来るはずである。

二

正中二年十一月二十二日、幕府は佐々木清高《きよたか》率いる大軍を上洛《じょうらく》させた。正中の変後、京都に対する幕府の監視を強めるためである。

正中三年（一三二六）四月二十六日、嘉暦《かりゃく》元年と改元した。この年三月十三日、北条高時は執権を去り出家した。法号崇鑑《そうかん》と称し、得宗《とくそう》の地位にのみ位置した。このとき高時は二十四歳であった。得宗は二代執権北条義時《よしとき》の法名であり、北条の家督を示し、北条氏首班としての権力を代表する地位である。

高時に代わって金沢貞顕《かねざわさだあき》が第十五代執権になった。執権の権威も得宗には及ばない。だが実権は北条家の執事に当たる内管領《うちかんれい》の長崎高資に握られ、得宗も執権も事実上傀儡《かいらい》となった。

貞顕の執権はわずか一か月しか続かなかった。高時の弟泰家《やすいえ》が貞顕の執権就任を不満として出家したために、内紛を恐れて貞顕は四月二十四日執権を辞職して出家した。代わって北条（赤橋）守時《もりとき》が第十六代執権、鎌倉最後の執権に就任した。

三月二十日、大覚寺統《だいかくじとう》の第九十四代後二条《ごにじょう》天皇の皇子邦良《くになが》親王が突然薨去《こうきょ》した。ここに皇太子問題が再燃した。

持明院統《じみょういんとう》は文保《ぶんぽう》の和談に従って第九十三代後伏見《ごふしみ》天皇の第一皇子量仁《かずひと》親王をもって立太子すべきだと主張した。だが後醍醐帝には文保の和談を遵《まも》る意志は毛頭ない。

後醍醐天皇の在位期限はあと二年しかない。家臣たる幕府が取り決めた文保の和談に一天万乗の大君たる帝が縛られる謂《いわ》れはないと考えていた後醍醐帝は、持明院統の立太子を認めず、第二皇子世良《ときなが》親王を立太子する叡旨《えいし》を示した。持明院統としてもこれをおとなしく受け入れるはずがない。

皇位の継承に幕府の介入を拒否する後醍醐天皇の姿勢が正中の変の引き金となったのであるから、幕府は文保の和談の遵守を強く求めてきた。さすが強気の後醍醐も幕府の強硬な姿勢を拒み通すことができなくなり、しぶしぶ量仁親王の立太子を認めざるを得なくなった。七月二十四日、量仁親王は皇太子として冊立（立太子）された。

幕府の干渉によってやむを得ず量仁親王の冊立を認めたものの、大覚寺統にも内紛が生じていた。後醍醐の兄に当たる後二条側でも邦良の代りに邦良の御子廉仁《やすひと》を皇太子に立てるべきであると主張してきた。

こうして立坊（立太子）問題は持明院統および大覚寺統内の後醍醐、後二条の三つ巴《どもえ》となって、後醍醐の任期切れを控えてますます熾烈《しれつ》になってきた。後醍醐は討幕計画を急がなければならなくなった。

嘉暦二年（一三二七）になると後醍醐は第三皇子護良《もりなが》親王（『続史愚抄《ぞくしぐしょう》』では第一皇子）を召し寄せた。

「そなた、比叡山《ひえいざん》に行ってくれ」

後醍醐は護良親王に命じた。

「承知仕《つかまつ》りました」

護良は以心伝心で父の意を察した。叡山には僧兵三千の兵力がある。これを味方につけることが後醍醐の討幕計画の基本戦略となっている。正中の変の挫折はひとえに兵力不足によるものである。

「頼むぞ。叡山をそなたの手中におさめよ」

後醍醐は頼もしげに我が子を見た。

護良親王は十八人の皇子の中で後醍醐が最も頼みとするものである。筋骨たくましく、闘志溢《あふ》れる積極果敢な性格で、父後醍醐の気質を最も忠実に受け継いでいる。

嘉暦二年十二月六日、護良親王は法号尊雲法親王《そんうんほうしんのう》として叡山に入り、延暦寺《えんりやくじ》の第百十六世天台座主《ざす》に補任《ぶにん》された。尊雲は元徳《げんとく》二年（一三三〇）三月、座主を弟の宗良《むねなが》親王に譲った後も叡山の大塔《おおとう》に留まり、大塔宮と呼ばれるようになる。

尊雲は、山門に君臨すると同時に、僧侶《そうりよ》としての行学修行をそっちのけにして僧兵を率いて武略の鍛練に勤《いそ》しんだ。そのため、

「行学共に捨てはてさせ給いて、朝暮、ただ武勇の御嗜《おんたしなみ》のほかは他事なし」

と言われたほどで、また叡山の僧侶からも、

「いまだかつて、かかる不思議な門主はおわしまさず」

と噂されたほどである。

護良親王を叡山に派遣して、その兵力の取り入れを図る一方、後醍醐は文観と共に自ら護摩を焚《た》き幕府の調伏《ちようぶく》を行なった。

嘉暦元年に始めた中宮（皇后）禧子《きし》の安産修法《ずほう》は禁中奥深くから、延暦寺、園城寺《おんじようじ》、山《やま》階寺《しなでら》、仁和寺《にんなじ》の各寺に拡大され、半ば公然と行なわれるようになった。すでに禧子との間には懽子《かんし》内親王をもうけていたが、皇子の誕生祈禱《きとう》を政治的に利用したのである。いかに安産修法の隠れ蓑《みの》をかけていても、これだけ派手に祈禱を行なっては幕府方の目を惹《ひ》きつ

けざるを得ない。隠れ蓑はすでに隠れ蓑ではなくなり、幕府調伏の祈禱は半ば公然化してきたのである。

三

この都の動向は正成が張りめぐらした諜報網に捕えられて細大漏らさず正成の許に報告されてきた。

元徳二年（一三三〇）二月、花園《はなぞの》上皇は皇太子量仁に『誡太子書《かいたいしよ》』をあたえ、

「今ノ時、未《いま》ダ大乱ニ及バズト雖《いえ》ドモ、乱ノ勢萌《きざ》スコト已《すで》ニ久シ。一朝一夕ノ漸《ぜん》ニ非《あら》ズ」

と書いたが、正成はそれより三年前に大乱の兆しを嗅ぎ取っていたのである。

嘉暦二年（一三二七）暮れ、正成は水分の本館に一族郎党を呼び集めた。集まった者は弟正季、宿老の恩地《おんち》左近《さこん》、神宮寺《じんぐうじ》正師《まさもろ》、平野将監《しょうげん》、橋本正員《まさかず》、一族の和田高遠《たかとお》、南江正忠《みなみえまさただ》、山城《やましろ》五郎、渡辺孫六《まごろく》、その他楠木一族およびその勢力傘下にある主だった者たちである。

正成は一同を百二十畳敷きの大広敷（大広間）に集めた。

「皆の衆、よく来てくれた。近くに住んでいながら、なかなかこのように一堂に会することはない。今日は年忘れを兼ね、久しぶりに皆の衆とゆっくり語り合いたい」

正成が挨拶《あいさつ》した。若い娘が酒肴《しゆこう》を運び入れて、座は賑《にぎ》やかになった。都には流言飛語が

飛び、世間には天下大変の前兆があったが、楠木一族は河内の山間《やまあい》に閉じ籠って比較的平穏無事な暮らしをしていた。

正成に待望の男子正行が誕生し、一族の家運はますます盛んでまずはめでたい年の暮れである。一族の統領正成を囲んで和気藹々《あいあい》たる宴《うたげ》となった。

宴たけなわになったところで、正成がやおら姿勢を改めて、

「この機会に一同の者に申し聞かせておきたいことがある」

と口を開いた。正成の表情から、寛《くつろ》いでいた一同も威儀を正した。

「まあ、さよう固くならず聞いてもらいたい。近ごろしきりに京洛《けいらく》において穏やかならざる風聞を耳にする。後醍醐帝におかせられては幕府調伏の修法ますます激しく、鎌倉の耳にすでに聞こえ達していることであろう。叡山においては尊雲法親王座主に補せられたまい、僧兵を統括せられた。関東がこのまま黙って見過ごすとはおもわれない。先に日野俊基卿《きょう》、我が館を訪《おとな》いたまい、帝の内旨を下し賜れた。帝の御企ては正中の変に敗れたなれど、次に帝が蜂起せられたときは、我が楠木一族としても旗幟《きし》を明らかにせねばならぬ。我が楠木家は帝とは浅からぬ家柄である。帝がご親征の旗を関東に進めるときは、我ら楠木一族は進んで先駆けを仕るつもりである。方々の決意をあらかじめ促しておきたい」

正成はおもむろに申し渡した。これはすでに会議ではなく、決定事項の申し渡しである。一旦《いったん》有事の際は後醍醐に与《くみ》して戦うと正成は心を固めていた。

鎌倉はもはや沈み行く大船である。その力はいまだ強大であるとしても、全体にひびが入っている。そのひびはいまや修理不能である。わずかなきっかけから全体の崩壊に導かれる。

正成は後醍醐帝の清新の気に溢《あふ》れたエネルギーと、不屈の闘志に賭けることにした。まだ早熟で危険なパワーであるが、世の中を変革する勢いを持っている。そのパワーに楠木一族の命運を賭けるのである。敏達天皇より七百余年、橘諸兄より六百年つづいた楠木一族が最盛期にあることは明らかである。その最盛期の力を結集して後醍醐帝の親政の見果てぬビジョンに賭けるのである。

正成の言葉に一同は緊張した。緊張の底から興奮が盛り上がってきた。彼らもすでに鎌倉を見限っている。距離的にも近い都の朝廷に親近感を寄せている。地方の豪族に対する鎌倉の強圧政治は、彼らの反感をたくわえ、鎌倉寄りの者すら悪党化させている。正成の言葉は、一同のおもいを代弁するものであった。

「同心でござる」

「拙者も」

「拙者も」

弟をはじめ恩地左近、神宮寺正師、平野将監、山城五郎、渡辺孫六などが一斉に膝《ひざ》を進めて来た。彼らは天皇親征軍の先鋒《せんぽう》として関東に駆け下る自分たちの雄姿をすでに瞼《まぶた》に描いていた。

「だが、衰えたりとはいえ鎌倉の勢力は強大である。相模《さがみ》入道の所領は二十八万七千貫、それに対して我が方は七千貫、動員能力はせいぜい三千。関東の動員力は少なく見積もっても十万、まともに戦ったのでは勝負にならぬ」

正成が、さあどうすると問うように一同の顔を見渡した。

鎌倉の手強《てごわ》さは、正中の変においてまざまざと見せてもらった。虹《にじ》のような気炎だけ吐いていた討幕派の過激公卿《くげ》たちは、鎧袖一触《がいしゅういっしょく》で叩《たた》き潰《つぶ》されてしまった。十万対三千では武者合わせ（戦さごっこ）にもならぬ。

寛喜《かんぎ》二年（一二三〇）、三代執権北条泰時《やすとき》が定めた米相場によると、銭一貫が米一石《こく》である。その後米価は高騰して一貫だいたい七、八石に相当する。七千貫は後世の五万石ぐらいに相当する。五万石の平和時の常備兵力は約三百、予備兵力を動員して三千としても、居城の護《まも》りにその半分は残さなければならない。出陣兵力は千五百、補給能力を考えた場合、行動兵力はさらに減少するだろう。

正成が挙げた厳然たる数字の前に、いったん昂揚《こうよう》した一同は押し黙ってしまった。

「帝が蜂起されたもうたとき、我らは檄に応じて起ち上がる。起ち上がった以上は勝たねばならぬ。七百年余つづいた連綿たる楠木一族を絶やすわけにはまいらぬ。戦うときは、楠木一族の名を天下に轟《とどろ》かす戦いとなる。そのような戦いにしなければならない。ご一同の存念をうかがっておきたい」

「されば」

長老格の平野将監が口を開いた。一同の目が集まる。

「我が楠木党は山地を本拠にしており、平野での戦いが苦手でござる。されば大軍を千早《ちはや》、赤坂の山地に引き込んでの戦いが得策と存ずる」

正成は我が意を得たりと言うようにうなずいて、

「いかにも。金剛山地は我が家の庭のようなものじゃ。この山地を戦場とすれば、寡兵（少数兵力）よく大軍を翻弄《ほんろう》することができよう。だがそのためには大軍をこの山地におびき込まなければならぬ」

正成の穏やかな眼《まな》ざしが、薄い光を浮かべてきたようである。

「平地に馴《な》れた関東の侍は、当然のことながら平地で戦おうとするでしょうな」

恩地左近が口をはさんだ。

「彼らとておめおめと山地におびき込まれはすまい」

橋本正員が口を開いた。

「関東の大兵でこの山地を満たすのじゃ。そのときこそこの谷が死人《しびと》の山で埋まり、山も平らになるであろう」

正成の言葉はなにかを含んでいるようである。

「統領には鎌倉の兵どもをこの地におびき寄せるべきなにか成算がござるのか」

一族の者は正成の悠揚として迫らざる顔色を探った。

「ないでもない」

「さらばそれをお聞かせくださりませ」

一同が迫った。

「この策が成れば、三千の寡兵をもって五万十万の大軍にも互角に渡り合えよう。そしてそれ以外に楠木一族の勝算はない」

正成のもってまわった言い方に、一同は焦《じ》れた。

世間の気配は騒然としているが、この千早の里には平穏無事な日々がつづいている。彼らはこの平穏に馴れ、厭《あ》いている。火事のない火消しのように戦いのない兵力は、脾肉《ひにく》の嘆を漏らし、事あれかしと望む。多年養われた兵力が、戦いを求め、実力を証明したがっていた。

兵力は存在するだけで緊張状態を生むのである。戦いがなければ、無理にも戦いをつくりだす。それが兵の生理というものである。

楠木党が摂《せっ》・河《か》・泉《せん》において押妨（乱暴）したのも、その生理からである。その押妨行為を通じて、武技の錬磨も兼ねている。

「さて、その策は」

正成は一同の興味を充分に引きつけたところで、

「帝のご動座を奏請する」

「帝のご動座を」

ざわめきが一同の間に起きた。

「さよう。帝の鳳輦《ほうれん》（天皇の輿《こし》）をこの千早の地にお移しまいらせるのじゃ。帝がご動座あそばされれば、関東の大軍は必ずやこの千早を目指して駆け集まるであろう」

「しかし、帝がたやすくご動座あそばすでしょうか」

弟の正季が驚きを鎮めて問うた。

「そのようにさせまいらすのじゃ。直ちにというわけにはいくまい。帝にとってまだ楠木党は海のものとも山のものともわからぬはずじゃ。この地でなくともよい。吉野《よしの》、笠置《かさぎ》、この近くの山地に帝をお移しまいらせ、我らはこの千早の地に拠《よ》って起つ。さすれば我らは地の利を得、鎌倉の大軍は地理不案内の山地に兵力を引き裂かれ、互角の戦いを挑める。帝に鳳輦をお移しまいらせるように我らが仕向けなければならぬ。その策はわしが考える。おのおの方には我らが生を享《う》け育ってきたこの地が天皇ご親征の旗を推し進める戦いの地となることを心に含んでおいてもらいたい」

正成の口調にはなみなみならぬ決意が秘められている。

妖僧《ようそう》の野望

一

「わしは決めたぞ」

「なにをお決めになりましたので」

「そなたを二度と都へ帰さぬとな」

「嬉《うれ》しゅうございます」

「嬉しいとな。そなた、都に帰りとうはないのか」

「帰りとうはございませぬ。このまま御前のおそばに一生暮らしとうございます」

「可愛いことを言う。わしはそなたのために得宗《とくそう》の地位を棒に振ってもよいと考えておる」

「そのような大それたことを仰せられてはなりませぬ。菊夜叉《きくやしや》はそれほどの女ではありませぬ」

「なんの。そなたのためならば、得宗も執権もわしにとってなんの価値もない」

「それほどまでに。もったいのうございます」

「わしは十四歳のとき執権職を継ぎ、得宗の地位に上り、生まれると同時に欲しいもののすべてを身のまわりに得ていた。すべてがあるということは、欲しいものがなにもないということじゃ。人間、なにか欲しいものがあればそれを得ようとして努力をする。得ようとしてすぐに得られぬ故、それが夢になる。わしには夢というものがなかった。それがそなたを得て、わしにも夢らしいものができたのじゃ」

「御前の夢と仰せられますと」

「すべてを捨て、世を捨て、どこか静かな山里でそなたと二人だけで暮らしてみたいという夢じゃ」

「ご身分からそのような夢は許されませぬ」

「さればこそ、それが夢なのじゃ。わしにとって生まれて初めての夢じゃ」

「山里へなどお隠れあそばされずとも、このお館《やかた》にいつまでも御前とご一緒に暮らさせてくださいまし。もし御前がおいやでなければ」

「なにがいやなものか。わしにとって大切なものはそなただけじゃ。そなた一人がわしの味方なのじゃ」

高時《たかとき》は愛《いと》しさが溢《あふ》れてきたように菊夜叉を抱いた。

吹く風にも耐えられぬようなたおやかさの中に、踊りで鍛えた芯《しん》が通っている。成熟した底知れぬ官能の蜜壺《みつつぼ》のような体は、高時を捉《とら》え、耽溺《たんでき》させた。いまや菊夜叉は高時にとって片時たりとも手放せない存在となっている。

昼も夜も菊夜叉を引きつけ、荒淫《こういん》に耽《ふけ》っては田楽《でんがく》に興ずる。昼間から館の寝室に閉じ籠《こも》りだれ憚《はばか》ることのない痴態を繰り広げて側近の者の眉《まゆ》をひそめさせた。

だが高時にしてみれば、菊夜叉だけが彼の生き甲斐《がい》になっている。菊夜叉に比べれば、田楽も闘犬も時間潰《つぶ》しでしかない。菊夜叉を抱いているときだけ、生きている手応《てごた》えを感じた。

体を離すと、たちまちどこかへ消えて行ってしまうような頼りなさをおぼえる。生きていることを確かめるために、ふたたび菊夜叉を抱く。その都度彼女も激しく応じてくれた。

彼女の美しい体に所有の印を刻みつけようとして抱くのだが、刻み込めば刻み込むほどにその痕《あと》が薄れていくような気がするのである。それが高時を不安がらせた。不安から逃れようとしてまた求める。悪循環ではあるが、それがいま彼の生きている証拠であった。

正中《しょうちゅう》三年（一三二六）三月十三日、高時は二十四歳で執権職を去り得宗の地位のみに留《とど》まったが、政権はとうに内管領《うちかんれい》長崎高資《たかすけ》に握られていた。家臣からも亡気の体、うつけの殿とあざけられ、田楽と闘犬に時間を潰しているだけの傀儡《かいらい》に祭り上げられていた。その傀儡としての地位すら、金沢貞顕《かねざわさだあき》や北条（赤橋）守時《もりとき》に奪われかけている。

そんな高時の身辺に侍《はべ》っている間に、菊夜叉は彼に同情をしてきた。同情が次第に好意に変わり、そして愛に変質してきたのを悟ったとき、菊夜叉は困惑した。彼女も文観からさし向けられた刺客の一人であったからである。

もし密山樹海《ささやまじゅかい》が仕損じるようなことがあったならば、高時のそばに残り機会を狙えと文《もん》観《かん》から命じられている。文観は高時の身辺に二重三重の刺客陣を布《し》いていたのである。だが高時に侍っている間に、彼女は自分には文観の命令を実行できないことを悟った。

彼女は高時ほど孤独で寂しい人間を見たことがない。彼は世間が噂するほどの暗愚ではなかった。俊英ではなかったが、まずは人並みの能力は有している。凡庸ではあったが凡愚ではない。それが生まれると同時に権力の中枢に置かれ、おのれの能力を超える荷物を背負わされた。能力があろうとなかろうと、荷を放り出すことはできない。それは北条家の得宗に生まれついた身の宿命である。

下ろすことも投げ出すこともかなわぬとなれば、背負った振りをして他の者に荷を支えてもらわなければならない。彼の暗愚は自衛のための演技でもあった。暗愚を演じたればこそ、まがりなりにもここまでやってこられたのである。彼がさほど暗愚でないことが察知されれば、とうに暗殺されていたかもしれない。

天魔外道《げどう》の妖僧と言われた文観の手先となり、彼から血分けされた菊夜叉は、これまで文観の完全な道具として働いてきた。彼女にとって文観は絶対的な主《あるじ》であると同時に神であった。

初めて文観に会ったとき、本堂内陣に祀《まつ》られた本尊大聖歓喜天《だいしょうかんぎてん》の前で彼女は文観から血分けされた。

本堂最奥の薄暗い内陣の須弥壇《しゅみだん》に祀られた大聖歓喜天の前に僧座が設けられている。その僧座が褥《しとね》となっており、菊夜叉はそこで文観から血分けという形で犯された。薄暗い内陣の燈明《とうみょう》の揺れ動く下、本尊が祀られた至聖所で文観はあくことなく菊夜叉を貪《むさぼ》った。飢えた肉食獣が久しぶりに獲物にありついたかのように、文観は小骨一本も残さぬように彼女の初めての体を貪り尽くした。生硬な処女の体は、巨大な文観の道具に責められて出血した。彼女の苦痛に斟酌《しんしゃく》なく文観は責めつづけた。苦痛のあまり羞恥《しゅうち》がまぎらされた。ようやく彼女の体を離した文観は、彼女の股間《こかん》からしたたり落ちている血液と文観自身の体液を指先に掬《すく》い取り、本尊の大聖歓喜天になすりつけた。

「これにてわしとそなたの血は一つの血となった。そなたの体にわしの血が分けられたのじゃ」

文観は言った。それ以後菊夜叉は文観によって体の隅々まで開発された。当初あれほど苦痛だった血分けが、悦楽に変わった。それを文観は仏がおまえの体の中に棲《す》みついたのだと言った。

文観は女信者を悉《ことごと》く彼の性奴と化した。女信者たちは文観から血分けしてもらうために彼の命を唯々諾々として聞くようになる。麻薬中毒者が麻薬を得るためになんでもするように、文観から血分けされた女信者は彼に魂を売り渡した。

密山樹海は菊夜叉ごと高時を刺せと命じた。それは文観の命令でもある。もとより菊夜叉は決死の覚悟であったが、いまにして彼女は文観の性奴であり、道具にすぎなかったことをおもい知った。

文観の秘命を受けて、高時を暗殺に来た菊夜叉は、高時の人間を深く知るにつれて、文観の呪縛《じゅばく》から解かれた。文観は彼女の主であり神であったが、高時は彼女の保護を要する子供であった。菊夜叉の保護がなければ一時たりとも生きられぬような幼児と同然である。神と幼児との択一の岐路に立たされて、菊夜叉の母性本能が目覚めた。菊夜叉は神を捨て、高時に走ったのである。さすがの文観も、性奴の母性本能にまでは気がつかなかったらしい。

菊夜叉が鎌倉へ下ってから、都と鎌倉の関係はますます険悪になってきた。正中の変で叩《たた》かれて、一時おとなしくしていた後醍醐《ごだいご》帝が、ふたたび活発に蠢動《しゅんどう》を始めている。

関東を憚らぬ朝廷の動向は、六波羅《ろくはら》や密偵から逐一報告されている。だが鎌倉は朝廷の動きを掣肘《せいちゅう》するためのなんの行動も起こさなかった。鎌倉自体が内部の派閥抗争で、京都に手を割く余裕がなかったのである。この間に後醍醐帝は討幕計画を煮つめていったのである。

元徳《げんとく》二年（一三三〇）三月八日、後醍醐は春日社《かすがしゃ》、東大寺、興福寺《こうふくじ》に行幸した。三月二十七日、今度は延暦寺《えんりゃくじ》に行幸した。天皇の行幸はたやすいことではない。多年行幸が行なわれなかっただけにこの年久しぶりの鳳輦《ほうれん》のお出ましに多数の信者が沿道に群れて天皇を拝した。

「ありがたや、もったいなや」

沿道に待ち受けて鳳輦を拝した信者たちは歓喜の涙にむせびながら合掌した。後醍醐一流のデモンストレーションが功を奏したのである。絶えて久しかった南都《なんと》・北嶺《ほくれい》への行幸は民心に強い印象を刻みつけた。

特に三月二十七日、叡山《えいざん》への行幸は軍事的効果を狙ったものである。大講堂にて行なった供養は、第五十四代仁明《にんみょう》天皇御願を籠《こ》めた大日如来《だいにちにょらい》の尊像があり、造営後供養もないまま屋根は破れ戸は落ちて野ざらし同然であったところに、速やかに修築され供養の儀式を整えたので、全山の感謝を集めた。

この供養の導師をつとめたのが妙法院尊澄《みょうほういんそんちょう》法親王（宗良《むねなが》）、呪願《じゅがん》（幸福祈願）は座主《ざす》尊《そん》雲《うん》（護良《もりなが》親王）である。天皇と二人の皇子が叡山の僧侶《そうりょ》と信徒の前に揃い踏みしたわけである。

この効果は抜群であった。南都・北嶺の僧兵は約三千、六波羅の常駐兵力一千を圧倒する。この戦力を味方につければ、関東に対する叛旗《はんき》を翻した際、最初の最も恐るべき敵となる六波羅を封じ込めることができる。後醍醐天皇はそのように計算して相次ぐ行幸を行なったのである。彼の南都・北嶺への行幸は、討幕蜂起《ほうき》の近いことを暗示していた。

この報知は当然赤坂の里の楠木正成の許《もと》にも届いていた。

「さすがは後醍醐帝、叡山の心を巧みにつかまれたが、さて作戦どおり蜂起の際叡山にご動座できるかな」

正成はつぶやいた。かたわらにいた正季がそのつぶやきを聞きとめて、

「叡山へのご動座がかなわぬと仰せられますか」

と問うた。

「六波羅が最も警戒していることは、帝と叡山との連絡であろう。朝廷に不穏な動きがあった場合、六波羅がまず手を打つとすれば朝廷と叡山との遮断だ。帝が護良親王直率の三千の僧兵に護《まも》られたら、六波羅の兵力では手も足も出せなくなる。六波羅としては帝の叡山ご動座は当然予想しているものと見なければならぬ」

「もし帝が叡山に入れぬ場合はいかがあそばしましょうか」

「南へ逃れる以外にあるまい。その道も公然とは通れぬ。万一の際は我ら楠木党が天皇を護り奉り、安全の地にお移しまいらせなければならぬ」

「この千早《ちはや》の地にご動座させまいらすのでございますか」

「それはなるまい。我らと朝廷のつながりは日野俊基朝臣《としもとあそん》だけじゃ。俊基殿がどの程度我

らの名前を帝に通しておるかわからぬ。帝にとって我らは敵か味方かわからぬわけじゃ。帝をお護り奉るのも、陰供《かげとも》ということになろうのう。ともかく洛中《らくちゅう》の動静から目を離さぬことじゃ」

正成は言った。

都と鎌倉との間に刻々高まりつつある緊張が、正成の肌に迫るようにわかる。それが楠木一族の命運にどのように作用するか。正念場が近づきつつある気配であった。

二

五月二十二日、後醍醐は米の値段を安定させるために宣旨枡《せんじます》一斗につき銭百文と公定の布告を出した。六月九日には記録所に命じて米の値段を抑制するため酒造りを制限させた。さらに六月十一日には米価統制のために商人が米を売り惜しむようになったので、洛中二《に》条町《じょうまち》に東西五十余間の仮屋を建てて米を売らせた。

これは米の統制を通して京都の商取引きおよび流通機構を一手に掌握することを目的としていた。全国流通機構の要である京都の商取引きを制すれば、それはそのまま軍事行動の補給線として利用できる。後醍醐の遠大な戦略路線がすでに敷かれていたのである。

この後醍醐帝を中心とした朝廷の不穏な動きは逐一鎌倉幕府に連絡されていた。だが鎌倉はいっこうに腰を上げようとしない。後醍醐の蠢動が危険であることはわかっていても、正中の変後の見くびりがある。

鎌倉自体の内紛で、手がまわりかねるところもあったが、まず億劫《おっくう》なのである。頼朝《よりとも》以来つづいてきた政権は、衰えたりとはいえ組織的な反乱を許さぬだけの実力を残している。要するに多年の政権独占に馴《な》れて、無気力に陥っていたのである。

このころ京都では四月一日検非違使《けびいし》大判事中原章房《あきふさ》が清水寺《きよみずでら》へ参詣《さんけい》の途上暗殺された。章房が後醍醐帝に討幕計画の未熟を説き、それを中止するように諫奏《かんそう》したために、計画が幕府方に漏れるのを恐れた急進派によって暗殺されたものである。

章房暗殺の報知を吉田定房《さだふさ》は愕然《がくぜん》として聞いた。

「章房殿が、まことか」

定房は事変を報じて来た家来に確かめた。信じられなかった。

「まことにございます。清水へ参詣の途上、三年坂《さんねんざか》で突然蓑笠《みのかさ》をつけた刺客に襲われましたそうにございます」

「して、生命《いのち》は」

「その場にて落命あそばされた由にございます」

「落命、ああなんたることを」

定房はおもわず天を仰いだ。吉田定房は前権大納言《さきのごんのだいなごん》であり、本年一月十三日、従《じゅ》一位に叙されたばかりである。定房は後に吉野《よしの》朝廷に仕えて万里小路宣房《までのこうじのぶふさ》、北畠親房《きたばたけちかふさ》と共に「後《のち》の三房」といわれた柱石である。

定房は後醍醐帝の信任最も厚い側近の一人であるが、章房と共に穏健派である。帝がなにやら妖《あや》しげな呪術《じゆじゆつ》を駆使する文観と密着して、討幕計画を進めていることをかねてより危ぶんでいた。討幕そのものには賛成であるが、得体の知れぬ文観や、日野俊基を中心とする過激派の公卿《くげ》の進める計画に危惧《きぐ》を抱いている。

正中の変の際にも、無礼講のような妖しげな宴《うたげ》で計画を練ることを警告していたのであるが、定房の危惧が的中した形となった。それにも懲りず、喉元《のどもと》過ぎればふたたび同じ轍《てつ》を踏もうとしている。

「なによりも帝から文観を遠ざけなければならぬ」

章房はかねてより主張していた。

元凶は文観である。氏素姓も知れぬ文観を、英邁《えいまい》な後醍醐帝がなぜご寵信《ちようしん》あそばすのかわからぬ。僧侶の身にありながら財宝をたくわえ、武具を集め、無頼の者を雇い、武術の訓練を施し、常に五、六百人の私兵を引き具して参内して来る文観は、僧侶というよりは暴力集団の長であった。

彼の行なう真言立川流《しんごんたちかわりゆう》もまことに妖しげなものである。男女の悦楽を法悦とする教義は、まじめ一辺倒の定房には淫教《いんきよう》としか映らなかった。

この淫教に頼って関東を調伏しようとする帝が文観に取り憑《つ》かれたように見えて仕方がない。中原章房と定房は文観を君側の奸僧《かんそう》と見ることにおいて一致していた。

「なんとしても文観を帝のそばから退かせねばならぬ。やむを得ざる場合は実力に訴えても取り除くべし」

章房は主張していた。

「文観主導の討幕計画は帝のお命を危険に晒《さら》すようなもの。討幕は文観を取り除いたところから始めるべきでございましょう」

章房は定房に言った。定房もまったく同感であった。

ついに章房は帝に文観をあまりご寵信あそばしませぬようにと諫奏した。それから間もなく彼は暗殺されたのである。

（文観のしわざだ。きゃつが章房殿を殺したにちがいない）

定房は確信した。人払いをした上で諫奏した章房の諫言《かんげん》の内容は帝と定房以外は知らぬことである。章房の諫奏が帝を介して文観に筒抜けになったのである。文観は章房を危険人物と判断して、先制攻撃をかけてきたのだ。もし定房が章房と同腹と知れば、定房の身も危ない。章房の二の舞いを演じる前になんとかしなければならない。

五月五日、深草《ふかくさ》祭りで酒に酔った武士団が見物人の中に斬り込み多数の市民を殺傷するという事件が起きた。事件の原因はよくわからないが、六波羅の武士と院御所の北面の武士が酒の上での喧嘩《けんか》口論から斬り合いに発展し、寡数の北面の武士が見物人の中に逃げ込んだため、六波羅勢が無差別に斬りまくったらしい。

禁裡《きんり》と六波羅の一触即発の気配が、ついに爆発した形である。世情には騒然とした気配が漂っている。市中には流言飛語が飛び交い、明日にも戦いが始まるような雲行きであった。

だが権力者の交替の都度、戦場になる京都の市民はたくましい。彼らにとっては戦さは祭りと同じようなものである。戦乱のまっただ中に身を置いて、両軍の殺し合いを見物に集まって来る。鴨川《かもがわ》をはさんでの戦さには各条の大橋が恰好《かっこう》の桟敷《さじき》となった。

大橋の袂《たもと》には物売りが立ち、見物人だけでなく、戦う兵士たちにすら食べ物や菓子を売った。戦いの当夜には清水坂《きよみずざか》には立ち君（街娼《がいしょう》）が客の袖《そで》を引き、座頭が琵琶《びわ》を弾じた。京都市民には戦さが日常となっていたのである。

六月二十一日、吉田定房は討幕が時期尚早であることを諫《いさ》める十か条の諫書《かんしょ》を後醍醐帝に提出した。これを読んだ後醍醐は激怒した。

これまで直言の矢面《フロント》に立っていたのは中原章房であった。章房は後醍醐の耳の痛いことをずばずば直言したが、定房は章房の背後から言葉をオブラートに包んでやんわりと諫めていた。それが章房が殺されてから定房が矢面に立って、章房以上の直言を呈したのである。

定房は天皇のご親政を磐石の礎《ばんじゃく》に定めるためには、決して急いではならないと説き、現段階では討幕計画を実行に移すことは時期尚早であると訴えていた。

まず討幕計画そのものが日野俊基を中心とした宮中の急進公卿によって進められており、経験ある有能な武士が参加していないこと。

次に関東調伏の祈《き》禱《とう》は、いたずらに鎌倉を刺激するのみでなんの効能もないこと。

第三に叡山の僧兵三千は軍団としての組織を持たず、また京都から離れた場所に駐屯しているために一朝有事の際に有力な戦力とはならないこと。

第四に南都に行幸し、春日社、興福寺、東大寺などに供養を行ない、江州《ごうしゅう》の園城寺《おんじょうじ》、紀《き》州《しゅう》の高野《こうや》山《さん》、伯耆《ほうき》の大山《だいせん》、越前《えちぜん》の平泉寺《へいせんじ》などに寺領を寄進して僧兵を動員するための布石を打ったが、これらはさらに遠隔の地にありまったく当てにならない。また彼らが呼応したところで、鎌倉の兵力に対して微々たるものであり、隆車に歯向かう蟷螂《とうろう》の斧《おの》のごときものであろうこと。

第五に防諜《ぼうちょう》がまったく杜《ず》撰《さん》であり、宮中の動きがすべて六波羅を経由して鎌倉に筒抜けである。正中の変の挫《ざ》折《せつ》から少しも学んでいないこと。

第六に帝が文観を過大に寵信することは危険である。文観は必ずしも帝に忠誠であるわけではなく、文観の師道順《どうじゅん》が大覚寺《だいかくじ》統《とう》に属していたために後醍醐帝につく以外に選択の道がなかったこと。文観は仏門においても「異人非器の体」といわれている素姓の定かでない人物であることなどを十か条にわたって説き明かしていた。

定房の諫書はいちいち論理的であり具体性に富み、討幕計画の弱点と急所を的確に衝《つ》いていた。

冷静に読めば、後醍醐帝をおもう定房の忠誠がわかるはずであったが、論理ではなく情念で行動を起こそうとしている後醍醐にとっては神経を逆なでされるような諫書であった。

後醍醐は定房の諫書を読んで逆上した。彼にとって定房は後醍醐政権の政策に真っ向から反対する逆臣である。彼は定房の参内を禁じ、蟄居《ちっきょ》を命じた。後醍醐にしてみればそれでも恩情を示したつもりである。定房がこのまま参内をつづければ、章房同様過激派に暗殺されかねない雲行きであった。

定房はあらかじめこのことあるを予期していた。

「磨《み》の諫書を帝がすんなりお聞き入れあそばすようであれば、章房殿は死なずにすんだはずである。いまの帝のご身辺には真実を上奏する者がおらぬ。帝がお喜びあそばすようなことばかりを上聞に達し、帝にとってお耳の痛いことはすべて君側でにぎりつぶしておる。いまの討幕計画は武士を交えぬ殿上人や僧侶《そうりょ》の机上の武者合わせのようなもの。あのような杜撰な計画で、鎌倉の大軍をどうして討つことができよう」

定房は暗然として溜《た》め息をついた。

暗愚の得宗高時の下に腐敗しきった鎌倉幕府に対し、後醍醐帝は一天万乗の大君としての資質を備えている。この帝の下、御稜威《みいつ》（天皇の威光）を日本津々浦々にあまねくするご親政こそ民衆の幸福につながると定房は信じている。だがそれは焦ってはならない。幕府は腐っても鯛《たい》である。

文保《ぶんぽう》の和談による十年の在任期限は嘉暦二年（一三二七）に切れている。期限切れ後、持明院統《じみょういんとう》の譲位要求に耳を貸さず後醍醐は帝位に居座っている。幕府の定めた文保の約束になど縛られるいわれはないと居直っている。

だが期限切れ後の居座りが後醍醐を焦らせている。その焦りが文観のごとき妖僧につけ込まれる隙となったのである。

持明院統はやいのやいのと急《せ》き立てており、幕府の調停を求めたが、幕府は譲位は治天《ちてん》の天皇（次代天皇の決定権を持っている天皇）の意志によるという原則的な条件に固執していたので、後醍醐は頑として譲位しなかった。

権力というものは決定的武器に似ている。その武器の保有者を決めるときの約束がどうであれ、いったん武器を握った者が絶対に強い。後醍醐はその強味を遺憾なく発揮して、自分の在任期間中に持明院統を押さえ込み、二統に分かれた皇統を統一しようとしていた。

それができる君は、この君をおいてほかにない。と定房はおもっていた。後醍醐帝は大覚寺統が擁する最後の切り札である。それだけに大切にしたい。文観のごとき天魔外道の妖僧の野心の道具にさせてはならない。それを阻むのが臣たる者の道である。と定房は信じて諫書を奉呈した。反応は予測したとおりであった。

主役の蠢動《しゅんどう》

一

元徳《げんとく》二年（一三三〇）六月十八日、鎌倉大倉郷《おおくらごう》にある足利館《あしかがやかた》に歓声が沸き上がった。この地域は鎌倉の市街地から離れた東北の山裾《やますそ》にあたり、朝比奈《あさひな》街道沿いの山間《やまあい》に武家屋敷が点在している静かな地域である。

この日、足利屋敷には館の主《あるじ》高氏の嫡男義詮《よしあきら》が誕生した。後の室町《むろまち》幕府第二代将軍である。高氏にはすでに二子ある。いずれも妾腹《しょうふく》であり、長男は竹若《たけわか》、次男は直冬《ただふゆ》、竹若は伊《い》豆山《ずさん》神社に預けられ、直冬は母が身分の低い越前局《えちぜんのつぼね》というところから高氏に疎んじられ、幼少から仏門に入り、東勝寺《とうしょうじ》の喝食《かっしき》（給仕の稚児）になっている。

義詮を生んだ高氏の妻は北条一族赤橋久時《ひさとき》の娘登子《とうし》である。登子の兄守時《もりとき》は第十六代、幕府最後の執権職に就任している。待望の嫡男誕生の報《しら》せに、一族や親しい知己や、鎌倉の有力な御家人たちが次々に祝辞を述べに訪れて来た。館は深更まで火が灯り、賑《にぎ》やかな笑声に包まれていた。

足利氏の本領下野国《しもつけのくに》足利にも世嗣誕生と同時に使者が立った。おそらくいまごろは足利においても喜びの渦が巻いているであろう。早い時間に弟の直義《ただよし》や側近の高師直《こうのもろなお》らが現れ、時刻が遅くなるにつれて幕府の要職たちの姿が増えてきた。

高氏の義母の兄にあたり、第十五代執権をつとめた金沢貞顕《かねざわさだあき》につづいて執権の赤橋守時《もりとき》が姿を見せ、得宗高時《とくそうたかとき》の使者が祝意を述べに来た。続いて政権の実権を握る得宗家内管領《うちかんれい》長崎高資《たかすけ》が来た。これら錚々《そうそう》たる顔触れを見れば、足利家が鎌倉においていかに重きをなしているかがわかる。

足利氏は遠祖を八幡太郎義家《はちまんたろうよしいえ》にいただく清和《せいわ》源氏の嫡流である。宿命のライバル新田《にった》氏とは初代が義家の三男源義国《よしくに》を共通の父とする異母兄弟であった。だが鎌倉幕府百五十年の間に、足利氏は幕府の重臣として確固たる地位を築いてきたのに対して、新田氏は上野《こうずけ》の一隅に蟠踞《ばんきょ》する一土豪になり下がってしまった。

頼朝が創設した鎌倉幕府を奪った北条氏の勢威がようやく衰え、凡庸な高時や、長崎氏の専横に反感を持った御家人たちが、最も期待を寄せていたホープが高氏だったのである。

このとき高氏は二十六歳である。満々たる覇気と、壮大な野望を胸に秘めていた。

深更に至ってようやく客足が絶えたとき、賑やかな気配を振りまきながら、佐々木道誉《どうよ》が訪ねて来た。

「やあ、めでたいめでたい。これで足利家は磐石《ばんじゃく》じゃ。いや、鎌倉の後継者が生まれたようなものじゃ」

と全鎌倉に轟《とどろ》くような大声をまき散らしながら館へ入って来た。足利家の家人たちは道誉の傍若無人な声が高時や高資の耳に入らぬかとひやりとした。

道誉は当世婆娑羅《ばさら》の第一人者たるにふさわしく、金襴《きんらん》の袈裟《けさ》をまとい、華麗な装飾を施した伊達《だて》づくりの太刀を携えている。まさに綾羅錦繡《りょうらきんしゅう》、精好銀剣《せいごうぎんけん》の風流を尽くした衣装《ファッション》である。

道誉は近江《おうみ》佐々木氏の嫡流であり佐々木高氏《たかうじ》と称したが、北条高時に仕え、高時と共に入道し法号を道誉と称した。このとき鎌倉に居合わせて足利館に駆けつけて来たのである。

直義や高師直などは道誉を警戒しているが、高氏は道誉が嫌いではない。当世流行の婆娑羅に風流を尽くす彼は、常識的な物差しでは測りきれぬスケールの大きさがある。人目を驚かす金ぴかの衣装も奇矯《ききょう》な行動も、既成の権威に屈しない反骨から発しているように高氏にはおもえる。

道誉も高氏に親近感をおぼえたらしく機会あるごとに近づいて来る。

「こんな嬉《うれ》しいことはない。落日の鎌倉から新しい陽が昇って来たような心地がいたす。今宵《こよい》は祝杯じゃ。朝まで飲み明かしましょうぞ」

道誉は勧められもしないうちにどかどかと客殿に入り込んで来て、どかりと大あぐらをかいた。すでにかなりの酒気を帯びている。

「これはこれは、道誉殿、ご機嫌でござるな」

高氏は苦笑した。

「これが喜ばずにおられようか。高氏殿ももっと喜びなされ。嬉しそうな顔をしてもっとはしゃぐのじゃ。どうも貴殿は表情に乏しい。嬉しいときは喜ぶ、悲しいときは泣く、腹が立ったときは怒る。それが自然の理《ことわり》と申すもの。こらえてはならぬ。こらえると鬱気《うつけ》となってうちにたまり心と体にあだをなす。それがしは何もこらえぬことにしてござる」

道誉は豪快に笑った。道誉を迎えてまた新たな酒宴が始まった。

道誉は高氏や直義の勧める杯を片端から受けてますますメートルを上げた。

「京都の形勢がいよいよ不穏でござるな」

道誉が杯を返しながら言った。

「後醍醐帝は血の気の多いお方でござる。正中の変以後おとなしく禁裡《きんり》に閉じ籠《こも》っておられるとはおもわなかったが」

「取巻きがまた血の気が多い。文観とやらいう生臭坊主に帰依して、関東調伏の祈禱《きとう》を行なっているとやら」

「このまま鎌倉を憚《はばか》らざる所業がつづくようであれば、執権や内管領としても黙っておられますまい」

「鎌倉も舐《な》められたものよ。正中の変後の手緩《てぬる》い処置が、京都を増長させたのだ」

「再度の当今《とうぎん》（今上陛下）ご謀叛《むほん》となれば、正中の変後のようなわけにはまいりますまい」

「当今ご謀叛となれば、まず足利勢が討手としてさし向けられましょうな」

道誉の酔眼の底から鋭い光が発している。

いまや北条氏の中で最大の兵馬を握っているのは足利氏である。武家の統領として北条氏が君臨してはいても、有力な御家人の勢力は分散され、北条氏の直率兵力は意外に少ない。かき集めたところで混成軍団となり、軍としての統制に欠けている。

その中で足利一門は統領を中心に結束した最大の軍団である。全国に同族も多い。いわば鎌倉幕府の戦力の中核をなしている。鎌倉の軍事力の発動は、足利勢抜きでは考えられないのである。

また足利家は代々北条氏の得宗から妻を迎えており、北条氏とは切っても切れない関係にある。だが一方では足利氏は後醍醐天皇の属する大覚寺統《だいかくじとう》とつながりがある。

足利氏の勢力はその広大な領地に基づいている。この領地を維持するために足利氏初代義康《よしやす》（義国の子）は、当時朝廷の実権を握っていた鳥羽《とば》法皇の娘八条院暲子《しょうし》に寄進した。

足利氏は足利の本領のほかに、陸奥《むつ》、上野《こうずけ》、三河《みかわ》、美作《みまさか》、丹波《たんば》、丹後《たんご》等全国にわたって飛び地領を有している。全国領地の割合は朝廷四、北条氏三、足利氏一である。北条領が御家人に再分割されているのに比べて、足利は統領が握っている。全国の足利領に総動員をかければ、優に北条氏を圧倒する大勢力となるのである。

天皇の娘に名目だけ寄進して、その領地の実際の経営を委任されるという形式を取ったのである。こうしておけば敵の侵略から領地を天皇家が護ってくれる。

この八条院領が大覚寺統の後宇多《ごうだ》天皇に伝わった。したがって足利氏と後醍醐天皇とは地縁によって結ばれているのである。高氏としては後醍醐帝の勢力と真正面から事を構えたくなかった。

鎌倉にあって高氏はどちらかといえば大覚寺統であるが、内管領長崎高資ははっきりと持明院統《じみょういんとう》を支持している。正中の変の騒動を起こした後醍醐帝は、鎌倉にとって危険人物である。それに対して持明院統は、穏健な天皇が多く、なにかといえば鎌倉を頼って来るので必然的に両者の間は親しくならざるを得ない。高氏としてはまことに困った板挟みの政治状況が生まれてきたのである。

道誉はそんな高氏の立場を読み取っているように水を向けてきた。

「万一鎌倉と京都が手切れ（戦さ）の際は、高氏殿は鎌倉の先頭に立って朝廷を討ちますかな」

道誉の酔眼が意地悪くなっている。全身に酔いがまわっているようであるが、目の奥は少しも酔っていないようである。

「私も北条氏の一門ですから、関東に対する謀叛となれば、率先して討手に起《た》ちます」

高氏は無難な答えをした。どうやら道誉は世嗣誕生にかこつけて、高氏の肚《はら》を探りに来たらしい。これまでも意味深長な打診を受けたことはあったが、今夜の道誉はかなり露骨である。それだけ京都情勢が切迫してきたのである。

「それは建て前と申すもの、今夜は高氏殿の本音を承りたいのう」

「これが本音でござるよ。もともと拙者には建て前と本音の区別はござらぬ」

高氏はからみつくような道誉の言葉をいなした。

「高氏殿、ただいま北条氏の一門と申されたが、足利氏は北条氏の家人《けにん》（家来）ではござらぬぞ。いまさら言うまでもないことでござるが、足利家三代義氏《よしうじ》殿は三代将軍実朝《さねとも》公が鶴岡八幡宮《つるがおかはちまんぐう》で暗殺され頼朝《よりとも》公の血流が絶えた後、源氏の嫡流として当然将軍職を継ぐべき位置におわした。足利氏はむしろ北条氏の上位にある家柄じゃ」

道誉はあたり憚らぬ高声で言い放った。周囲の者ははらはらしている。まだ祝い客は訪ねて来るかもしれず、それらの中に高時や長崎高資に近い者がいないという保証はない。だが高氏はゆったりとくつろいだ姿勢で、道誉の相手になっている。

柔和な面に穏やかな微笑の絶えることがない。決して政治の表舞台に立たないが、鎌倉に隠然たる勢力を張る実力者らしからぬソフトで控え目な姿勢である。口角泡を飛ばして自分の意見を積極的に開陳するというよりは、聞き上手なのである。言葉は少ないが、いつの間にか高氏ペースで話が進められていく。

人は高氏と話していると安心した。悩みや胸のつかえを高氏に話すと、問題が解決したかのようにすっきりする。高氏が問題点をすくい取り代わって背負ってくれるような安堵《あんど》をおぼえるのである。このような彼の人柄が御家人たちの間に絶大の人気をたくわえた。たしかに道誉の言うとおりである。清和源氏の嫡流として、足利氏は頼朝が興した鎌倉幕府を後継すべき位置にいた。だが足利氏の家祖は権力闘争を好まなかった。その後足利氏は北条氏と婚姻を繰り返しながら、北条氏を姻戚《いんせき》として支援しつつ生きながらえてきたのである。

主流協力の立場を取りながら、自分は決して主流に立とうとはしなかった。その控え目な姿勢が権力闘争の渦に巻き込まれることなく、いつの間にか北条氏における隠然たる勢力を築き上げたのである。

決して出しゃばらない、政治の表舞台に立たない。常に北条氏の女房役に徹する。これが足利氏の代々の家訓のようなものであった。自衛のための家訓であり、その家訓を忠実に遵守したために関東随一の隠然たる勢力をたくわえることができた。

その勢力が北条氏の衰微と高時の無能によって最近目立つようになった。隠そうとしても顕《あらわ》れざるを得ないのである。老朽化した大船の中で新しい船が造られつつあるような按《あん》配《ばい》であった。道誉はそのへんの事情を敏感に察知して、高氏にしきりに接近してくるのかもしれない。

「拙者、近々のうちに近江へ立ち戻る。今度会う場所は京かもしれぬ。なにか事ある節には微力ながら拙者、お力になり申そう。拙者には幕府も朝廷もござらぬ。拙者はなにものに対しても忠誠を誓わぬ。拙者が忠誠を誓うものは自分自身のみ。佐々木道誉は天下の婆《ば》娑羅者《さらもの》、小回りがききまする。ご用の節は拙者をおもいだし候え」

道誉は豪快な笑いを振りまいた。いまの鎌倉でこれだけ大胆なことを言える者は道誉だけである。北条氏に仕えているが、権威におもねらず、それだけの実力を備えている。高氏とは両極端に位置しているような人物であるが、高氏の温容な見かけの内部に潜むしたたかな反骨と野心を見抜いて、そこに共通項をおぼえているようである。

道誉が帰って行ったのは明け方近くであった。深い緑に包まれた鎌倉の山の上にも黎明《れいめい》が揺れかけている。鳥の気配を窓の外に聞きながら、高氏は道誉が残して行った意味深長な言葉を反芻《はんすう》していた。

彼は万一の際には力になると言った。彼の言うなにか事ある節とは、鎌倉と朝廷の手切れを意味しているのであろう。そのとき高氏の力になるとはどういうことであろうか。佐々木道誉は北条氏に仕えているのであって、足利の家臣ではない。それが足利のために働くとほのめかしたのである。

(道誉め、おれの野心に気がついているのか)

高氏は自問自答した。彼は己の野心を自分独りの胸の内にたたみ込んでいる。それは足利氏の嫡流としての、代々伝えられた自衛本能のようなものである。

歴代の統領に彼のような野心を持った者は一人しかいない。足利家には始祖源義家《よしいえ》から置文《おきぶみ》（遺言状）がひそかに伝えられている。義家は武士が朝廷の公卿《くげ》の下に屈膝《くっしつ》しているのを口惜しくおもい、

「我が七代の子孫に吾《われ》生まれ変わりて天下を取るべし」

と予言した。だが足利氏七代目の統領家時《いえとき》（高氏の祖父）は霜月《しもつき》騒動と呼ばれる得宗家の内管領と御家人との抗争に巻き込まれ、切腹して果てた。そのとき家時は無念のおもいを籠《こ》めて、

「我が命を縮め三代のうちに天下を取らしめたまえ」

と再置文した。高氏は家時から三代目にあたる統領の身分である。家祖と祖父の願いを託されたのが高氏ということになる。この置文に従えば、高氏は足利家十代の夢の具現者ということになる。

足利家の置文の言い伝えは、一族の限られた者にしか知らされていない。このような置文の伝説があるだけで、権力者からにらまれるからである。足利氏の本領安堵のためには、置文の存在は秘匿しなければならなかった。

まさか道誉が足利氏の置文を知るはずはあるまい。それにしても高氏の野心を言い当て

たような彼の含みの多い示唆はなにを意味しているのか。

北条氏は頼朝の定めた政権を奪取した家柄である。その北条氏から清和源氏の嫡流である足利氏が政権を取り戻しても、簒奪《さんだつ》したことにはならない。

平氏より武家の政権は源平交替するのが順当である。まず平清盛《きよもり》、源頼朝に移り、ふたたび平氏の北条氏の手に移った。次の担い手は順序からして源氏ということになる。鎌倉後期以降、清和源氏の嫡流は足利氏をおいてない。そしていま高氏は祖先の置文の予言した位置に立とうとしている。

二

問注所《もんちゅうじょ》を出た新田義貞《よしさだ》は、高時館のある若宮大路《わかみや》幕府の東門をくぐって若宮大路に出た。この度領地の新開発に際して幕府の許可を得るため上州《じょうしゅう》新田荘《にったのしょう》から鎌倉へ上って来たのである。

開発には必ず隣接する勢力圏との境界争いが生ずる。新田荘と境を接する足利荘の立地条件が新田、足利の宿命的な対決を生んだ。トラブルを最小限に抑えるためにまず問注所に開墾許可の申請をし、免判《めんぱん》（認可）が下ってはじめて中央政府から開墾を正式に許可されたことになる。この方式は頼朝時代からさして変わっていない。

鎌倉の目抜き通り若宮大路は通行が賑やかである。高時の館のある若宮幕府を中心に寝殿、大御所、小御所、侍所《さむらいどころ》、弓学問所、進物所《しんもつどころ》等の施設が集まり、幕府の三大機関である公文所《くもんじょ》、問注所、侍所の建物や、有力御家人や高官の館が軒を連ねている。各御家人の邸《やしき》は寝殿造りの母屋を中心に侍長屋、馬屋、櫓《やぐら》などが設けられ、それ自体が宏壮《こうそう》な館になっている。

供を揃えた凜々《りり》しい騎馬武者が往来し、金襴の袈裟をまとった高僧めいた僧侶《そうりょ》や修行僧や、あるいは文人、職人の間に、諸国から入り込んで来た商人や旅芸人や傀儡《くぐつ》の者や市民などが織りなすように歩いている。

『海道記』に、

「をろをろ将軍の貴居を垣間見《かいまみ》れば花堂たかくおしひらいて翠簾《すいれん》色喜気をふくみ、朱欄妙《しゅらんたえ》にかまへて玉砌《ぎょくせい》のいしずへ光をみがく、春にあへる鶯《うぐいす》のこゑは好客堂上花にあざけり、あしたををくる龍蹄《りょうてい》は参会門前の市に嘶《せい》ゆ（いななく）」

と記述されているように、豪壮華麗なものである。これは高時の居館の描写ではないが、菊夜叉《きくやしゃ》を迎えるにあたり新築した館を加えて、この文章に描かれた以上の施設を網羅し、粋を凝らしていたと考えられる。

商業区は市中七か所に特定されているので、商店や屋台は出ていない。商業区では一日おきに市が立ち、食物、薪《たきぎ》、奢侈《しゃし》品、衣料、武具、馬などが商われている。常住人口六万、全国から流入して来る人たちを加えて常時十万の人間たちがこの山に囲まれた狭い地域に犇《ひしめ》き合っている。

市中から溢《あふ》れ出た人々は、周辺の山中に岩をくりぬき、谷倉《やぐら》と称する洞窟《どうくつ》に住み込んでいる。本来は墓として掘ったものを、生きている人間が住みついたのである。

鎌倉の家の軒は短く、道路は狭い。要塞《ようさい》都市としての限界を示しているが、それは鎌倉幕府の行き着いた姿でもある。

得宗高時の闘犬狂いを反映して、市中の御家人の家ではどこでも数頭の猛犬を飼っている。これらの犬が朝夕一斉に吠《ほ》え立てる声が周囲の山々に谺《こだま》して、鎌倉の騒音公害とすらなっている。

義貞はすでに何度か鎌倉に来ているが、その都度犬の数が増えているような気がする。至る所犬だらけである。これらの犬に錦《にしき》の装束を着せ、金糸銀糸で縒《よ》った綱で引いて飼い主の家臣や犬役人が往来を散歩させる。時には輿《こし》に乗せて運ぶ。路上で出会った犬同士が喧嘩《けんか》をし、果ては犬を引く武士たちの斬り合いに発展することもある。鎌倉は武士の都であると同時に犬の都でもあった。

若宮大路を人ごみを掻《か》き分けるようにして輿に担がれた美しい女がやって来た。扈従《こじゅう》する供の行列も長く、仰々しい。おそらくは幕府要職の縁の者であろう。

義貞の目が輿の上の女の目と合った。義貞には一瞬女がほほえんだように見えた。艶《あで》やかな中に気品があり、彼女の全身を柔らかい光が包んでいるように見えた。

「菊夜叉だ」

「あれが都で名うての田楽《でんがく》の名手菊夜叉か」

「さても美しい」

「得宗様のご寵愛《ちょうあい》を一身に集めているそうな」

「あれがほんに玉の輿じゃな」

そんなささやき声が見物人の間から漏れた。茫然《ぼうぜん》と立ち尽くして輿を見送っていた義貞は、突然沸いた子供の泣き声と凄《すさ》まじい犬の吠え声に我に返った。人がわらわらと駆けて行く。群れ集まった人垣の彼方《かなた》に、怒声と土埃《つちぼこり》が沸き立った。

「なに事だ」

義貞が供の阿久《あく》津三郎に問うと、

「見てまいりましょう」

騒動の方角に駆けて行った阿久津三郎はいくばくもなく立ち戻り、

「犬が子供を咬《か》んでおります」

と報告した。

「犬が子供を、穏やかではないな」

義貞は眉《まゆ》をしかめて騒動の方角へ急いだ。人垣を掻き分けてみると、錦の装束に金の注《し》連縄《めなわ》をつけた見るからに狂暴な形相の闘犬に一、二歳の幼児が足を咬まれて泣きわめいている。そばで母親らしい女が半狂乱になって、

「お助けくださいまし、なにとぞお助けくださいまし」

と犬を引いている武士にすがりつくように訴えている。

「ならぬ。畏《おそ》れ多くも入道様のご愛犬、熊王《くまおう》様に無礼を働いたかどじゃ。咬み殺してくれるわ」

武士は虎の威ならぬ犬の威を借りて居丈高に怒鳴った。おそらく恐い者知らずのよちよち歩きの幼児が、母親が目を離した隙に犬に近づいて咬まれたのであろう。取り巻いた野次馬たちも可哀想だとはおもっていてもどうすることもできない。相手が悪かった。

犬狂いの張本人鎌倉の最高権威者高時の飼い犬に咬みつかれたらしい。通行人の中に武士もいたが、事情を知ると見て見ぬ振りをして逃げるようにそそくさと立ち去って行った。

犬は野次馬に取り囲まれ興奮したらしく、子供を咬んだまま離そうとしない。闘犬は敵が死ぬまでくわえ込んだまま離さない習性がある。子供の泣き声が弱々しくなっている。このままでは子供が殺されてしまう。義貞は人垣を掻き分けて進み出た。

「子供をお許したまわりたい」

義貞は犬役の武士に低姿勢に言った。

「きさまはなに者だ」

犬役は視線を義貞の方へ転じた。

「通りすがりの者にござる」

「通りすがりの者ならばそのまま行け」

犬役は傲然《ごうぜん》と言い放った。

「このままでは子供が死にまする」

「きさまの知ったことではあるまい。見れば田舎から上って来たばかりの土侍だな。いらざることに関わり合って怪我をするな」

犬役は鼻先でせせら笑った。

「なにとぞお願い仕《つかまつ》る。白昼衆人環視の中で、犬が人を咬むなどとは穏やかではござらぬ」

「なんだと、穏やかではないと。きさま、得宗殿のご愛犬様と知って物言いをつける気か」

歯牙《しが》にもかけていなかった犬役が、義貞の方に姿勢を向けた。

「物言いなどつけるつもりは毛頭ござらぬ。ただ子供を救いたまわりたいだけでござる」

「救いたければお主が救え」

「救ってもよいのでござるか」

義貞の表情が少し改まった。

「ただし、入道様のご愛犬熊王殿と知ってのことであろうな」

「入道殿のご愛犬であろうと、人間の命には代えられませぬ」

「よう言うた。ならばお主が救ってみせい」

義貞はやむをえず犬の前に進み出た。子供の泣き声は止んでいる。もはや一刻の猶予もならない。

義貞は犬の前に進むと、いきなり足を上げてその横面を蹴《け》り上げた。おもわぬ横槍《よこやり》に犬は驚いたらしい。だがさすが得宗寵愛の闘犬だけあってまだ子供をくわえた口を離さない。犬役が顔色を変えた。まさか天下の得宗家の愛犬を蹴り飛ばす者があろうとは夢にもおもっていなかったらしい。犬役が犬になにか言った。犬は子供を離すと、猛然と義貞に飛びかかって来た。牙《きば》を閃《ひらめ》かした闘犬と、義貞の身体が交差した。たがいの位置が入れかわったときは、義貞の手に抜き放った太刀が握られ、闘犬は地上に斬り捨てられていた。犬役も目撃していた人々もいつ義貞が剣を抜いたのかわからなかった。

犬役は茫然として立ちすくんだ。義貞は子供の母親に向かって、

「幸い、大した怪我ではないようだ。早く手当てをしてつかわせ」

と言葉をかけると、犬の血を拭《ぬぐ》った刀を鞘《さや》におさめて、犬役に向かい、

「やむをえざる仕儀とはいえ、得宗殿のお犬を斬った罪軽からず。逃げ隠れは仕りませぬ。拙者は上野新田荘の住人新田義貞と申す者にござる」

彼は神妙に名乗り出た。義貞と阿久津三郎の主従はその場で縄を打たれた。彼らは侍所の郭内に設けられている揚り屋（未決の囚人を入れる留置場）へ入れられた。

「えらいことになりましたな。得宗殿の寵愛犬を斬ったとなると、ただではすみますまい」

阿久津三郎が深刻な表情をした。

「いかに寵愛の犬とはいえ、まさか人間と犬を取り替えにはすまい」

「犬狂い、田楽狂いの入道ですからわかりませぬぞ」

三郎の面を塗った憂色は濃い。もともと高時の犬狂いがなければ起きなかった事件である。だが義貞は楽観的であった。鎌倉から遠い新田荘に腰を据えて、鎌倉の事情に疎いせいもある。だがもともとおおらかな性格なのである。

ライバルの高氏が、一見穏和な底に、したたかな商才を秘めているのに対して、義貞はあくまでも一本気であり、正直であった。それが新田氏一族の統領として人望のあるところでもあり、統領でありながら一族の者から危惧《きぐ》されている性格でもある。

彼らはそのまま三日間揚り屋に収監されていた。その間なんの音沙汰《おとさた》もない。あたえられるものは粗末な食事と水だけである。

「なんの沙汰もないというのはどういうことでございましょう」

阿久津三郎の面を塗った不安の色が深くなっている。

「わしらを忘れてしまったのではないかの」

義貞は他人事《ひとごと》のように言った。さすがの義貞も不安をおぼえぬではなかったが、不安がったところで仕方がないと開き直っている。そのうち、予定が過ぎても帰って来ぬ義貞主従に本領の者が心配して探しに来るだろうと楽観している。

義貞はこの年二十九歳、男として脂の乗り切った年齢である。上野の原野を走りまわって成長したので、馬術や武技にたけている。だが彼の幼いころから身辺に侍《はべ》っている阿久津三郎にしてみれば、高氏のように悪達者なところのないのがもどかしい。

足利氏が北条氏に食い込んで、いまや幕府最大の勢力になりつつあるのに対して、家祖においては対等であった新田氏が、鎌倉においてほとんどその名も知られていない一土豪に凋落《ちょうらく》しているのは、義貞一人の責めではないにしても、彼の純真な性格が大いに影響していると見られる。

こんなことがあった。文保《ぶんぽう》二年(一三一八)十月六日、義貞は新田荘八木《やぎ》沼郷《ぬまごう》内の在家七宇と畑十五町七段《たん》を三百二十三貫文で売却した。買い主は不明であるが長楽寺《ちょうらくじ》再建費用の金策を目的としたものと考えられている。自分の領地であっても勝手に売却はできない。二か月後、鎌倉幕府は義貞の所領の売却を認可した。これによってこの売却は中央政府の認める合法的なものとなったのである。このときの執権高時が発行した安堵状(認可状)に義貞の名前を「新田孫太郎貞義」と誤記した。小太郎義貞と書くべきところを二字もまちがった。要するに幕府にとって義貞の存在はその程度のものだったのである。

　阿久津三郎はそのことをおもいだしていた。得宗家の愛犬を殺した罪は尋常ではない。重罪に処すべき罪人を、何日も揚り屋に放り込んだままなんの音沙汰もないということは、もしかすると犬役が自分の落ち度を隠すために高時の耳に入れず、事件をもみ消してしまったのかもしれない。

　あるいは幕府がたかが一匹の犬殺しと受け止めていれば、本当に忘れてしまった可能性もある。このときの義貞は忘れられても仕方がないような微々たる存在であった。

　所領売却だけではなく、争い事が起きた場合も、一族の者は本家総領（統領）の義貞に裁定を仰がず、幕府に訴え出た。義貞の存在は一族の間でも無視されることがあったのである。

　組織を跳躍する場合には三つのルールがある。一は微々たる問題、二は緊急を要すること、三は本人の同意がある場合である。この三原則はいつの時代においても変わらない。これを無視することは、組織の存在意義を否定することにほかならない。

　新田家本家の総領として、義貞はしばしば一族から無視されるような処遇を受けていた。決して暗愚でも凡庸なわけでもない。統領たるにふさわしい器であったが、組織を経営していく者に必要とされる冷酷非情な面に欠けていたのである。

　三郎はひそかにおもった。もしこれが高氏であったなら、市民の幼児が犬に咬まれていようと、冷然と見過したであろう。それが見過ごせなかったところが、義貞の面目躍如たるところでもあり、弱味でもある。

　この主《あるじ》の性格が命取りになるかもしれぬ、と案じた三郎は、いまその危機に直面しているることを悟って、背筋が寒くなった。このまま揚り屋に放り込まれて忘れられてしまったならば、もはや新田荘には帰れぬかもしれぬ。

　領地では予定を過ぎても帰って来ぬ主従にそろそろ騒ぎ始めているころである。だが一族の者が鎌倉へ探しに来ても、まさか入牢《じゅろう》しているとはおもうまい。鎌倉の地で忽然《こつぜん》として消息を絶った義貞と三郎を探す手立てはない。

　三郎は事態を極めて深刻に見つめた。いったいどうなっておるのだ。裁くなら早く裁けと牢番に訴えてもまったく反応がない。

　五日目、やや上級らしい牢役人が姿を現した。彼は牢番に牢の戸を開けさせると、

「放免じゃ」

　と告げた。二人とも一瞬告げられたことの意味がわからない。

「早々に立ち去れ」

　牢役人はふたたび言った。

「裁きはないのか」

　義貞は問うた。五日もなんの調べもせずに閉じ籠めておいて無罪放免ということは信じ

られない。

「本来なら即座に斬罪《ざんざい》に処すべきところを、格別のお情けをもって無罪放免となった。二度とご愛犬様に狼藉《ろうぜき》を働くでないぞ。とっとと立ち去れ」

「なに故の無罪放免か」

義貞は不審におもった。

「菊夜叉様のおとりなしじゃ。お主ら、運がよいのう。菊夜叉様が通り合わせなんだら、お主ら、いまごろは冷たい骸《むくろ》となって由比ケ浜《ゆいがはま》で鴉《からす》の餌になっておるじゃろう」

鎌倉は極端な土地不足で、処刑された咎人《とがにん》の死体は埋葬すらされず由比ケ浜に放り出された。

「菊夜叉、あのとき輿に乗って通りかかった女性か」

義貞はおもいだした。若宮大路ですれちがった輿に担がれた美しい上臈《じょうろう》(位の高い女性)とふと視線が合った。それだけの出会いである。

だが菊夜叉はその後の一部始終を見ていたにちがいない。そして義貞の助命を高時に嘆願してくれたのであろう。ただ一触の、いや、袖《そで》すら触れ合わぬ行きずりの路傍の者を、菊夜叉はおぼえていてくれて高時に命乞《いのちご》いをしてくれたのだ。愛犬を殺された高時はさぞ怒り狂ったことであろう。田楽と闘犬に狂っている高時の怒りを鎮められる者は、菊夜叉以外にない。

「命冥加《みょうが》な奴。二度と鎌倉へ戻って来るでないぞ」

牢役人は言った。

高氏が鎌倉最大の勢力として幕府において羽振りをきかせているとき、義貞は犬一匹を殺したことから危うく処刑されかかり、高時の愛人のとりなしで命拾いをしたのである。このときの両人の落差は大きい。義貞はその落差をしっかりと心に刻んで新田荘へ帰って来た。

二度と鎌倉の地を踏むなと言った牢役人の言葉を彼は繰り返し心に反芻《はんすう》した。屈辱感と共に菊夜叉の面影がよみがえる。一瞬垣間見ただけであるが、彼女の﨟たけた容姿は瞼《まぶた》に刻みつけられている。

（今度鎌倉の地を踏むときは、そなたを高時から奪い取ってみしょう）

義貞はついぞおぼえたことのなかった熱い感情を胸にたぎらせていた。

大戦の幕開け

一

関東において南北朝動乱の主役たちが北条氏の桎梏《しっこく》の下で蠢動《しゅんどう》を始めているころ、京都の形勢はますます急になった。日野俊基《としもと》を右中弁《うちゅうべん》に再起用した後醍醐《ごだいご》は、十三歳の北畠顕家《きたばたけあきいえ》を左中弁に昇任させた。左右中弁は左右大弁の下にあり、正五位上相当官である。職掌は左右大弁と同じであり、後醍醐政権の閣僚である。

この間、六波羅《ろくはら》もせわしく交替した。閏《うるう》六月二十八日、北条貞将《さだまさ》が六波羅南方を辞め、八月七日、代わって北条時益《ときます》が入洛《じゅらく》した。六波羅探題は五条大路を隔てて南と北に分かれている。これが京都における幕府の出先機関であるが、出先というよりは京都における一大独立国であり、朝廷の動きを封ずる進駐軍であった。十二月二十七日、六波羅北方常葉《ときわ》範貞《のりさだ》が辞任し、北条仲時《なかとき》が交替した。形勢は慌しかったが、大事件の勃発《ぼっぱつ》もなく元徳《げんとく》二年（一三三〇）は波瀾《はらん》含みのまま暮れていった。

この年尊雲《そんうん》法親王（護良《もりなが》親王）、比叡山座主《ひえいざんざす》を辞して、十二月十四日、尊澄《そんちょう》法親王（宗良《むねなが》親王）と入れ替わった。尊雲法親王は叡山の大塔《おおとう》に留《とど》まり相も変わらず僧兵の訓練に勤《いそ》しんだ。尊雲法親王は以後、大塔宮と称せられた。

大塔宮はいまや叡山三千の僧兵を引き具して、大軍団の将となっていた。大塔宮の率いる軍団は、後醍醐政権の中核戦力となり、鎌倉の駐留軍六波羅の兵力を圧倒した。「不思議な門主」は後醍醐帝の熱い血を忠実に相続した猛将となったのである。

明けて元徳三年、この年八月九日、元弘《げんこう》と改元される。だが証書が関東に届かず、幕府は依然として元徳の号を用いていた。このためこの年は京都と鎌倉では異なる元号を用いている。

禁中での関東調伏《ちょうぶくきとう》の祈禱はますます激しくなった。帝《みかど》お一人禁中奥深く隠れての祈禱は、いまや文観《もんかん》や法勝寺《ほっしょうじ》の円観《えんかん》、浄土寺《じょうどじ》の忠円《ちゅうえん》、南都《なんと》の知教《ちぎょう》、教円《きょうえん》などを宮中に招き大っぴらに祈禱するようになった。

注連縄《しめなわ》を張った須弥壇《しゅみだん》の上には、十二天を祀《まつ》り、すなわち東に帝釈天《たいしゃくてん》、東南に火天、南に閻魔天《えんまてん》、西南に羅刹天《らせってん》、西に水天、西北に風天、北に多聞天《たもんてん》、東北に大自在天《だいじざいてん》、上に梵《ぼん》天《てん》、下に地天を祀り、七曜二十八宿《しゅく》の星座を侍《はべ》らせている。

護摩壇《ごまだん》の中央からは天も突き抜けるばかりの紅蓮《ぐれん》の炎が立ち昇り、幕府調伏の願文《がんもん》を書いた焚木《たきぎ》が絶え間なくくべられる。朦々《もうもう》たる護摩の煙を浴びて、振鈴を宮中に響かせ、絹で織った白い袈裟《けさ》をまとった後醍醐帝を囲んで、文観以下の呪僧《じゅそう》が印を結び、陀羅尼《だらに》（呪《じゅ》文《もん》）を唱えている姿はまさに魔界の群像のような鬼気迫るものがあった。仏眼金輪五壇《ぶつげんこんりんごだん》の法、一字《いちじ》五反孔雀経《ごへんくじゃくきょう》、七仏薬師熾盛光《しちぶつやくししじょうこう》、烏芻沙摩変成男子《うすさまへんじょうなんし》の法、五大虚空蔵《ごだいこくうぞう》、六観音《ろくかんのん》、六《ろく》字河臨《じかりん》、訶利帝母《かりていも》、八字文殊《はちじもんじゅ》、普賢延命《ふげんえんめい》、金剛童子《こんごうどうじ》の法などありとあらゆる呪術《じゅじゅつ》を駆使して調伏した。

呪術は神仏または神秘的威力によって災禍を免れたり、あるいは起こしたりすることを祈るものである。この祈願を組織的に行なうのが修法《ずほう》である。後醍醐帝はこのうちで悪人悪神を押さえるための調伏を行なっていた。

すなわち鎌倉幕府は朝廷の親政を阻み、臣下にもかかわらず皇位の継承にまで介入する大悪人なのである。この凄《すさ》まじい修法を見た者はいかなる大悪であれ調伏されるような迫力をおぼえた。

帝自身が悪魔降伏《ごうぶく》の十二天が乗り移ったかのような自己暗示にかけられている。これだけ公然と幕府調伏の修法を行なっていては、幕府が知るのは時間の問題とされた。

高時《たかとき》は相も変わらず菊夜叉《きくやしゃ》を引きつけ、田楽《でんがく》と闘犬に耽《ふけ》っていた。一族は権力抗争に明け暮れ、賄賂《わいろ》や汚職が横行した。

京都から頻々と朝廷の不穏な動きを伝えてくるのを、他人事《ひとごと》のように聞きながら田楽に興じている高時に菊夜叉がささやいた。

折しも春たけなわで、鶴岡八幡宮《つるがおかはちまんぐう》や建長寺《けんちょうじ》の桜が満開となっていた。鎌倉《かまくら》の春は美しい。山に周囲を塞《ふさ》がれた狭隘《きょうあい》な盆地に花が洪水のように溢《あふ》れている。『とはずがたり』の作者が、

「階《きざはし》などのやうに重々に、袋の中に物を入れたるやうに住まひたる」

と形容したように、これは袋か壺《つぼ》に無理やりに押し込めた花が春の到来と共に爆発したような感じであった。

春の気まぐれな旋風《つむじかぜ》に乗って、花吹雪が狭隘な町の上に豪勢な渦を巻く。その渦に運ばれて、館《やかた》の奥深くまで花びらが漂って来る。地上や外に面した廊下には花毛氈《もうせん》が敷かれている。

「今日も京から使者がまいりましたそうな」

「また京で血の気の多い帝が、公卿《くげ》どもに担がれて騒いでおるようじゃの」

高時が他人事のように言った。すでに政治のラインから完全に切り離されており、彼の許《もと》には報告すらこない。

「このまま捨て置かれてよろしいのでございますか」

菊夜叉がなにかを含んだような言葉遣いをした。

「京のことが気にかかると見ゆるな」

高時は言った。

「気にかかります。二度と帰りとうはないだけに、私を呼び戻すための使者が来たのではないかと」

菊夜叉の言葉は半分本音でもある。すでに彼女の滞在期限は切れている。文観から帰京命令を携えての使者が来たのではないかと気になるのである。

文観の呪縛《じゅばく》が切れてみれば、もはや二度と彼の性奴に戻る気はしない。文観によって女にされた菊夜叉であったが、高時を愛するようになったいまは、文観との血分けをおもいだすだに虫酸《むしず》が走る。

「都のことは忘れよと申しておる」

「忘れとうございます。いっそ都などなくなればよいのに」

菊夜叉はまたもやおもわせぶりな言い方をした。

「都がなくなればいいだと」

高時は菊夜叉の言い方が気になったようである。

高時を愛するようになった菊夜叉に、一つの野心が生まれかけている。高時を傀儡《かいらい》ではなく、名実共なる権力者に返り咲かせてみたい。その復活のきっかけとして、いまの都の情勢はまたとないものではないか。

京都は優柔不断な鎌倉の態度に増長している。その増長を断乎《だんこ》たる態度をもって叩《たた》き潰《つぶ》す。今度は正中の変ごときではない。鎌倉に対して弓引く気配でも示した者は、一人残らず刈り取ってしまう。

田楽と闘犬に耽溺《たんでき》している高時にそれをやらせたら、衆人の彼を見る目がちがってくる。傀儡ではあっても高時にはそれが行なえる資格がある。彼が北条氏の最大権威者であることには変わりない。菊夜叉はこの高時をもう一度よみがえらせてみようという野心を持った。

「御前、京都を叩き潰しませ」

菊夜叉は自分の言葉にはっとなった。その言葉と共に胸の奥底に閉じ込めていたものが噴出してきたような気がした。

「京都を叩き潰すだと。そなた、なにを言い出すのだ」

高時は一瞬驚いたような顔を向けた。

「二度とふたたび鎌倉に弓引くことないように叩き潰しておしまいなされませ」

京都と共に文観を叩き潰す。彼こそ自分の魂を奪った元凶である。これまで彼女の胸の奥に封じ込められていたものは、文観に対する怒りであった。それに気がつかぬまま文観の呪術の奴隷にされていたのである。高時によってその呪術から解き放され目が覚めた。

目が覚めると同時に文観に対する怒りが噴き出したのである。

血分けと称して文観は彼の汚れた血を彼女の体内に注ぎ込んだ。外道《げどう》悪魔の血に汚れた彼女の体は、文観を殺さぬかぎり元へは戻らぬ。元へ戻らぬどころか、いつ高時の許から引き離され、あのおぞましい内陣の前の悪魔との交合《まぐわい》の褥《しとね》に連れ戻されるかもしれない。あの褥に戻るくらいなら、死んだ方がましだと菊夜叉はおもった。

「御前様、京都を叩き潰すのです。そしてだれがこの天下の主であるかということをおもい知らせてやるのです。京都のみならず、鎌倉や関東や諸国の御家人たちに」

「菊夜叉、そなたは」

高時は突然火がついたかのように熱っぽく説く菊夜叉に、目を見張った。

「御前はあまりにもおとなしすぎるのです。御前は天下人です。天下人たる事実をお示しあそばしませぬと、京より私を奪い返しにまいるやもしれませぬ」

「京からそなたを奪い返しにだと」

唖然《あぜん》としていた高時の表情がぎょっとなった。彼にとって菊夜叉を奪われるということは、死を言い渡されるに等しい。

「だれがそなたを奪い返しに来るというのじゃ」

「京の文観」

「京のなに者じゃと」

「帝をたぶらかす奸僧《かんそう》、文観です」

「文観か、近ごろよく耳にする名前じゃの」

「その文観こそ、京都不穏の元凶でございます。文観が帝をそそのかしているのでございます」

「なにやら怪しげな呪術を使うと聞いたが」

「天魔外道の妖僧《ようそう》にございます。あの者を生かしておいては御前のためになりませぬ」

「文観がそちを奪い返しに来ると申すのじゃな」

無気力だった高時の面に血の色がさしてきた。

「さようにございます。京におりました際、僧侶《そうりょ》の身にありながら、私に懸想いたし、しつこく言い寄っておりました。文観から逃れるためにも殿の御許《おんもと》へまいったのでございます」

「憎《にっく》き奴め」

高時はライバルの出現にきりきりした。

鎌倉の命運や、北条氏得宗《とくそう》としての自分の地位よりも、菊夜叉が大切である。その独占を脅かそうとする者がいると告げられて、高時の頭に血が昇った。しかもそのライバルは、後醍醐帝をそそのかし鎌倉調伏の祈禱を捧《ささ》げているという妖僧である。

高時の胸に澱《よど》んでいた無気力な油に菊夜叉が火をつけた。おのれ、仏門に仕える身でありながら、菊夜叉に横恋慕する生臭坊主め。目にもの見せてくりょう。高時は好きなおもちゃを取り上げられかけた幼児のような心理になっていた。

二

四月十三日、延暦寺《えんりやくじ》から失火した。失火の原因は不明である。京童《きようわらべ》は関東調伏の護摩を焚《た》く火が失火の原因であると噂し合った。

四月二十七日、清水《きよみず》で小さな事件が起きた。この事件そのものは小さかったが、これが朝廷の討幕勢力を根こそぎ刈り取り、南北朝の大乱に結びつく導火線となった。

清水坂は立ち君（街娼《がいしよう》）の巣窟《そうくつ》である。諸国から集まって来た武士や旅人の袖《そで》を立ち君は引き、商談が成立すると、路傍の小屋掛けの中で事をすます。容色の美《よ》い売れっ子の小屋の前には客が行列をして待っている。

戦いの最中でも夜になると彼我両軍の兵士が仲良く順番を待っている光景が見うけられる。京都ならではの信じられないような光景であるが、京都では戦さも風物の一つにすぎないのである。

「やいやい、きさま、途中から列の割り込みは許さぬぞ」

突然ある小屋掛けの前に並んだ行列の中から怒声が沸《わ》いた。

「割り込みではないわ。ちょっと尿《いばり》に行って来ただけじゃ」

割り込みを咎《とが》められた武士が応じた。売れっ子の小屋らしく、小屋の前には数人が行列している。

「なにを言うか。一度列を離れたら、いちばん尻《しり》へまわれ」

「馬鹿をぬかせ。わしの方が先に来たのじゃ」

「先に来たのを見ておらんぞ」

行列の後方の者が割り込みを咎めた者に応援した。後方の者は前にいる者が少なければ少ないほど、早く自分の番がまわって来る。

「それみろ。御託を並べずにとっとと尻へまわれ」

そのとき小屋の中から用を足したらしい男が出て来た。

「藤太、どうした」

男は割り込みを咎められた武士に声をかけた。彼の同僚らしい。割り込みを図った者は、応援を得て勢いづいた。

「こやつらがわしを割り込みだと言うのじゃ」

「お主はわしの後ろに並んでおった。お主の番だ」

小屋から出て来た男は言った。

「さようなことは許さん。列を離れた者は、尻へまわるか、尿と共に出して来い」

「尿と共に出すとはなにごと。もう一度言うてみよ」

「おお、何度でも言うてやる。女の中より石にでもかけた方が似合うておるぞ」

行列に並んでいた者がどっと笑った。

「おのれ、言わせておけば」

血の気の多い男とみえて、いきなり殴りかかった。

「やる気か」

咎めた方も負けずに応戦した。藤太と呼びかけた男が助勢に加わった。後列の者が喧嘩《けんか》の輪に加わった。乱闘になった。

「こやつは西園寺《さいおんじ》の家人《けにん》だぞ」

割り込みを咎めた側のだれかが言った。

「西園寺と聞いてはなおのこと許せぬ」

「きさまらは吉田の家人じゃな」

咎められた側も喧嘩相手の素姓を知った。彼らは西園寺公宗《きんむね》と吉田定房《さだふさ》の家人たちである。

西園寺氏は関東申次《もうしつぎ》（幕府との交渉役）として代々北条氏と親密であり、持明院統《じみょういんとう》に近い。中宮禧子《きし》の実家でもある。建武政権樹立後、後醍醐天皇に対して叛旗《はんき》を翻し、武家の再興を期した家柄である。一方吉田家は終始南朝方のシンパである。清水の立ち君をめぐって南北の憎悪が剝《む》き出しにされた。

殴り合いの喧嘩が斬り合いに発展した。このとき吉田側の勢力が圧倒的であった。西園寺家の二人は奮戦したが、衆寡敵せず斬り伏せられてしまった。

「馬鹿が、石にでもかけておれば死なずにすんだものを」

吉田家の家人はすでに遊心を失っている。

「検断所（刑事裁判所）の者が来るとうるさい。長居は無用じゃ」

彼らが早々に立ち去ろうとしたとき、

「こやつ、手紙を持っておるぞ」

せめて自分らが斬った相手の素姓を確かめようとおもって、地に伏していた西園寺家の家人の懐中を探っていた吉田家の者が言った。

「手紙だと。捨ておけ」

「なにやら重要な文らしい」

彼は斬った男の懐中から文を奪い取ると、仲間の後を追った。

主家に立ち戻った彼は、事件の顚末《てんまつ》を用人芦屋《あしや》守正《もりまさ》に告げて、奪って来た文をさし出した。守正は文の内容に驚愕《きょうがく》した。彼は早速定房にその文をさし出した。

「下人《げにん》が容易ならぬ書状を手に入れましてございます」

守正のただならぬ顔色に定房も緊張した。さし出された文を披見した定房の顔から血の気が引いていった。

これは西園寺公宗の書状で、後醍醐帝が醍醐寺《だいごじ》の文観や法勝寺の円観や浄土寺の忠円などを侍らせ、中宮（皇后）安産の隠れ蓑《みの》の下に関東調伏《ちょうぶく》の祈禱《きとう》をつづけていることや、討幕挙兵の準備のために春日社《かすがしゃ》や東大寺、興福寺《こうふくじ》、延暦寺と行幸している事実を、その詳細な日程と共に報告している六波羅に宛てた書状である。

それらはすべて鎌倉に聞こえ達しているはずの後醍醐の動きであるが、祈禱の場所、時間、参加した人名、人数、また訪問時の細かな日程から会った人物まで詳細に述べている。

後醍醐の最側近として討幕計画の核心を知っているはずの定房すら知らない内容が籠《こ》められている。この書状が幕府にさし出されれば、有無を言わさぬ証拠となってしまう。

これほど重大な書状を持った者が、清水の立ち君相手に遊びに来ていたことが解《げ》せないが、清水や丸山のいかがわしい遊所には身分の高い公卿《くげ》や幕府の高官もひそかに出入りしている。

「ここまで持明院に探られておったとは」

文を読み終った定房は顔色を失ったまま溜《た》め息をついた。

「西園寺ではこの文が奪われたことをすでに察知しているはずでございます」

守正がどうすると問うように定房の顔色をうかがった。

「西園寺がこの書状を我らが手に入れたと知らば、ただちに六波羅に報告するであろう。急がねばならぬ」

とは言ったものの、定房自身なにを急ぐのかすぐにはわからない。

「鎌倉は正中の変の苦い教訓を忘れてはおりませぬ。ふたたび同じ企てありと知れば、今度こそ容赦しないでしょう」

「其方《そのほう》、いかがすべきかと存ずる」

「正中の変の際は日野資朝卿《すけともきょう》が罪を一身に背負われました」

定房の智恵袋守正が謎をかけるように言った。

「罪を一人に。また人柱を立てよと申すか」

「御意《ぎょい》。このまま放置しておけば、帝にも火の粉が降りかかりましょう。いまのうちに犠牲を最小限に食い止めるべきと存じます」

「人柱に立てるとすれば」

主従は顔を見合わせた。

討幕計画の急先鋒《きゅうせんぽう》は、言うまでもなく正中の変の生き残り日野俊基である。彼を中心に千種忠顕《ちぐさただあき》、坊門清忠《ぼうもんきよただ》、烏丸成輔《からすまるなりすけ》、四条隆資《たかすけ》など過激派の公卿が集まって討幕計画を進めているのである。俊基さえ取り除けば、とりあえず討幕の加速度は抑えられる。

「西園寺公より訴えられるよりは、こなたより自首の形を取った方が、幕府の心証もよく追及の手が緩むと存じますが」

守正が智恵を出した。

「それは名案じゃ。我が方から訴え出る形を取れば、事の露顕ではない。わしが裏切り者の責めを負えば、火が燃え拡がらぬうちに消し止められる」

定房はうなずいた。そうと決まれば、西園寺の先手を打たなければならない。

「これよりただちに六波羅へ赴く」

定房は蒼惶《そうこう》と立ち上がった。これが元弘の乱の幕開けである。


後醍醐帝の最側近吉田定房より天皇再度ご謀叛《むほん》の計画ありと密告された六波羅は驚愕《きようがく》した。万里小路《までのこうじ》宣房《のぶふさ》、北畠親房と共に、「後《のち》の三房」と言われた後醍醐政権の柱石からの密告である。後醍醐周辺の動きは逐一朝廷およびその周囲に張りめぐらした諜報網《ちようほうもう》から報告が来ていたが、天皇の最も信任する吉田定房からの密告は、幕府のこれ以上の逡巡《しゆんじゆん》を許さぬ切迫した具体性があった。

定房の密告は、天皇の周辺と言っているだけであり、天皇ご自身を含んでいない。君側の急進派どもが、正中の変の教訓に懲りず、文観、円観、忠円等の権僧と共謀して討幕計画を進めている。六波羅南北探題北条時益と仲時は、取るものも取りあえず鎌倉に急使を立てる一方、僧侶の逮捕に向かった。

このとき鎌倉では高時が菊夜叉に発破《はつぱ》をかけられて、奮い立っていた。将軍、執権、得宗、内管領《うちかんれい》と移っていった実権をもう一度自分の手に取り戻すのだ。鎌倉幕府で、いや、天下でだれがいちばん偉いかということをおもい知らせてやらなければならない。

京都の悪の元凶は文観と、菊夜叉から吹き込まれていたところに、六波羅から急を告げる使者が来た。高時はいきり立った。真の権力者がだれであるかを天下に実証する絶好の機会がめぐってきたわけである。

「おのれ、性懲りもなく、生臭坊主どもめ。おもい知らせてくれる。謀議に与《くみ》した輩《やから》はなん人たりとも容赦すな。たとえ仏衣の袖の下に隠れようと断じて許さず。手向かいいたさば実力に訴えても引っ立てよ」

田楽と闘犬に骨抜きになっていたような高時にしては、別人のような尖鋭《せんえい》な命令であった。時の執権北条守時も実権を掌握している長崎高資も唖然《あぜん》としたほどの勢いである。

高時の命令を受けて六波羅に軍馬が満ちた。これまで六波羅は昼寝でもしておったか。高時の厳しい叱責《しっせき》と共に朝廷の討幕勢力一挙弾圧を命じられた六波羅は、関東調伏の元凶と目される文観、忠円等の捕縛に向かった。

六波羅一千の進駐兵力に加えて、鎌倉からは長崎高貞《たかさだ》、南条高直《たかなお》等が大兵を率いて続々京都へ向けて発進した。正中の変の際の幕府の手緩《てぬる》い態度とは、見ちがえるような断乎たる姿勢を示していた。

五月十一日、突然武装した六波羅の兵力に山門に踏み込まれた文観や円観らは顔色を失った。討幕計画を嗅《か》ぎつけられたところで、いまの腰の抜けた幕府にどれほどのことができようと高をくくっていた文観らは、高時の断乎たる意志を奉じた六波羅勢にその場から縄を打たれて引っ立てられた。

「控えよ。我らは帝のご尊信を賜る仏門の徒なるぞ。不浄の者ども山門を侵し、仏罰たちどころに下らん」

と精いっぱい虚勢を張った。

「黒衣をまとい、天魔外道の呪術願文を操り、仏門の徒は笑止。仏罰が下るのはきさまじゃ」

討手の先頭に立った二階堂時元《にかいどうときもと》、長井高広《たかひろ》、雑賀隼人佐《さいかはやとのすけ》はせせら笑った。武器を取った軍兵の前に、文観得意のこけ威《おど》しの呪術もなんの役にも立たない。文観はその場で縄を打たれ、六波羅へ引き立てられた。

円観、忠円、知教、教円なども同じ運命にあった。信徒に対して絶大の効力を発揮した金襴《きんらん》の頭巾《ずきん》や素絹《そけん》の袈裟《けさ》はずたずたに引き裂かれ、数珠《じゅず》はひきちぎられた。高僧の権威は失墜し、六波羅の獄舎に狩り集められた獲物のように放り込まれた。

六波羅の検断所では拷問の準備が整っている。取調べ所において真っ赤におこした炭火の上に煮えたぎる熱湯を入れた大釜《おおがま》を据え、その上に割った青竹を敷き並べて、雑色《ぞうしき》（雑役係）が左右より罪人の両手を引いて炎の先が焙《あぶ》るような青竹の上を歩かせる。

罪人はそれを見ただけで肝を冷やし、足が萎《な》えた。

「おのれら鎌倉の恩を忘れ、高徳の偽袈裟の下に幕府調伏の祈禱をなしたるは不届き至極、潔く罪を認めすべてを白状いたさねば、生きたままこの釜の中に突き落としてくれよう」

二階堂時元が脅かしたものだから、文観らは震え上がった。文観ら逮捕の報告はただちに鎌倉へもたらされた。

「御前、お願いがございます」

文観逮捕の報告を受けた高時に、かたわらに控えていた菊夜叉が言った。

「なんだな。なんなりと申してみよ」

たちまち高時が表情を緩めた。

「文観を鎌倉へお移しくださいませ」

「鎌倉へ移してなんとする所存じゃ」

「文観は京都にて私に邪《よこしま》に懸想し、無理難題を吹きかけたる者、鎌倉に移して御前に仇《かたき》を討ってもらいとうございます」

「そなたを苦しめた者は、わしが許さん」

高時はもはや菊夜叉の言いなりである。高時の命令によって文観らは鎌倉へ護送されることになった。円観は輿《こし》に乗せられ弟子三人の供奉《ぐぶ》が許されたが、文観、忠円は貧弱な馬に乗せられ、屈強な武士に取り囲まれて護送された。

後醍醐帝の尊信深き権僧として羽ばたいていた身が、まったくの囚人《めしゅうど》扱いである。鎌倉へ赴く途中で、処刑されるという噂もひそかに流れている。

追捕《ついぶ》の手は堂上にも及んだ。二条中将為明《ためあきら》は討幕勢力の一味同心ではなかったが、旋風のような幕府の追捕《ついぶ》に帝の安否を問うたところを疑われて、六波羅勢に捕縛された。彼の場合は無実の罪である。それだけ六波羅勢も血迷っていた。

六波羅の検断所において為明も同様の拷問にあいかけた。為明は煮えたぎる大釜の前で硯《すずり》と筆を求めた。取調べ役人が、いよいよ白状するのかとおもって硯に料紙を添えてさし出すと、

おもひきやわが敷島《しきしま》の道ならで
浮世のことを問はるべしとは

と一首の歌をしたためた。自分が勤《いそ》しんでいる歌道以外の世俗のことで疑いをかけられるとはおもいもかけず、嘆かわしいことであるという意味である。

取調べに当たった常葉駿河守《ときわするがのかみ》は為明の即興の歌に深く感動して疑いを解き、為明を放免した。

だが為明のようなケースは例外である。幕府の追捕は禁中にまで及んだ。堂上を六波羅の武装兵が土足で踏みにじり、討幕謀議に参加した疑いを少しでも持たれた者は容赦なく引っ立てられた。

直率の兵力を持たない禁中は、まったく無抵抗に六波羅のなすがままにされている。禁裡《きんり》のわずかな衛士《えじ》たちでは六波羅の大兵力にまったく歯が立たない。彼らは後醍醐帝自身すら引き立てかねない剣幕であった。帝の身辺を千種忠顕、坊門清忠、花山院師賢《かざんいんもろかた》、万里小路宣房、藤房《ふじふさ》などが護《まも》っていたが、むしろ彼らが帝に守られている。

さすがの六波羅の兵も帝の身辺にいる彼らに手は出せない。

「日野俊基はいずこに」

「俊基をさし出せ」

六波羅の兵は叫んだ。彼らの的が俊基であることがわかった。この時点では吉田定房の狙いが当たっていた。定房は被害を最小限に食い止めるために、俊基ただ一人を元凶として密告したのである。他の急進派公卿の名前は挙げていない。

後醍醐は禁中を吹き荒れる鎌倉の嵐を歯を食い縛って傍観していた。どんなに悔しくても六波羅の軍事力の前には手も足も出ない。彼が力と頼む叡山の僧兵は都から隔てられている。禁中と叡山の間は遮断されて大塔宮率いるせっかくの戦力が急場になんの役にも立たないのである。定房の諫言《かんげん》が的中した。

このとき俊基はたまたま参内しておらず、騒ぎを聞いて逸速《いちはや》く大文字山《だいもんじやま》の別邸に姿を隠した。だがそこが嗅ぎつけられるのも時間の問題である。俊基は家来の後藤左衛門尉《さえもんのじょう》助光《すけみつ》を呼んだ。

「今度は麿《み》も助かるまい。そこで其方に頼みたいことがある」

俊基は言った。

「これよりただちにお逃げくださいませ」

助光は勧めた。

「どこへ逃げようと、とても逃げ切れぬよ。今度は幕府も本腰を入れておる。幕府の狙いは麿《み》じゃ。日本全国どこへ逃れようと隠れ場所はない」

俊基の表情が覚悟を定めていた。

「無念でございます。あと一歩のところで討幕の兵を挙げるところでございましたのに」

助光は悔し涙を流した。

「六波羅は麿《み》の追及に血眼になっておる。麿《み》が御所へ参内することは、飛んで火に入る夏の虫のようなもの。御所の周囲は六波羅の兵が蟻の這《は》い出る隙もないほど固めているであろう。だが其方ならば、麿《み》ほどは目立たぬ。其方、手立てを尽くして御所に入り、帝に、志半ばにして事露顕するは返す返すも無念。七生生まれ変わりて帝を守護し奉れば、決して御あきらめあそばしませぬように。そして比叡山に逃れるようにお伝えせよ。叡山へご動座あそばすのは早ければ早いほどよい。叡山への道もすべて六波羅の兵によって固められているであろうが、小人数にて下々の者に身をやつして逃れられるならば、六波羅の目をくぐることができるやもしれぬ。六波羅の目はまず麿《み》に注がれておる。麿《み》が捕えられぬかぎり、六波羅も帝に手は下さぬであろう。事は一刻の猶予もならぬ。急げ」

俊基は後藤助光に命じた。

「助光、この身に代えましてもお役目を果たします」

助光はまなじりを決して答えた。

「頼むぞ。いまは其方一人が頼みぞ」

「それでは助光、これにておいとま仕《つかまつ》ります。これが今生のお別れとなるやもしれませぬ。なにとぞ御身おいといあそばしますように」

「其方も麿《み》のような者によく仕えてくれた。改めて礼を申す。主《あるじ》らしいことはなにもしてやれなかったが、許してもらいたい。命を無駄にすなよ」

主従は万感のおもいを籠《こ》めて手を取り合った。

三

後醍醐天皇は吹き荒れる嵐の中心に座っていた。禁裡の奥深く帝の御座所の近くまで六波羅《く》の兵は侵入して来た。こんなことは遠く承久《じゆうきゆう》の乱以降なかったことである。多数の公卿《げ》や官吏や雑色も仰々しい武装の武者たちの前になすところを知らない。

帝を守護するという名目で、禁中に居合わせた公卿たちが御座の間の周辺に集まって来た。帝の守護という名目で帝威の下に身の安全を図っているのである。彼らは六波羅の暴力を阻むなんの役にも立たない。

「文観上人様、円観上人様、忠円上人様も六波羅へ引き立てられましたそうにございます」

　側近から注進を受けた後醍醐は、

「俊基はいかがあいなったか」

　と下問した。

「市中のいずこかに潜伏しておられると見えて、まだ捕縛されたという報告はまいりませぬ」

「なんとか逃れてくれぬものかのう。今度捕まれば、命はない」

　後醍醐は憂色を深めた。俊基の身を案ずるどころではない。帝の命すら保証されていないのである。

「俊基朝臣《あそん》はいないか」

「右中弁《うちゆうべん》はいずこに」

　と叫ぶ暴兵の怒号がここ清涼殿《せいりようでん》の奥深くまで聞こえてくる。彼らは大内裏《だいだいり》外郭の十四門を突破して、諸官衙《かんが》の建物を捜索している。いまにも宮門を侵して、内裏の中にまで踏み込みそうな気配である。

宮門を守る衛士たちも、六波羅兵の圧倒的な勢力と剣幕に恐れをなして物陰にすくんでいる。

「叡山に使者を立てよ」

いまは比叡山に立て籠《こも》る大塔宮だけが頼りである。宮が急を聞いて駆けつけて来れば、六波羅勢を蹴散《けち》らしてくれよう。

「洛中《らくちゅう》には六波羅の兵満ち満ちており、叡山への道はすべて封鎖されております」

万里小路宣房が悲痛な声で報告した。

(やんぬるかな)

後醍醐は唇を血が出るほど嚙《か》みしめた。このことあるをとうに察して、叡山との連絡を確保しておくべきであった。幕府の消極姿勢に増長して、またもや正中の変の轍《てつ》を踏んでしまった。

関東調伏《ちょうぶく》の祈禱《きとう》など、六波羅の実力行使の前にはなんの効力もないことをおもい知らされた。

「主上、ここも安全ではございませぬ。なにとぞ春興殿《しゅんこうでん》の方へ渡らせたまいませ」

花山院師賢が勧めた。

春興殿は紫宸殿《ししんでん》の南東にあり内裏の武器蔵である。武器蔵であるだけに、非常の際多少は立て籠って戦える設備がある。だがそんなところへわずかな武器を擁して立て籠ったところで、幕府の大軍勢の前には蟷螂《とうろう》の斧《おの》のようなものである。建礼門《けんれいもん》を突破されれば、取付きの位置にあるだけに、かえって危険である。

四

六波羅勢が宮中を颶風《ぐふう》のように包んでもみ立てているとき、後藤助光は東洞院《ひがしのとういん》土御門《つちみかど》の里内裏《さとだいり》（仮皇居）陽明門《ようめいもん》の前へ来た。承久の乱によって内裏が戦火で焼失してからここが内裏となり正皇居化している。規模は旧内裏より小さいが、それを模している。そこはすでに六波羅の軍兵が封鎖している。助光は広大な大内裏の外郭をまわってみた。十四門すべて六波羅勢が固めており、出入りを厳しく検問している。まさに俊基が予言したとおり、蟻の這い出る隙もなかった。これではとうてい帝の側近に主の伝言を伝えるどころではない。

助光が陽明門の前へ来たとき、陽明門大路（近衛《このえ》大路）を一台の牛車《ぎっしゃ》が進んで来た。網《あ》代輦《じろぐるま》であるところを見ると、大臣もしくは四位、五位の中、少将の乗用らしい。禁裡の重臣が急を聞いて急ぎ参内して来た様子である。

取るものも取りあえず参内して来たらしく、供の数も少ない。陽明門の前には参内して来た公卿諸官の牛車が駐車している。平素ならば公卿の輦は門の北に轅《ながえ》を東に向けて南上に停め、蔵人頭《くろうどのとう》の輦は大路中央に轅を東に停める、殿上人輦《てんじようびとぐるま》は近衛大路の北、轅を北にて西上に立てる等、輦立様《くるまたてよう》（駐車順序および位置）がそれぞれの位階官職に従って厳しく定められているのであるが、いまは宮中の狼狽《ろうばい》を如実に反映して、めちゃくちゃな位置に輦が立てられている。

親王、摂関、大臣、僧綱《そうごう》などは上東門《じようとうもん》より出入りするのが普通であるが、いまは最寄《もよ》りの門から参内している。助光は咄嗟《とつさ》におもいついた。陽明門には比較的六波羅の軍兵が少ない。彼は牛車のかたわらへ進み寄ると、前簾《まえすだれ》の中の主に声をかけた。

「私は右中弁日野俊基の家人にございます。主人より堂上への伝言をお伝え申し上げたく、なにとぞお供の端にお加えくださいませ」

彼は牛車と歩行を共にしながら必死に訴えた。従者が驚いて飛んで来て、

「下がれ、下がれ」

と制止した。

「俊基殿の家人とな」

そのとき前簾の奥から声がかかった。

「主人より帝へのご伝言、もしお供に加わることかないませぬならば、なにとぞ主人になり代わりましてご伝奏《てんそう》くださいませ」

牛車は歩行を止めぬ。助光も牛車と共に歩きながら訴えている。前簾がわずかに上がっ

た。薄暗い奥の貴人の顔は見えぬ。貴人は助光の様子を観測しているらしい。ふたたび前簾が下りた。

「よい。従《つ》いてまいれ」

前簾の奥から声があった。

「かたじけのう存じ奉ります」

助光はほっと一息ついた。

間もなく牛車は陽明門の前に達した。牛車はそのまま宮門の中に乗り入れようとした。牛車に乗ったまま宮門の出入りを許されることを牛車宣旨《ぎっしゃのせんじ》といい、この宣旨を受けるのは親王、摂関、大臣、僧綱などの中でかぎられた者だけである。

「待て」

「なに者ぞ」

「下乗せよ」

わらわらと牛車の前に立ち塞《ふさ》がったのは六波羅兵である。常詰めの衛士《えじ》ならば牛車宣旨の貴人にそのような無礼はしない。

「下乗せよとは無礼な。お主らこそ宮門から早々に立ち去れ」

牛車の扈従《こじゅう》の者がやり返した。

「なに者だ。名乗れ。なん人たりとも素姓を明かさぬ者はここを通すことはまかりならぬ」

六波羅兵は居丈高に言った。牛車の前簾が中から開かれ、涼やかな声で、

「麿《み》は北畠顕家である。下郎の分際で帝《みかど》近く侍る身を阻むとは無礼であろう」

と叱咤《しった》した。簾《れん》の奥から覗いた顔はまだ紅顔の少年のものである。眉《まゆ》の濃い、凜《りん》とした面立ちに気品が漂っている。六波羅の雑兵《ぞうひょう》たちは一瞬呆気《あっけ》にとられて立ち尽くした。位負けしたのである。その前を牛車は悠然と通り過ぎた。

このとき北畠顕家は十四歳、父親房《ちかふさ》の跡を継いで後醍醐帝の信任厚い側近の一人となっている。十三歳で左中弁に異例の抜擢《ばってき》をされ、この年一月五日、正《しょう》四位に叙せられ、十六日参議兼左近衛中将《さこんえのちゅうじょう》に任じられた。少壮気鋭のエリートである。

北畠顕家の扈従《こじゅう》に加えられて、後藤助光は宮門の内に入ることができた。左近衛府と左《さ》兵衛府《ひょうえふ》の間を通り、職御曹司《しきのみぞうし》と釜所《かまどころ》、外記庁《げきのちょう》の建物の前を通り抜けると内裏（皇居）東面の建春門《けんしゅんもん》の前に出る。

ここで顕家は牛車から下り立った。深緋《こきあけ》の襖《あお》、浅紫の襖、錦《にしき》の裲襠《うちかけ》、金銀で飾った将軍帯を巻き、金装《こがねづくり》の横刀《たち》、沓《くつ》、策著《ひれ》幟殳《ほこ》、元日、即位および外国の使者をもてなすときの礼装をした顕家は、凜然《りんぜん》として威風周囲を払った。宮廷の非常事態と知って、第一級の礼装をして駆けつけて来たのであろう。

顕家はそのとき牛車宣旨を受けていなかった。六波羅兵の封鎖を破るためにあえて陽明

門を乗り打ちしたのである。

建春門の前も六波羅の手の者が固めていたが、顕家の威風に打たれてなにも言わずに道を開いた。建春門を入ると、さらに内郭の宣陽門《せんようもん》がある。

「暫時《ざんじ》ここにて待て」

顕家は宣陽門の入口に助光を待たせて門の内へ入って行った。ここまではさすがに六波羅の兵も踏み込んで来ない。

内郭に囲まれた内側には紫宸殿を中心に、帝の御座所のある清涼殿や諸宮殿、五舎、三坊がある。いまの内裏は過去幾多の戦火によって消失後、里内裏を内裏としたものであり、位置は平安京の北東、東洞院土御門にあり、規模も小さい。

それだけに押し寄せた六波羅の軍勢の重囲の中でいまにももみ潰されそうに心細く見えた。待つことしばし、門の内に人影が見えた。

「これへ」

女官が門の内から助光をさし招いた。女官に導かれて宣陽門をくぐった助光は、初めて足を踏み入れる禁中を奥へ奥へと進んだ。小規模な里内裏のはずであるが、濃い緑に埋もれた内郭は広大であり、回廊に囲まれた建物は壮麗である。

小さな門をいくつかくぐり白砂の敷きつめられた庭を進んだ。この辺り六波羅の兵のざわめきも届かず、森閑と静まり返っている。

竹や柳や桜が植えられている庭を進むと、入母屋檜皮葺《いりもやひわだぶ》きの寝殿造りの建物があり、助光はその南のはずれ、板敷きの間の沓脱《くつぬ》ぎの上に控えさせられた。助光は自分のいる場所の見当が失われた。ここが内裏のどの辺かまったくわからない。

だが森厳と静まり返った厳粛な雰囲気から、帝の御座所に近いことはわかった。非常の場合でもあり、俊基の家人と名乗ったので、ここまで導き入れられたのであろう。

待つ間もなく衣《きぬ》ずれの音が屋内にした。御座敷の御簾《みす》の奥に人影が見え、その前の板敷きに数名の公卿が座っている。その中に顕家の姿も見えた。

「其方、日野俊基殿の家人と申したな」

公卿の中の年配の人物が問うた。

「後藤左衛門尉助光と申します」

「俊基殿より伝言を託されたとのことじゃが、申してみよ」

「恐れながら帝にご伝奏願わしゅう存じます。主人は事顕《あらわ》れたる以上、一刻の猶予もおかず叡山にご動座あそばしますようにとの伝声にございます」

俊基は禁中にも鎌倉や持明院統の密偵が潜んでいる虞れがあるので、後日の証拠となる手紙を書かず、助光に伝言を託したのである。伝言でも敵方の耳に入る危険性はあったが、証拠は残らない。

主君の配慮よりは、身の証《あか》しを持たぬ助光が宮中に入ることの方が難しかった。だが俊基の名前は一切の身分証明に勝り、一介の家人にすぎぬ助光を宮中深くまで引き入れたのである。

「俊基殿がさよう申されたのだな」

「御意にございます」

「いま俊基殿はいずこにおられるのじゃ」

「それは申し上げられませぬ」

「俊基殿の居所がわからぬでは、其方の言葉を信ずるわけにはいかぬ」

「主は志半ばにして事露顕するは返す返すも無念。七生生まれ変わりて帝を守護し奉れば、決して御あきらめあそばしませぬようにとのことでございました」

「俊基が決してあきらめるなと申したか」

そのとき御簾の奥から声があった。諸卿《しょきょう》ははっと平伏した。助光は愕然《がくぜん》とした。まさか、御簾の奥の貴人が？　そのようなことはありえない。助光は沓脱ぎの上に面をこすりつけたまま小刻みに震えた。

「俊基の伝言、たしかに聞いた。よくぞ伝えにまいってくれた。大儀であった」

御簾の中の声がねぎらった。

（もったいない御諚《ごじょう》にございます）

助光は声も出なかった。

「其方、俊基に会うことがあれば伝えよ。七生生まれ変わらずともよい。生きて我がそばに侍り仕えよと」

御簾の奥の声がつづいた。

「下がってよいぞ」

年配の公卿が声をかけたときは、すでに御簾の奥には人の気配はなかった。助光は雲を踏むような心地で宮殿から立ち去った。

五

日野俊基から即刻動座の勧告を受けたものの、禁裡《きんり》は六波羅の重囲の中にある。六波羅の兵力は日を経るほどに厚くなる一方である。

鎌倉が最も恐れているのは比叡山であった。大塔宮率いる僧徒三千が、帝の救出のために山を下れば、いまの六波羅の兵力では対抗しえない。鎌倉もそれを恐れて長崎高貞、南条高直に大兵力を預けて上洛《じようらく》させた。六波羅の封鎖が厳しかったために、比叡山には情報が入らなかった。大塔宮がやきもきしながら時間を失っている間に、六波羅と叡山の兵力は逆転していったのである。

俊基の勧告であったが、後醍醐帝にとって動座は、朝廷の屈伏を意味する。最悪の場合まで動座は避けたい。いま最悪の場面に直面しているのであるが、強気の後醍醐はそれを認めたくなかった。

天皇が動座するということは、都が空虚になることである。帝のいない都は都ではない。後醍醐は再三密使を叡山に立て二人の皇子、尊雲（護良）と尊澄（宗良）の両法親王に兵を率いて御所へ入るように命じた。だがそれらの密使はいずれも叡山に達する前に六波羅勢に捕えられてしまった。

たとえ叡山に到着したとしても、尊雲、尊澄とも身動きできなかったであろう。後醍醐自身、動座したくなかったが、宮中の公卿、諸官も都を離れるのをいやがった。帝のいない都は都ではないのと同時に、都を離れた帝も、帝ではなくなってしまう。

空虚となった玉座に、鎌倉が持明院統派の皇子を擁立すれば、後醍醐帝は流浪の虚帝となってしまう。帝は都にあってこそ名実ともに帝なのである。

御簾の前では連日のように朝議が開かれた。動座すべきかすべからざるか。争点はこの一点である。大勢は動座反対であった。帝自身が動座に消極的である。

「幕府は六波羅の兵を動かしましたなれど、帝に対し奉りなんら手を出したわけではございませぬ。兵馬の動きに怯《おび》えて軽々しく動座するのは、持明院統のおもう壺《つぼ》にはまるようなもの。ご動座は兵火や災厄によって都に留まりがたくなった場合のみに限るべきでございます。都には六波羅の兵が動いただけであり、戦さが起きたわけでもなければ、兵火によって家が焼け落ちたわけでもありませぬ。兵馬のざわめきに驚いての帝の蒙塵《もうじん》（都からの退去）は人心をまどわし、民草《たみくさ》の朝廷に寄せる信頼を失墜するものと存じ奉ります」

坊門清忠は反対派の意見を代表した。花山院師賢、四条隆資、洞院実世、万里小路宣房、藤房など反対派は我が意を得たりと言うようにうなずいた。坊門に言われてみればそのような気にもなる。

六波羅の動きは慌しいが、関東調伏の祈禱を行なった僧侶《そうりよ》たちを引き立てて行っただけである。堂上に対しては威嚇したのみで手を出していない。

幕府の気配に怯《おび》えて、天皇が都を捨てたと知れば、人心は一挙に朝廷から離れるであろう。大勢が動座せずと決まりかかったとき、北畠顕家が口を開いた。

「ただいまご動座あそばさねば、討幕蜂起《ほうき》の機会を逸するでございましょう。六波羅の手勢が帝に手を下さぬは、まだ討幕の確たる証拠が得られぬからでございます。幕府に捕えられた文観僧正らが口を割るのは時間の問題。彼らが白状すれば、鎌倉は帝とて容赦はいたしますまい。この度の鎌倉の姿勢は正中の変のときとは比較になりませぬ。幕府は二度と同じ轍は踏みますまい。六波羅の兵力は続々と増強されており、なおも鎌倉から大軍が上洛《じょうらく》して来る由聞こえております。一刻も早く叡山にご動座あそばして、幕府の軍勢に備えるべきと存じ奉ります」

顕家は白面を紅潮させて訴えた。十四歳の少年ながら論旨は明快であり、説得力がある。

「ご動座と簡単に言うが、叡山の封鎖をどのように切り破るつもりか」

清忠が問うた。

「背に腹は換えられませぬ。帝には畏《おそ》れ多いことながら、庶民に身をやつし、少数の供奉《ぐぶ》のみにてお忍びあそばしますように」

「ご貴殿、一天万乗の大君にさような夜逃げ同然のことをさせまいらせたもう所存か」

清忠がいきり立った。

「非常の場合なれば、やむをえざる仕儀かと存じます」

顕家は一歩も退《ひ》かない。顕家にしてみればこんな論議を闘わせている間に、文観らが白状すれば万事休すである。全身を焙《あぶ》り立てられるような焦燥感をおぼえていた。俊基も堂上の形勢を察知して、家人にあのような勧告を託してきたのであろう。

顕家はもともと文観を信じていない。彼は後醍醐帝に忠誠を誓って幕府調伏《ちょうぶく》の祈禱《きとう》を行なっていたわけではない。自分の野心のために、帝を道具に使っているにすぎない。

顕家の意見に反対派が動揺した。彼らにも文観が口を割ればという不安がある。討幕の謀議に連なり、関東調伏の祈禱に加わった彼らは、文観が口を割れば芋蔓《いもづる》になってしまう。

「都を明け渡して、持明院統が皇座につけばなんとするつもりぞ」

清忠は反駁《はんばく》した。文保《ぶんぽう》の和談で取り決めた後醍醐帝の在位期限はとうに切れている。しかも後醍醐の皇太子として立てられた邦良《くになが》親王が正中三年（一三二六）三月二十日薨去《こうきょ》したので、持明院統の量仁親王《かずひと》が立坊（立太子）された。

後醍醐が都を空にすれば待っていたとばかりに量仁親王が後継として擁立されるであろう。

「都を空けても三種の神器さえ奉持《ほうじ》しておれば、持明院統に皇位の継承はできませぬ。ましてや帝におかせられましては治天《ちてん》の君（後継天皇を決定する権利を持っている）におわします。鎌倉も譲位は治天の君の叡慮《えいりょ》によるという基本を変えておりませぬ。帝が譲位されなければ、持明院統が皇位を継ぐことはできませぬ」

顕家が冷静な口調で切り返した。王朝の正統性を証明するものとして三種の神器がある。

「たとえ三種の神器を奉戴《ほうたい》していようと、壇《だん》ノ浦《うら》に沈まれた安徳帝《あんとくてい》の例を見ても、いったん都を明け渡せば皇座を放棄したのと同じである。三種の神器は都にあってこその神器、あくまでもご動座させまいらせたもうべきではないと存ずる」

清忠は言い張った。両者一歩も譲らず、結局帝の叡断《えいだん》を仰ぐことになった。

六

六波羅検断所に引き立てられた文観、円観らはそこで拷問にかけられることはなかった。煮え湯をたぎらせた大釜《おおがま》の上に青竹を敷いて、その上を渡らせるかのごとき脅迫を受けたが、結局拷問はされなかった。

鎌倉より使者が来て、検断所にての拷問は行なわず速やかに鎌倉まで護送すべしとの命令を伝えたからである。これは菊夜叉が高時をそそのかしたためである。文観も一時の延命が、菊夜叉の復讐《ふくしゅう》とは気がついていない。

鎌倉へ連行されたら命はないとはおもうものの、高時のそばに送り込んだ菊夜叉が、なんとか命乞《いのちご》いをしてくれるかもしれないという楽観にわずかな希望をつないでいる。

このとき高時は、

「この君のご在位の間は天下鎮まるまじ。所詮《しょせん》君をば承久の例にならって遠国へ移しまいらせ、大塔宮を死罪に処し奉るべきである。まずは君側に侍りて、北条家を調伏したる円観、文観、知教、教円、忠円等を召し捕り厳しく糾明すべし」

と命じていた。六波羅による京の粛清は討幕勢力に深刻な打撃をあたえたが、同時に鎌倉をも驚かせていた。

闘犬と田楽《でんがく》狂いで、「亡気の体で正体なく」と言われていた高時が、突然生まれ変わったかのように討幕勢力の殲滅《せんめつ》を命じたからである。執権守時や、実権を握っている長崎高資などは啞然とした。特に高資は、生き返ったかのように次々に積極的な命令を下す高時に脅威すらおぼえた。

「入道殿にはいったいなにが起きたのだ」

高資は、弟の高真《たかさだ》に尋ねた。

「入道殿には京より呼び寄せた菊夜叉なる田楽の名手をいたくご寵愛《ちょうあい》のご様子に存じます」

高真が答えた。

「菊夜叉とな、すこぶる美形じゃそうだのう」

高資も菊夜叉の名前は聞いている。

「入道殿には菊夜叉を片時もおそばから離さぬそうにございます」

「菊夜叉がいかがいたしたか」

「菊夜叉が入道殿に侍るようになりましてから、入道殿のご様子が変わりました」

「あの女に吹き込まれていると申すか」

「菊夜叉の申すことならなんなりと叶《かな》えつかわすそうにございます」

「あの女は京より下ってまいったのじゃな」

高資の目が光ってきた。

「御意《ぎょい》。入道殿が京より特に呼び寄せたそうにございます」

「あの女に京の息はかかっておらんかのう」

「京の息がかかっておれば、逆でございましょう。この度関東調伏に加わった君側の奸僧《かんそう》どもに対する疾風迅雷の処断は、まさに鬼神のごとく、菊夜叉が京の意を受けた者であるならば、むしろ刑の減軽をとりなし仕《つかまつ》るところでございましょう」

「鎌倉へ引き立てた上で、とりなす所存ではないのか」

「刑の減軽あるいは助命の嘆願であれば、鎌倉へ引き立てるまでもないこと。寝物語に入道にすがれば、京で埒《らち》があきましょう」

「それもそうじゃな」

「おそらくこれは入道殿の長崎家に対する面当てでございましょう」

「面当てだと」

高資がぎろりと目を剝《む》いた。

「いまや鎌倉の実権は、長崎家が掌握しておることは衆目の見るところ、ここで入道殿が得宗の権威を示すために、関東調伏の僧侶どもを鎌倉に呼び寄せて、御家人の見守る中で処刑を執行しようという」

「入道め、考えおったの」

高資の目がぎらぎらしてきた。高資自身が衆望があって実権を握ったわけではない。高時の暗愚に乗じて、鎌倉における勢力を伸ばしてきただけである。

高資の人物については『保暦間記《ほうりゃくかんき》』に
「父にそむきたる子なれば、高資、政道も心よからずにや、天下万人の嘆き、そこはかとなくおもりもて行きければ、坂東《ばんどう》の侍どもにも、世の中、はかばかしからじと諷《ふう》する声、ちまたに満つ」

とあるように、その卑小な性格と専横に御家人たちの反感が高まっている。

高資、高時どちらも人気のないことは同じなのである。

北条得宗家の執事にすぎない内管領が一挙に勢力を引き伸ばしたのは、鎌倉を震撼《しんかん》させた霜月《しもつき》騒動以後である。蒙古《もうこ》襲来以後、鎌倉幕府内で北条氏直属の被官（家来）である御《み》内人《うちびと》と地頭御家人の外様《とざま》たちの対立が深くなっていた。

北条本家第八代得宗貞時《さだとき》の内管領平（長崎）頼綱《よりつな》は、御家人勢力の台頭を極度に警戒していた。御家人は鎌倉幕府を興した頼朝の家来である、頼朝の執権である北条氏とは本来対等である。平頼綱は御家人たちが結集して、北条一族の反対勢力になることを恐れた。いまのうちに彼らを叩《たた》き潰《つぶ》しておいた方がよい。

一方御家人筆頭は安達泰盛《あだちやすもり》であり、幕府の実権を握って専横を振う北条氏に反感を持つ御家人たちが泰盛の許《もと》に集まって来ていた。泰盛の娘が八代執権時宗《ときむね》に嫁いで貞時《さだとき》を産んでいる。現得宗の外祖父でもあり、御家人たちの旗印としても重みがある。北条氏対御家人の対立は、頼綱対泰盛に代理された形になった。

弘安《こうあん》八年（一二八五）十一月十七日、頼綱は泰盛の館《やかた》を奇襲した。同時に泰盛と歩調を合わせていた三浦、武藤、小早川、伴野等、多くの御家人の館が奇襲を受けた。御家人側も奮戦したが奇襲による遅れから立ち直れず、誅滅《ちゅうめつ》された。

この事件によって北条得宗家の専制体制が確立され、御家人勢力は分散された。この功績によって一挙に勢力を強めた頼綱は、

「今は静方《しずかた》も無《な》く一人して天下の事を法《つかさど》り（中略）今は更に貞時は代に無きが如《ごと》く成《なり》」

というほど専横を恣《ほしいまま》にした。これを憎んだ九代執権貞時は頼綱を討ったが、その後御内人の実権は頼綱の甥《おい》長崎円喜からその子高資へ移って行ったのである。

このようないきさつがあるので、高資はこの度の高時の一連の実行行動によって実権を取り戻されるのではないかと恐れていた。

「いかがすべきかのう」

高資の面に不安の色が濃くなっている。陰湿でやきもちやきであるが、気が小さい。

「よい思案がございます」

高真がおもわせぶりに言って膝《ひざ》を進めた。

「どんな思案じゃ。申してみよ」

高資が上体を乗り出した。

「足利《あしかが》に申しつけて、文観らを鎌倉へ下る途上において誅《ちゅう》しつかわしませ」

「途上で誅するだと」

高資の表情が驚いた。

「いかにも。関東調伏を企てた悪僧ども、どこで処刑しようと当方の勝手たるべきもの。

悪僧どももその覚悟にございましょう」

「いかさま（なるほど）。それはよい思案じゃ。足利には貸しがある。早速申しつけよう」

現金なもので、高資が気負い立った。

足利氏は霜月騒動の際、中立の立場を守っていたが、北条氏より出兵をうながされて応じなかったために窮地に陥った。そのとき足利一族の統領家時《いえとき》は累を一族に及ぼさぬために切腹して責任を取った。頼綱はそれ以上足利氏を追及することなく、ために足利氏は生き永らえたのである。高資としてはそれを足利氏に対する貸しと考えている。

人外《じんがい》への旅立ち

一

内管領《うちかんれい》長崎高資《たかすけ》から、京より鎌倉《かまくら》への道中の間、文観《もんかん》らを処刑せよという内命を受けた足利高氏《あしかがたかうじ》は、困惑した。

「入道殿が京より鎌倉へ護送させた咎人《とがにん》を勝手に道中処刑しては、入道殿の機嫌を損ずるであろう」

彼は高師直《こうのもろなお》に諮った。

「御意。これは下手に動かぬ方が得策かと存じます」

師直が答えた。

「お主もさようにおもうか」

高氏は我が意を得たりと言うようにうなずいた。

「最近入道殿のご活躍が著しゅうございます。鎌倉でだれが兵馬の権を握るか、改めて見せつけているように存じます。京より調伏僧を鎌倉へ護送させたのも、入道殿の勢いを見せつけるためでございましょう。関東に叛意《はんい》を含む輩《やから》はたとえ仏門の徒であろうと容赦するところでないことを御家人たちに示して、入道殿の勢いを知らしめるためでございましょう。内管領にとってはこれが面白かろうはずがありませぬ。下手に高資殿の命に従えば、得宗《とくそう》殿と内管領の内紛に巻き込まれまする」

「さりとて、高資殿の内々の下知《げち》を無視することもできまい。長崎家には霜月騒動のときの借りがある」

「捨ておかれませ」

師直が平然と言った。

「捨ておく」

高氏はやや驚いた目を師直に向けた。高師直は足利氏譜代の家来であり、家臣団の筆頭として執事をつとめる家柄である。師直は高家の当主総領であり、高氏の右腕である。代々足利家を支えた大番頭格の家柄で、高氏の師直に対する信頼は絶大であった。いかなる難局に直面しても、常に冷静な判断を失わない。困難が大きければ大きいほど、蓮《はす》の葉にかかる水のようにはね返してしまう。足利家家祖義康《よしやす》以来六代目の統領（の孫）として、全国に扶植した足利家の勢力を損なうことなく、御家人たちの衆望を集めてきたのも、師直の補佐によるところが大きい。師直はまさに足利家の支柱であり、大番頭であった。

それでいながら高氏には師直の人物につかみきれないところがある。全身に脂を塗ったような精気に溢《あふ》れており、目が細く唇が厚い。細い目はいつも眠そうであるが、時に臨んで鋭い光を発する。高氏には師直の心にまで脂が塗りたくられていて、まったくつかみどころがないようにおもわれた。

太り肉《じし》の身体は重そうであるが、身動きは素早い。鎌倉の市中を輩《ともがら》（町人）に身を扮《ふん》して高氏と師直が歩いているとき、彼らの目の前で追いつめられた盗賊が幼児を人質にして立て籠《こも》ったことがあった。そのとき師直は食物と水を運ぶ振りをして一瞬の間にその盗賊を捕えた。手練《てだれ》の強盗で立て籠るまで数人の役人を殺傷していた。

食物を要求したとき、恐れをなしてだれも運び役に立たない。自ら買って出た師直が食物と水を運んで行った。幼児を扼《やく》した盗賊は、師直を数歩前に立ち止まらせて毒味をせよと命じた。盗賊と群衆の見守る中で師直はうまそうに毒味をした。

よし、持って来いと盗賊が言ったとき、師直は更に二、三歩近づき、食物をいきなり盗賊の面に投げつけた。盗賊が一瞬怯《ひる》んだ隙に手許《てもと》に飛び込み、隠しもっていた小刀で一刀の下に斬り捨てた。そのときの身のこなしは、日頃の重そうな体の動きとは別人のように素早かった。あとで師直は、あのときは本当に腹がへっていたのだとなんでもないことのように語った。

「内管領に気を遣うことはございませぬぞ。貸しがあるのはむしろこちらの方でござる。家時様に腹を斬《き》らせたのは、平（長崎）頼綱にございます。霜月騒動の際、中立を保った足利家に出兵を求める方が無理と申すもの。もともと我が足利家は、北条家より上位にある家柄であり、むしろ御家人に近うござる。それにもかかわらず騒動の際御家人に味方せず出兵を控えたのは、陰ながら長崎家に味方したも同然。あの際足利家が出兵したならば、騒動の行方はいかが相なっていたかわかりませぬ。長崎家はむしろ足利家に感謝すべきなのでござる。それを家時様に詰め腹斬らせて、恩を仇《あだ》で返したのは長崎家にござる。長崎家に対しては怨《うら》みこそあれ、恩など感ずる必要はございませぬ」

師直は言った。

「だがあのとき、北条勢に攻めかけられていたら、足利家は滅亡したであろう。時の内管領頼綱殿が見逃してくれたので、足利家は生き永らえられたのじゃ」

「されば、この際高資殿の下知を承るように装い、なにも行動を起こさぬが賢明と存じます」

「それで高資殿が納得してくれるかな」

「納得するもしないもございませぬ。いまや内管領は虚勢だけで、力はございませぬ。鎌倉で最も強大なのは我が足利家にございます。いまの長崎家には霜月騒動のときのように奇襲をかける力もございますまい」

いまや高資の人気はまったくない。内管領は北条家の家令にすぎない。足利家から見ればニランク下であり、北条家と対等の意識の強い御家人たちにとっては一ランク下である。それが北条家に深く食い込み、執権から実権を奪い取ってしまった。高氏は、小心で狡猾《こうかつ》な高資よりも人間性剝《む》き出しの高時の方が好きである。

高氏の名前も元応《げんおう》元年（一三一九）十月、彼が十五歳で元服したとき、北条高時からその一字を送られ高氏と名乗ったものである。いわば高時は彼の名付け親でもある。

高資の人気を失墜させたものにこんな事件があった。正中の変とほぼ時期を同じくして、陸奥《むつ》の安東季久《あんどうすえひさ》と季長《すえなが》が相続争いを始めた。安東家は高資に調停を求めたが、彼は両者から賄賂《わいろ》を取っていたので、安東家の内紛は奥州全域に拡がった。幕府は奥州へ討伐軍を派遣したが、騒乱は治まらなかった。

この間に御家人の心は北条氏から離れ、高時は嫌気がさして執権を辞任し出家してしまった。北条家家令の分際で専横を恣《ほしいまま》にする高資に対する当てつけであったが、かえって高資の権勢を強める結果となってしまった。この度京都の動きに対しての高時の積極的な姿勢は、高資の不人気に乗じて高時が巻き返しを図ったものと見られる。

師直の言うとおり、高資の命令を忠実に奉ずれば、両者の争いに巻き込まれる虞れがある。この際慎重に構えなければならぬ。高氏は自分を戒めた。

師直が辞去した後、弟の直義《ただよし》が入って来た。

「師直がまいっておったようですね」

直義は高氏と師直との話の内容を察知しているようである。

師直が高氏の右腕であれば、直義は左腕とも頼む存在である。高氏や師直が戦争のプロである武将であれば、直義は政治家である。常に冷静で細かいところへ目配りが利き、洞察力が鋭い。高氏はこの弟に背後を守らせていれば安心して戦いに専念できた。

いつの間にか攻めは高氏、守りは直義と兄弟の分担が定まっている。兄の果断な実行力には一歩譲るが、弟は、武闘派の兄が進んだ後のほころびを丹念に繕い、組織運営の事務能力にかけては抜群である。

「うむ、いま帰ったところだ」

高氏は師直が来ているのを知りながら同座するのを避けた直義の心底がふと気になった。どちらも欠くことのできない高氏の両腕であるが、この二人はどうもウマが合わないらしい。

高氏は自分と正反対の弟を自分にないものを持っている肉親として尊重しているが、足利家代々の執事として重きを成している高家の総領師直と、足利ナンバーツーマンをもって任じる直義とは必然的に対立するような構造になっていた。まだ二人の対立は表面化しないが、高氏がひそかに懸念していることでもある。

「師直の言葉は鵜呑《うの》みになさいませぬ方がよろしいと存じます」

直義は言った。

「なぜだな」

「師直はたしかに物事を的確に見つめ、優れた判断力を持っております」

「されば、なぜ彼の言葉を信じてはいけぬのだな」

「師直にはおもいやりがございませぬ。物を数えるようなわけにはまいりませぬ。師直は人も物も同じように見ております。神仏を信ぜず、長い間積み重ねられた慣例を平然と破ります。その場に限るとそれが目新しく、理にかなっているように見えますが、それでは人の心を集めることはできませぬ。師直は心を理で固めすぎて、情けがございませぬ」

「師直に情けがないと申すのか」

「情けと申すよりは人の情と申しましょうか。たとえば師直が童を人質に取った盗賊を斬り捨てたとき、斬り捨てる必要はございませなんだ。手許に躍り込んで捕り押さえればすむこと。もし盗賊に武器を隠し持っていることを察知されれば、人質を殺されます。師直は人質が死んでもかまわぬ所存で盗賊に近づいたのだとおもいます」

「そのように申しては、師直の立場があるまい」

高氏は師直のために弁護したが、あの時は高氏自身も、人質の生命をまったく考慮しない師直をはらはらしながら見守っていたものである。

「されば、其方《そのほう》にこの度の長崎高資殿の内命についてなにかよい思案でもあるか」

直義も内管領からの内命は承知している。

「高資殿の内命を受けて、まったく動かざるは内管領の心証を著しく害するでありましょう。ここはひとまずその下知《げち》を奉じて、調伏僧侶《そうりよ》の護送を道中にて待ち受け、内管領の下知を伝えるべきでございましょう」

「入道殿の命により僧侶を護送して来る六波羅《ろくはら》の手の者が、内管領の下知におとなしく従うかな」

「従わざればそのときのこと。下知を執達したが、六波羅の者が応じなかったと復命すればそれですみまする」

「なるほど。下知を受けてまったく動かざるよりは、道中途上にまで赴いたことを示せば、高資殿に対するわしの立場も立つというものじゃな」

高氏は愁眉《しゆうび》を開いた。

結局高氏は道中途上にて処刑せよという高資の命を執達するために数名の家人を派遣したに留《とど》まった。案の定文観らを護送して来た六波羅の使者は、内管領の内命を拒否した。

高氏の家来が六波羅の護送使と文観らの一行に遭遇したのは藤枝の付近である。ちょうど高時の迎えの者が菊夜叉《きくやしや》と密山樹海《さきやまじゆかい》の一行に出会った辺りであった。護送使一行が鎌倉に下着《げちやく》したのは六月二十四日である。

文観は佐介遠江守《さすけとおとうみのかみ》、円観《えんかん》は佐介越前守《えちぜんのかみ》、忠円《ちゆうえん》は足利高氏の屋敷に預けられた。彼らは一人ずつ侍所《さむらいどころ》に呼び出されて凄《すさ》まじい拷問を受けた。

「殺してもかまわぬ。関東調伏のこと白状に及ぶまで責め抜け」

高時は自ら拷問の先頭に立ちかねない剣幕で命じた。さすがに文観はなかなか口を割らなかった。

特に文観に加えられた拷問は非道であった。枢《ひつぎ》に似た長方形の箱の中に手足を縛って仰《あお》向《む》けに寝かせる。その上から水を流し込む。水位を増した水は間もなく鼻孔に達する。激しく咽《むせ》んでも斟酌《しんしゃく》せず水を足しつづける。窒息寸前で水を抜き、ふたたび水を入れる。

このような手順を何度か繰り返した後、次に熱湯を少しずつ加えて水温を上げていく。全身釜《かま》ゆでならぬ柩ゆでになる直前で、箱から引き出し、今度は火に焙《あぶ》る。水火の責めの交替である。

その拷問の様子をほかの僧侶に見せた。文観が白状する前に臆病《おくびょう》な忠円が震え上がって口を割ってしまった。忠円が白状してしまっては、文観がこれ以上拷問に耐えて黙秘する意味がない。文観もついに勅諚《ちょくじょう》によって関東調伏の修法《ずほう》を行なったことを白状した。その他後醍醐帝と謀った討幕挙兵計画の一部始終をすべて自供した。

高時は意気揚々として一族郎党を招集した。文観の白状で、後醍醐帝が討幕の中心人物であることが明らかになった。有無を言わせぬ証人五名の身柄を鎌倉に押さえている。もはや言い逃れはきかない。

鎌倉は真夏の中にあった。若宮《わかみや》大路幕府の大広敷（大会議場）には幕府の重臣が居流れていた。得宗高時を中心に執権の赤橋守時、連署《れんしょ》の茂時《しげとき》、先代執権の金沢貞顕《かねざわさだあき》、内管領長崎高資、評定衆名越高家《なごえたかいえ》、常葉範貞《ときわのりさだ》、北条俊時《としとき》、北条家時《いえとき》、金沢貞冬《さだふゆ》、政所《まんどころ》執事二階堂貞《さだ》衡《ひら》、問注所《もんちゅうじょ》執事三善貞連《みよしさだつら》、引付頭《ひきつけがしら》摂津道準《せっつどうじゅん》、二階堂貞藤《さだふじ》、金沢貞将《さだまさ》、安達高景《あだちたかかげ》などの重臣が綺羅星《きらぼし》のごとく並んでいる。

足利高氏も近国の守護、遠江《とおとうみ》の大仏貞直《おさらぎさだなお》、甲斐《かい》の武田政義《まさよし》、下総《しもうさ》の千葉（介）貞胤《さだたね》などと共に列席していた。

大広敷は濃い緑に包まれ、蟬時雨《せみしぐれ》が降るようである。開け放った障子が青く染まっている。元徳三年（一三三一）六月下旬は新暦の八月上旬に相当する。鎌倉の夏は暑いが、障子を開け放った大広敷には、緑陰を吹き抜けた風が通う。

「文観、忠円らが白状したからには、当今謀《とうぎんむ》叛《ほん》はいまや明白。速やかにご処置あってしかるべしと存じます」

評定衆筆頭の名越高家が主張した。すぐにはだれも発言しない。評定の間には爽《さわ》やかな風が吹き抜けているが、重苦しい雰囲気が立ち籠《こ》めている。文観の白状によらずとも、討幕の謀議の中心に後醍醐帝がいることは明らかであるが、だれも猫の首に鈴をつけるのをいやがっている。

朝廷は幕府にとっては鬼門である。強大な軍事力によって、朝廷を押さえ込んでいるが、日本の最高権威者としての天皇に手を下すのは憚《はばか》られる。ましてや後醍醐帝は歴代天皇の中で有数の豪宕英邁《ごうとうえいまい》な帝《みかど》である。野心的であり、烈々たる闘魂の持ち主である。下手に手を出せない。

鎌倉としてはいわゆる「触らぬ神」として神棚に祀《まつ》り上げておきたかった。その鎌倉の及び腰が、正中の変の手ぬるい事後処置となり、ふたたび今日の騒動に至ったのである。名越高家自身、強硬策を主張しているが、できれば自分は矢面《フロント》に立ちたくない。

「文観の言葉を鵜呑みにするのは危険である」

長崎高資が口を開いた。一座の視線が集まった。列席者の注意を充分に引きつけたところで、高資は、

「この度の鎌倉調伏の祈禱《きとう》は、文観が帝をそそのかし奉ったことは明白である。帝は文観に操られただけのこと。文観がまことの忠僧であれば、水責め火責めの拷問に耐え抜いて決して口を割らなかったであろう。天魔外道の妖僧《ようそう》と恐れられた身が、わずかばかりの拷問に陥《お》ちて、帝に罪を転じたまうとは見下げ果てたる心根である。かかる売僧《まいす》の言葉に欺かれて、帝を糾明し奉らば、不敬の至り。民心鎌倉を離れ、かえって天下の乱れとなるは必定である。この際一味の僧徒どもに沙汰《さた》を下し、禁中に対し奉りてはできるだけ穏便にすますのが賢明と存ずるが、方々のご意見やいかに」

高資は高飛車に言った。元来文治派の高資は、戦さが苦手である。京都と手切れ（戦さ）となれば、武闘派が勢いづく。平時の組織経営の才をもって、幕府の実権を握った高資としては、極力戦さとなるのを防ぎたいところである。

高時の手前を憚って、はっきりと賛成の意志を示す者はなかったが、大勢意見が彼に同調している雰囲気はわかった。武将にしても、長らくの泰平に体がなまっている。美衣美食、惰眠に馴れた身は、戦場の過酷な生活環境を忌避している。

君側の悪僧を誅《ちゅう》し、六波羅の監視を強めれば、後醍醐帝一人がなにを画策しようと、鎌倉に対しては蟷螂《とうろう》の斧《おの》であるという見くびりがある。

「京師《けいし》の処置はいまさら論ずるまでもないこと」

突然高時が大声を張り上げた。一座の者が一瞬はっとしたような大声である。

「この度の騒動は、ひとえに正中の事後の沙汰の手ぬるさにある。いまふたたび寛大な沙汰に及べば、天下悉《ことごと》く鎌倉を侮り、幕府の威信は地に墜《お》ちる。文観は拷問に屈したわけではない。忠円の白状によって、もはやこれ以上の黙秘は意味なしと悟って口を開いたまでである。もし文観が忠義の志厚き者であれば、日野資朝《すけとも》同様罪を一身に背負うところ。勅諚《ちょくじょう》によりやむを得ず調伏の修法行ないたりとは、帝に対し奉り、一片の忠誠もなき証拠である。忠誠なきが故に帝を庇《かば》い奉る必要もない。文観の言葉は信ずるに足る。いまこそ速やかに後醍醐帝を承久の例にならい遠国へ移しまいらせ大塔宮《おおとうのみや》を死罪に処し奉るべきである。この君ご在位の間は天下鎮まるまじと方々心得よ」

高時は呼吸《いき》も継がず、一気にまくし立てた。一座の者はその剣幕に押されて沈黙した。高時が久しぶりに見せた得宗らしい権威と貫禄《かんろく》である。

小心な高資は、高時の剣幕に圧倒されて一言も反駁《はんばく》できない。実権を握った高資すら沈黙してしまったので、あえて反論する者はいない。

「拙者、得宗殿に同意でござる」

得たりとばかり大音声に言い放ったのは、武断派の驍将《ぎょうしょう》武田政義である。つづいて近国の御家人や、いまの執権北条（赤橋）守時、先代執権金沢貞顕、連署の茂時などが賛成した。彼らはもともと高資に反感を持っている。

形勢は逆転した。高時の強気の姿勢が会議の平衡を変え断乎《だんこ》処罰の方針を打ち出した。朝廷に対し及び腰だった鎌倉が久しぶりに取った強い姿勢である。会議の雰囲気は、もはや北条家の家令にすぎない高資の出る幕ではなくなっていた。

その夜高時は悪夢を見た。比叡山《ひえいざん》の守護神日吉山王権現《ひえさんのうごんげん》の神猿三千匹ほどが群がり集まり、文観を守護して、高時を食い殺す夢である。おもわず悲鳴を上げて目を覚ますと、菊夜叉が心配そうに顔を覗《のぞ》き込んでいる。

「御前、いかがなされました」

「うむ、いやな夢を見た」

「夢は逆夢と申します。きっとよいことがございますよ」

「文観め、夢の中で猿を使い、わしを殺そうとしおった」

「そのような夢、お気にあそばしますな。文観はもはや御前の網の中。せいぜい悪あがきでのうて猿あがきをしておるのでございましょう」

「猿あがきか。なるほどのう。せいぜい猿あがきをするがよい。二度と戻れぬ海の果てへ流してくれよう」

「そうなされませ。海の果てならば鬼界島《きかいがしま》などはいかがでございましょう」

「鬼界島か。薩摩《さつま》のさらに先じゃな。それだけ離れておれば猿も泳いで渡れまい。よし。文観は鬼界島に流そう」

ようやく寝汗の引いた高時は、機嫌を直した。

当時、東国から島流しの場合は大島《おおしま》、八丈島《はちじょうじま》、三宅島《みやけじま》、新島《にいじま》、神津島《こうづしま》、御蔵島《みくらじま》、利島《としま》の伊豆《いず》七島が多かった。大島は本土が近く、八丈島は比較的設備がよい。最も極悪な者は八丈島の南七十キロにある青ケ島《あおがしま》に流した。

鬼界島は日本の南西海上、大隅《おおすみ》諸島の北端にあり、俊寛《しゅんかん》が流された島である。当時の貧弱な船と操船技術では、ここまで行くのすら命懸けであった。こんな文字どおりの海の果てへ流されることは、生きたままの死罪に等しい。

「文観が、鬼界島へ。いい気味じゃ。おほほ」

菊夜叉が笑った。

「文観が鬼界島へ流されて嬉《うれ》しいか」

「嬉しゅうございます。あのような人外《じんがい》の魔僧。鬼界島がまことに住むにふさわしい場所と存じます」

「人外《にんがい》の魔僧が人外の魔境でせいぜい猿あがきをすることじゃな」

高時は自分の洒落《しゃれ》にすっかり機嫌を直したらしく、本来の表情に返った。

翌日、僧侶たちに配流先が言い渡された。文観は菊夜叉が高時をそそのかしたとおり、鬼界島、忠円は越後《えちご》、円観は宿徳有智《しゅくとくうち》の高行を考慮されて遠流《おんる》一等を減ぜられ、白河《しらかわ》の結城宗広《ゆうきむねひろ》にお預けとなった。

七月十三日、文観を乗せた流刑船が和賀江島《わかえじま》から出帆するときそれを見物に来た群衆の中に美しい上臈《じょうろう》が混じっていた。菊夜叉である。流刑船の出帆の日、空は晴れ、海は穏やかに凪《な》いでいた。鎌倉の緑はあくまでも瑞々《みずみず》しく、市中の活気あるざわめきが、港にまで漂ってくる。生きてふたたびこの光景を眺めることはかなうまい。

ここで格別の情けをもって、流人の家族や知人などから渡したいものがあると申し出れば役人の判断でさし許される。また面会も大目に見られる。流刑船には大島や八丈島へ流される一般の流人も同乗している。彼らにはそれぞれ家族や友人が飲食物などを持って会いに来ていた。

だが文観には一人の面会人もなければ、なんの差し入れ物もない。かつて都で後醍醐帝の寵僧《ちょうそう》として羽振りをきかせた権僧が一般流人の間に身をすくめている。

菊夜叉は文観に面会を求めた。得宗高時の寵妃《ちょうひ》菊夜叉が面会に来て、流刑船の役人たちは恐懼《きょうく》した。面会人と流人は、由比ヶ浜《ゆいがはま》に設けられた面会所で会う。得宗家の家人に仰々しく護《まも》られて面会に来た菊夜叉に一般の流人が目を見張った。

文観が面会所に引き出されて来た。かつて全身粘液に覆われていたような生気は失せて、かさかさに乾いた皮膚に汚らしい染みが浮いている。落ち窪《くぼ》んだ目に目やにがたまり、ひとまわり小さくなった体に垢《あか》だらけの囚衣をまとった文観を、菊夜叉はしばらく見分けられなかったほどである。

「菊夜叉」

文観は茫然《ぼうぜん》として目の前に現れたかつての信女を見つめた。

「お上人様、お久しゅうございます」

ようやく文観を見分けた菊夜叉がにこやかに挨拶《あいさつ》した。文観には返す言葉がない。

「今日はお上人様にふさわしい人外の海の果てへお旅立ちと承り、お見送りにまいりました」

菊夜叉はしとやかに頭を下げた。

「菊夜叉。頼む。得宗殿におすがりして、文観を救うてくれ」

文観はなりふりかまわず訴えた。自分が血分けして刺客として鎌倉へ送り込んだ菊夜叉が、高時の寵愛《ちょうあい》を得て栄耀《えいよう》を恣にしていることは耳に届いている。だが海の果てへの流刑が彼女の差し金によるものとは気がついていない。

「ほほほ、お上人様ともあろうお方がなにを仰せられますか」

菊夜叉は艶《あで》やかに笑った。

「頼む。このとおりじゃ。せめて流刑の地を本土に変えさせたまうよう得宗殿におすがりしてたもれ」

文観は地に額をこすりつけた。

「鬼界島は人外魔境の島。お上人様の終《つい》の栖《すみか》にふさわしい地ではございませぬか」

「菊夜叉、そなたはわしの信女ではないか。師の流刑を阻むよう力を貸してくれ」

尊大な文観が大聖歓喜天《だいしょうかんぎてん》の生贄《いけにえ》に供した性奴の前に泣訴している。

「それはなりませぬ」

菊夜叉が冷然と言った。

「なぜならぬのじゃ」

「鬼界島は私が御前に頼んで、お上人様をお流しまいらせた地にございます。いまさらそれを止《や》めさせたまえとはお願いできませぬ」

「そなたが得宗殿に頼みまいらせたと」

文観は愕然《がくぜん》とした。

「さようにございます。鬼界島をおいて、お上人様を移しまいらす島はございませぬと私が御前にお頼み申し上げたのでございます」

「なぜ、なに故さようなことを」

「お上人様に血分けされさせたもうたせめてものお礼にございます」

そのとき文観は、これが菊夜叉の復讐《ふくしゅう》であることを悟った。仏の名を借りて、処女を淫《いん》楽《らく》の生贄に供した仏罰が当たったのである。そのとき絶望のあまり文観の目には陽の光のみなぎる鎌倉の海と山が暗黒に映じた。

「それではお上人様、ご機嫌よろしゅう」

訣別《けつべつ》の言葉を告げる菊夜叉の声が文観の暗い視野の彼方《かなた》から聞こえてきた。

二

七月中旬、文観らが遠流になったころ、奈良東大寺の東南院の別当《べっとう》（事務長）聖尋《しょうじん》を密《ひそ》かに訪れた武士があった。わずかな供回りを引き連れたその武士を、聖尋は方丈の奥深くへ誘《いざな》い、人払いをした上二人だけで長い時間密談を交わした。

貧弱な体格でいかにも風采《ふうさい》の上がらない武士であったが、身辺に不思議な存在感が漂っている。片目が悪いらしく、ほとんど半眼のように見えるが、その眼窩《がんか》に沈めた眼光は尋常ではない。足も悪いらしく、わずかに跛行《はこう》する。

「それではご貴殿、帝のご動座は近いと見奉るか」

聖尋が武士に言った。

「拙者の見るところ、今度は鎌倉も本腰を入れてかかると存じます。すでに文観らは関東調伏の祈禱を行なったことを白状し、日野俊基卿《きょう》は明日にも処刑を免れないでしょう。鎌倉が帝御一人のみ見過ごすとは考えられませぬ。鎌倉の手が禁中に及ぶ前に、帝のご動座ありと推察仕《つかまつ》ります」

「もし動座となれば、拙僧の許《もと》に必ず申し伝えがあるはずじゃが」

「ご動座直前まで、極秘に伏せられましょう。禁中にも六波羅の細作《さいさく》(諜報工作員)の耳目は張りめぐらされております。ご動座の一件を知らされている者は、帷幄《いあく》のごく一部の重臣にかぎられておりましょう」

「して、ご動座とならば、いずこへお運びになられようか」

「南都《なんと》・北嶺《ほくれい》のどちらかと存じます。叡山《えいざん》には尊雲、尊澄両法親王がおわします。しかしながら六波羅は禁裡《きんり》から叡山に通ずるすべての道筋は封鎖いたしましょう。となれば玉輦《ぎょくれん》の進む方向は南以外にはございませぬ」

「されば南都にご動座と」

「南都には幕府と誼《よし》みを通じ、北条に縁《ゆかり》の深い者も少のうございませぬ。一時の行宮《あんぐう》（天皇行幸の際の仮宮）とはなりえても、ご安住の地にはなりますまい」

「南都へご遷幸となれば、拙僧が身に代えても帝を守護し奉る」

「帝も御坊を頼みにしておられるでしょう。帝ご遷座と承れば、御坊にはあらかじめ行宮として幕府の大軍を迎え討てる地を物色されたい。その地によって帝ご蜂起《ほうき》と承らば、拙者、相呼応して挙兵仕るでござろう」

「ご貴殿のその言葉を帝にご伝奏してよろしいのか」

「いや、御坊の胸三寸におさめておいていただきたい。謀《はか》りごとは密なるをもってよしといたします。幸い、鎌倉は拙者に目をつけておりませぬ。鎌倉の目の届かぬ間に、挙兵の準備万端整えておきまする。御坊には帝ご動座と承らば、堅固なる要害の地に擁し奉るべく、帝をご先導願いたい」

「それは、ご貴殿の領地にお移しまいらせよという意味かな」

「我が領地に鳳輦《ほうれん》をお進めまいらせば、一族の名誉にござる。さりながら、南都から鎌倉の目をくぐり我が領地までのご行旅は危険にすぎまする。また帝と相離れて挙兵仕る方が、各地の有志を奮い立たせるでございましょう。もし可能であるなら、帝を我が領地へ連れまいらせたまえ。されど京都、南都・北嶺いずれの地よりも我が領地は山岳により隔てられ、その間に鎌倉の目が厳しゅう張りめぐらされております。我らが京都の帝の御膝元《おんひざもと》に駆けつけたところで、我が総兵力は三千。馴れぬ平地でとうてい鎌倉の大軍を迎え討てませぬ。我が党は我が領地に拠《よ》ってこそ、その本領を発揮しうるものでござる。御坊にお願いいたしたきことは、帝をできるだけ我が領地の近くへ誘い奉れ。帝の行宮が我が領地に近ければ近いほど、我が一党は奮い立ちまする。それをお願いいたすために、忍びまいったる次第」

武士は聖尋に言った。

「ご貴殿のご忠誠、主上が聞こし召されたならば、さぞやお喜びなされるでござろう」

「主上ご動座あそばすまでは、呉々《くれぐれ》も御坊の胸に畳んでおいていただきたい。どこに六波羅の耳がそばだっておるやもしれませぬ。すべてはご動座あっての上のこと。それまでは机上の空論にすぎませぬ」

「もし主上のご遷幸ならざる場合は」

「もしそのときは、我らも動きませぬ。帝動かざれば我らも動かず。七百年養った兵馬を無駄に使いとうはございませせぬ」

武士の半眼が底光りを発した。

三

文観や忠円が遠流になる二日前、日野俊基が京都東山《ひがしやま》の隠宅で六波羅の手勢に捕縛された。捕縛された日野俊基は、間をおかず鎌倉へ護送された。俊基には正中の変の〝前科〟がある。再度討幕の計画が露顕して鎌倉送りとなっては、もはや助かる見込みはない。鎌倉へ到着前に処刑されるかもしれない。

俊基のその心境を『太平記』は次のように描写していく。

「落花の雪に踏迷ふ、片野《かたの》（交野）の春の桜がり。紅葉《もみじ》の錦《にしき》を衣て帰《かえル》、嵐の山の秋の暮。一夜を明す程だにも、旅宿《たびね》となれば懶《ものうき》に、恩愛の契り浅からぬ、我故郷《わがふるさと》の妻子をば、行方も知ず思《ヒ》置く、年久《ク》も住馴《すみなれ》し、九重《ここのえ》の帝都をば、今を限《リ》と顧て、思はぬ旅に出給ふ、心の中ぞ哀《レ》なる」

俊基の東下りの心理を、『太平記』は嫋々《じょうじょう》たる韻文に託して描いた。俊基が鎌倉に到着したのは七月二十六日の夕暮れである。

これに先立つ七月七日、関東に大地震があり、富士山が数百丈崩れた。当時活火山であった富士山は、朦々《もうもう》たる噴煙を噴き上げ、周辺の家屋や農作物に甚大な被害をあたえた。『太平記』の東下りには、この大地震による被害の描写はない。俊基の心理を追うのにせわしく、前後周囲の自然現象や災害に目を配る余裕がなかったのであろう。すでに文観、円観らが配流された後であった。

鎌倉に下着して諏訪左衛門《すわさえもん》に預けられた日野俊基は、八月三日、斬首《ざんしゅ》刑が決定した。それはすでに覚悟していたことである。正中の変の際、日野資朝が罪を一身に背負ってくれたおかげで、俊基は釈放されたが、二度目の寛大な沙汰は許されなかった。

「見せしめじゃ。葛原岡《くずはらがおか》に衆目環視のうちに首を打て」

高時は命じた。七月十三日、文観、忠円、円観等の処分が決定し、残すは俊基一人だけになっている。

「俊基はこの度の騒動の張本人にございますれば、なにも遠方まで流すことはございますまい。鎌倉において首をお打ちなされませ」

と菊夜叉にそそのかされて、高時がその処刑を決定したのである。

葛原岡は化粧《けわい》坂の西の坂下にある幕府の処刑場である。三日朝、俊基は預かり先の諏訪左衛門の家から葛原岡に引き出された。処刑の座には敷き皮が敷かれ、執行《しゅぎょう》まで三方に白幕が張りめぐらされている。その周囲に竹矢来《たけやらい》が組まれ、早くも大勢の見物人が集まっていた。後醍醐帷幄《いあく》の秘臣であり、この度の京都の騒動の首謀者とあって、警戒は厳重である。押し寄せた群衆の中に、俊基の奪還を狙う者が潜んでおるやもしれぬ。

よく晴れた日で、葛原岡の上の空には早、秋の色があった。俊基は京都の後醍醐帝や、佐渡《さど》に配流されている日野資朝の身をおもった。天皇親政の回天の大事業の達成を見ずに死ぬのは心残りであるが、そのための捨て石となれれば本望である。

颯々《さつさつ》と吹く秋の風の中に、すすきの穂が銀色に吹きなびいた。鎌倉の山が間近に迫って見える。俊基はその山の彼方に都の想い出を追っていた。

　時刻が迫って来たとき、一人の下侍が俊基の家人後藤助光と名乗り、主《あるじ》の処刑に際して一目目通りを許したまわりたいと願い出た。主上への伝奏を果たした後夜を日に継いで鎌倉へ駆けつけた助光は、そこかしこ主人の行方を尋ねまわり、ようやく処刑直前に葛原岡に駆けつけたのである。助光は長旅の埃《ほこり》にまみれ、全身白い砂を被《かぶ》ったようになっていた。

　処刑直前面会を許した前例はない。処刑の前に囚人を身内や親しい者に会わせれば未練の湧く恐れがある。また目通りを偽装して囚人の奪回を図っているかもしれない。

　警備の役人は困惑して、執行奉行の工藤《くどう》左衛門尉《じょう》に相談した。

「覚悟を定めて首打たるる者に、家人の目通りを許したとしても大事あるまい。武士の情けじゃ。さし許してやれ」

　工藤の情けある言葉によって後藤助光は主の前に連れて来られた。まったく予想していなかった助光が現れたので、俊基は驚いた。助光とは京都で捕縛される前東山の別邸で別れて以来である。

「よくぞ、よくぞまいってくれた」

　俊基はもう会うこともかなうまいとおもっていた家来に会えて、万感胸に迫った。

「お言葉はしかとお伝え奉りましてございます」

　周囲に検使役や警備の侍が控えているのでおもうことも充分には語れない。助光の言葉で、俊基は了解した。

「その後北《きた》の方《かた》(夫人)に侍《はべ》りて、嵯峨《さが》の奥に身を隠しておりましたが、殿関東へ召し下されたもう噂を聞き、追いかけてまいりました。北の方よりの御文を託されてございます」

「なに、奥の文を預かってまいったとな」

もはや二度と会うことも、その音信を聞くこともかなわぬとあきらめていた妻からの手紙をいまわの際に助光がはるばる届けてくれたのである。

そのとき検使役が、

「目通りさし許すのすら特別の計らいであるのに、文をまいらすことはまかりならぬ」

制止した。

「かまわぬ。死出の旅路に赴こうとする夫に、妻よりの手紙、許しつかわしてなんの憚《はばか》りがあろう。この世の名残り、ゆっくりとご覧《ろう》じよ」

左衛門尉が検使役の言葉を遮った。

「かたじけない」

「されば北の方の御文にて候」

助光がさし出した妻の手紙を俊基は開いたが、

「消えかかる露の身の置きどころなきにつけても、いかなる暮にか無き世の別れと承り候はんずらんと心を摧《くだ》く涙のほど御推し量りもなお浅くなん」

（消えかかる露のようにはかない身の置きどころもなく、いつの日の夕暮れにかあなたがお亡くなりあそばした報《しら》せを受けるだろうかと悲嘆に打ちひしがれるあり様はとてもお察しできないでしょう）

と見おぼえのある妻の筆跡で書かれてある文章を読み続けることができなくなった。目は涙に霞《かす》み、頰を伝ってしたたり落ちた涙の雫《しずく》は、文字に滲《にじ》んで判読不明にした。

俊基主従、工藤左衛門尉、検使役、警備の侍、いずれもその様に心打たれて頰を濡《ぬ》らしている。

「言い残しつかわしたきお言葉があれば承りとうございます」

助光が涙を振って言った。俊基は硯《すずり》を求めて、硯の中の小刀にて鬢《びん》の髪を少し切り、北の方の文に添えて助光に返した。

さらに懐中から料紙を取り出し、

「古来の一句、死もなく生もなし。万里雲尽きて長江《ちょうこう》水清し」

と辞世の頌《じゅ》（四句詩）を書いた。

「其方にもう一つ頼みおきたいことがある」

俊基は辞世をしたためた料紙を助光に渡しながら言った。

「なんなりとお申しつけくださいませ」

「仁和寺《にんなじ》の辺に資朝朝臣《あそん》のご子息阿新殿《くまわか》が住まわれておる。阿新殿に佐渡へ急ぎ、父上ご存生中に一目会っておくようにと伝えてもらいたい」

俊基は自分の処刑から無二の友資朝の処刑の近いことを悟った。処刑直前に助光が駆けつけ、妻の文を読むことができた。尽きせぬこの世の名残りであるが、黄泉路《よみじ》への旅立ちにあたってどんなにか心を慰められたことであろう。資朝にもせめて一目その骨肉に会わせてやりたいとおもった。

「承知仕りました」

助光が平伏すると、工藤左衛門尉が遠慮がちに、

「時刻も迫りましたるなれば」

とそれとなくうながした。左衛門尉の情けにいつまでも甘えてはいられない。

「これが今生の別れである。体を厭《いと》いて長生きせよ」

俊基は万感のおもいを込めて助光に別れを告げた。

ここに後醍醐は両輪を失った。両日野は後醍醐と武士を結ぶ強力なパイプであった。後醍醐周辺の公卿《くげ》の中で、この二人ほど武家の心をつかんでいた者はいない。楠木正成《くすのきまさしげ》も俊基にくどかれなければ、四面楚歌《しめんそか》の中で後醍醐帝に呼応して旗揚げしなかったであろう。建武《けんむ》の中興によって後醍醐帝の親政が始まったが、もし両日野が健在であったなら、後醍醐新政権はあのようにもろく崩壊しなかったかもしれない。

俊基の逮捕に宮中はおののいた。これまで六波羅勢は内裏の郭外を取り巻いているだけで、内裏の内部には踏み入って来なかったが、俊基の逮捕によって、一味同心の公卿を逮捕するために禁中を侵しかねない雲行きになってきた。天皇とて捕縛されかねない険悪な情勢である。

八月三日俊基が処刑され、同二十二日高時は二階堂貞藤に兵力三千をあたえて上洛《じょうらく》させた。

「もはや一刻の猶予もなりませぬ。逆臣君を侵し奉らんとするとき、しばらくその難を避けて国家を保つは前例のあること。三種の神器を奉戴《ほうたい》あそばして、ただちにご動座たまわりますように」

花山院師賢や千種忠顕が勧めた。北畠顕家が勧告したとき、彼らは中立を保って口をつぐんでいたのである。宮中は足許《あしもと》から鳥が飛び立つような騒ぎになった。

いまの内裏は里内裏（仮皇居）であるが、承久の戦乱以後、これが正内裏の体裁を成していた。平安京時代の大内裏が擁した公卿《くげ》、諸官、そこに働く人々一万人の規模には及ばないにしても、正内裏化した里内裏にはそれに準ずる人数がいる。

二十四日、大塔宮から密使が来て、

「今夜すでに武士ども（六波羅勢）まいるべし」

と密奏してきたものだから、宮中はパニック状態に陥った。もはや逡巡《しゅんじゅん》すべき余地はない。

内侍所《ないしどころ》より宝剣、神璽《しんじ》、宝鏡の三種の神器が運び出された。重要書類が焼却され、身のまわりの品が急ぎ取りまとめられる。どさくさにまぎれて金目のものを持ち出し逃げ出す者が続出する。だがそれを止める体制がすでに崩壊している。

「鳳輦《ほうれん》に召されては、宮門にて制止されましょう。女官車にてお出ましになられますように」

師賢が勧めた。

「一天万乗の大君が、女官車に召されるとは、あまりにもおいたわしゅうございます」

と異論が出たが、

「非常の場合じゃ。やむを得ぬ」

師賢に一喝されて沈黙した。

「なにとぞ私めをお供にお連れくださいませ」

後宮の中の最愛の寵妃阿野廉子《ちょうきあのれんし》が申し出た。後村上《ごむらかみ》天皇の生母であり、三十人の后妃のうち後醍醐が最も寵愛している。後醍醐の表情が動揺した。

「共に召し連れたいが、いまはならぬ。六波羅の追及を受け、座所も定まらぬ身じゃ。六波羅の者どもも宮中の女にまでは手を出すまい。しばしの別れじゃ。座所が定まれば必ず迎えにまいる。それまで身を隠しておれ」

豪気の後醍醐が、悲痛な面持ちで言った。いま別れれば二度と会えぬかもしれぬ。後醍醐には三十人の后妃がいたが、廉子との別れは身を引きちぎられるようなおもいがした。

る。

「なにとぞお急ぎあそばしませ」

かたわらから師賢や忠顕が急き立てた。宮門の彼方に六波羅の手勢《せ》の気配が高まってい
帝を乗せた女官車は、わずかな扈従《こじゅう》を引き連れたのみで、動き出した。比較的手薄な東の陽明門《ようめいもん》から脱出を図った。

陽明門にさしかかると、ばらばらと武装のいかめしい兵が数名駆け寄って来て、

「待て、いずこへまいるか」

と誰何《すいか》した。御輦を護《まも》っていた師賢が、

「こなたは後宮の后妃にござる。身籠《みごも》っておられたが、突然産気づかれた。禁中に取り上げる者がおらぬため、急ぎ産婆の許へまいるところでござる。道を開けられよ」

師賢は咄嗟《とっさ》の智恵で言った。后妃が産気づいたと聞いて、無骨な武者どもも顔を見合わせた。さすがに簾《すだれ》を上げよとは言いかねる。

簾の下から絹の裳裾《もすそ》が長く垂れ下がっている。

「通られよ」

武者が道を開けた。その前を砂塵《さじん》を巻き立てながら女官車ががらがらと通りすぎた。

「はて、后妃の車にしてはずいぶん粗末だったが」

と武者が小首を傾げたときは、すでに車は闇の彼方に消えていた。

身代りの錦旗《きんき》

一

六波羅《ろくはら》の囲みを破って内裏から脱出したものの、叡山《えいざん》への道はすべて六波羅勢によって封鎖されていた。六波羅の広場や主要な都大路各辻《つじ》には軍兵があふれ、厳重な検問が行なわれている。

京都から比叡山への最も一般的な道は高野川《たかの》に沿い大原女《おおはらめ》の里大原を経て八瀬《やせ》から雲母《きらら》越えの道と、田ノ谷《たや》峠から山の峰伝いに行く道と、いったん近江《おうみ》の坂本《さかもと》へ出て参道を上る道がある。その他間道が京都から数本つづいている。

「両親王の下知《げち》により、叡山の僧徒、雲母坂と坂本へ帝をお迎え奉るために押し出している由にございます。しかしながら六波羅の軍勢その前に立ち塞《ふさ》がり、にらみ合っておりまする。この寡勢で六波羅の囲みを破ることは難しゅうございます。御輦《くるま》に帝がましますと知れば、六波羅勢はいかなる狼藉《ろうぜき》に及ぶやも測り知れませぬ」

万里小路《までのこうじ》藤房《ふじふさ》が悲痛な面持ちで物見の報告を伝えた。

「さりとて、比叡山の僧徒ども、帝のご動座を首を長くしてお待ち申しあげております」

鳳輦《ほうれん》が比叡山に進めば、叡山の僧徒は奮い立つであろう。尊雲《そんうん》、尊澄《そんちょう》両法親王も帝を擁《よう》衛《えい》して六波羅勢と対決すべく気勢を上げている。叡山の士気を鼓舞するためにも、六波羅の封鎖を突破しなければならなかった。

「帝御自ら叡山に鳳輦を進めることは危険でございます。もし六波羅に捕われれば、御玉命の保証もございませぬ。ここは麿《み》が恐れながら帝になり代わり叡山に御輦を進めましょう。帝は轅《ながえ》を南にめぐらし南都《なんと》（奈良）へ進みまいらせたまえ」

花山院師賢《かざんいんもろかた》が智恵を出した。帝をはじめ一行は急に目の前に新しい視野が開かれたように感じた。

南都に行幸したのはこのための布石ではなかったか。叡山と共に東大寺や興福寺《こうふくじ》の僧兵は、帝にとって頼もしい戦力である。南都・北嶺《ほくれい》の兵力を合体すれば、六波羅勢を圧倒し、鎌倉にも対抗できる。なぜ早くそのことに気がつかなかったか。コーナーに追いつめられていた帝に、輝かしい一方の活路が開けたようなものである。

後醍醐《ごだいご》はためらわなかった。早速花山院師賢が後醍醐帝に扮装《ふんそう》し、四条隆資《たかすけ》、二条為《ため》明《あきら》がこれに従った。

南へ車首をめぐらした天皇一行と別れた師賢らは、法勝寺《ほっしょうじ》（左京区岡崎）の前にて、袞《こん》龍《りよう》（天皇の礼服）をまとい、輿《こし》に乗り換えた。これより間道を伝って六波羅の囲みをくぐり、山門から西塔《さいとう》へ辿《たど》り着いた。囮《おとり》の一行が六波羅の封鎖をくぐれたのは幸運としか言いようがない。

四条隆資、二条為明、中院定平《なかのいんさだひら》などが衣冠を正して供奉《ぐぶ》をしてきた輿の中の主を出迎えた叡山の僧徒は、天皇の臨幸と信じて疑わなかった。全山に歓声が湧き、臨時の皇居とされた西塔の釈迦堂《しやかどう》の周辺に山上、山麓《さんろく》、また遠く大津《おおつ》や琵琶湖《びわこ》の周辺からも宗徒が馳《は》せ参じて来た。

彼らは偽帝とは知らず、釈迦堂を囲んで忠誠を誓い、天にも轟《とどろ》くような気勢を上げた。その人数はたちまち脹《ふく》れ上がり、全山を埋めるばかりの勢力となった。

その様を見た師賢はじめ四条隆資や二条為明は空恐ろしくなった。

「もし偽帝であることを察知されれば」

「欺かれたと知った法師たちに我ら悉《ことごと》く誅戮《ちゆうりく》されるやもしれぬ」

「ともあれなん人《びと》たりとも近づけず、師賢殿には釈迦堂の奥深く閉じ籠《こも》られよ」

「尊雲、尊澄両法親王がお目通り願い出て来られたならばいかがいたそう」

「そのときはそのときの思案よ。ともかく師賢殿をだれにも会わせてはならぬ」

師賢は咄嗟《とつさ》の智恵で帝の身代りになったものの、先行き露顕した場合を考えると背筋が寒くなった。

二

後醍醐帝およびその側近がひそかに内裏から脱出した事実をまだ六波羅は知らなかった。延暦寺浄林房《えんりゃくじじょうりんぼう》の阿闍梨《あじゃり》豪誉《ごうよ》は六波羅に内通していた。八月二十五日早朝、豪誉は六波羅に密使を送り、

「今夜寅《とら》の刻（午前四時）、主上我が山門にすがり臨幸されたもう。三千の宗徒悉く馳せ参り、近江《おうみ》、越前《えちぜん》の援軍を待って明日は六波羅へ攻めかけるべき手筈《てはず》になってござる。大事に至らぬうちに東坂本《ひがしさかもと》へ兵をさし向けられよ。豪誉は呼応して主上を捕り奉る」

と言ってきた。六波羅は豪誉の内報に愕然《がくぜん》とした。押取《おっと》り刀で内裏へ駆けつけてみると、すでに天皇は蛻《もぬけ》の殻である。内裏の女官や諸役も寝ている間に天皇に脱出されて茫然《ぼうぜん》としている。

彼らのほとんどは帝の脱出を知らなかった。六波羅勢に踏み込まれて、帝がいないのを知ったほどである。内裏の宮門を守るわずかな衛士《えじ》は六波羅の圧倒的軍勢の前に蹴散《けち》らされた。

「禁闕《きんけつ》（天皇のご住居）とて斟酌《しんしゃく》はいらぬ。隈《くま》なく探せ」

形相を変え血眼になった六波羅の軍兵が各宮門からどかどかと内裏深く踏み込んで来た。

寝ぼけ眼の女官や諸役が悲鳴を上げ逃げまどう。里内裏ではあるが正皇居を模している。各宮殿、五舎、三房悉く踏み荒らされた。

天皇日常の御座所にされている清涼殿《せいりようでん》の奥深くまでずかずかと踏み込み、鏡のように磨き立てられた拭《ぬぐ》い板敷に土足の泥をこすりつけ、昼御座《ひのおまし》の御帳台《みちようだい》や大床子《おおしようじ》、御厨子《おんずし》など踏み倒した。台盤所（女官詰め所）、朝餉間《あさがれいのま》（食堂）、夜御殿《よんのおとど》（寝室）を覗《のぞ》き、御手水間《おちようずのま》（トイレ）、御湯殿上、さらには各お局《つぼね》の部屋まで隈なく捜索した。間仕切りの萩を描いた障子が蹴破《けやぶ》られ、襖《ふすま》が踏み破られた。このような機会でもなければ絶対に足を踏み入れることのできない文字どおりの禁中である。

武者は捜索にかこつけて、好奇心のおもむくまま手当たり次第に宮中の家具調度、備品から、手箱や文箱《ふばこ》の中身まで掻《か》きまわした。珍しいものや金目のものは懐ろに忍ばせる。若い女房（女官）を物陰に引きずり込んでけしからぬ振舞いに及ぶ者さえある。

だが肝心の帝の行方はわからなかった。だれも知る者がいないのである。捕虜にした宮門の衛士を拷問して、今夜深更に女官車で産気づいた后妃を市中の産婆へ運び出したことがわかった。

「后妃が市中の産婆に、さようなことがあるはずがない」

「さこそ、帝はその女官車に召されていたにちがいない」

六波羅勢は地団太《じだんだ》踏んだが、すでに女官車が宮門を脱出してから数刻を経ている。

六波羅勢は狼藉のかぎりを尽くして、一陣の颶風《ぐふう》のように引き上げて行った。この狼藉場面は『増鏡《ますかがみ》』に次のように記述されている。

「あたりあたり掻き払ひ、時の間にいとあさましく、御簾《みす》几帳《きちよう》など踏みしだき、ひき落して、火の影もせず、ここもかしこも闇《くら》がりて、うち荒れたる心地す。今朝まで九重の深き宮の内に出《い》で入り仕へつる男女、ひとりとまらず、えもいはぬ武士どもうち散り、あらあらしげなるけはひに続松《ついまつ》（松明《たいまつ》）高くささげて細殿《ほそどの》、渡殿《わたどの》、何くれ、まかげさして、あさりたる気色、けうとくあさまし」

昨夜までの内裏は荒廃した。だが本当の荒廃はこの後にやってくるのである。帝を失い、宮門の衛士が逃げ散った後の内裏に、市中の飢えた狼が略奪にやって来る。平穏なときですら、禁中に強盗が忍び込み、女官を身ぐるみ剝《は》いだくらいである。彼らが狙うものは金品だけではない。日頃足許にも近寄れぬ上臈《じようろう》を狙って、飢えた牙《きば》の先からよだれを垂らしながら群れ集まって来る。

中宮の禧子《きし》ら三十人の后妃、女官、小女房、雑色《ぞうしき》の末に至るまで知る辺を頼って八方へ散った。八月二十五日の朝陽が、昨日と同じように内裏の宮殿や各舎房に明るくさし込んできたころは、完全に人気がなくなっていた。

この場面を『増鏡』は次のように描写している。

「二十五日の曙《あけぼの》に、武士どもみちみちて、帝の親しく召し使ひし人々の家々へ押し入り押し入り捕りもて行くさま、獄卒《ごくそつ》とかやの現はれたるかと、いと恐し」

六波羅勢が内裏を捜索している時期と同じくして、市中にも討幕勢力検挙の嵐が吹き荒れていた。万里小路大納言宣房《のぶふさ》、洞院別当実世《とういんのべっとうさねよ》、侍従権大納言公明《ごんのだいなごんきんあきら》、平宰相烏丸成輔《からすまるなりすけ》などそれぞれ自邸で寝込みを襲われ、寝衣のまま六波羅へ引き立てられた。

彼ら後醍醐政権の要職にある公卿たちすら、帝の遷座を知らなかった。それほど事は急に秘匿されて行なわれたのである。

一方、六波羅の主力は豪誉の密訴に基づいて叡山に攻め寄せていた。洛中《らくちゅう》四十八か所の警備の兵に畿内《きない》五か国の軍勢を加えて約五千、赤山禅院《せきさんぜんいん》の麓下松《ふもとさがりまつ》に押し出した。

また搦《から》め手には近江源氏《おうみげんじ》佐々木三郎判官時信《ほうがんときのぶ》を総大将に、海東左近将監《かいとうさこんのしょうげん》、長井丹後守宗《たんごのかみむね》衡《ひら》、筑後前司《ちくごのぜんじ》貞知《さだとも》、波多野《はたの》上野前司《こうずけのぜんじ》宣道《のぶみち》、常陸前司《ひたちのぜんじ》時朝《ときとも》が従い、美濃《みの》、尾張《おわり》、丹波《たんば》、但馬《たじま》の軍勢総勢七千余騎が大津、松本を経由して唐崎の松（大津市坂本の東端）まで押し出して来た。

これを迎え討ったのが妙法院《みょうほういん》、大塔宮両門主であり、門徒の護正院僧都祐全《ごしょういんのそうずゆうぜん》、妙光坊阿《みょうこうぼうのあ》闍梨《じゃり》玄尊《げんそん》指揮する約六千の軍勢が布陣した。大塔宮をはじめ、各門徒は仏衣を脱ぎ捨て鎧《よろい》を着け武器を取り、精悍《せいかん》な武将に変身している。

兵力は叡山方がやや少ないが、帝我にありと確信している門徒の士気は極めて高い。後手にまわった六波羅勢を戦わざる前から圧倒していた。

京都周辺でこれだけ組織的な戦いが行なわれるのは承久《じようきゆう》の乱以後初めてである。途中文《ぶん》永《えい》、弘安《こうあん》両役がはさまっているが、これは外国相手の戦いであり、戦場は九州であった。

両軍一触即発の距離に接近してしばしにらみ合う。たがいに鬨《とき》の声を上げ、矢合わせ（弓の射《う》ち合い）をするのみで、どちらからもしかけない。しかけられないのである。どんな歴戦の有志も、敵と初めてまみえたとき、心悸《しんき》は昂《たかぶ》り、手足は強張《こわば》り、しばらくは金縛りにあったように身動きができない。

戦場の均衡は六波羅方から破られた。列将の一人海東左近将監は、

「敵は寡勢なり。後づめの駆けつける前にひともみに踏み潰《つぶ》せ。者ども、我につづけ」

と大音声に呼ばわり、大刀を振りかざして敵陣に斬り込んだ。

左近将監は三尺四寸の豪刀を空を切って旋回させながらたちまち数名を斬り伏せ、湖水のほとりに立って、

「我に手合わせを望む勇者はないか。我とおもわん者は出合って手並みのほどをご覧《ろう》ぜよ」

と呼ばわった。

鎌倉武士が得意とする一騎打ちを挑まれて、叡山側はややたじろいだかに見えたが、ただちに一人の筋骨たくましい弁慶《べんけい》のような僧兵が名乗り出て来た。

「我は岡本房《おかもとぼう》の竪者《りつしや》（僧職）播磨《はりま》の快実《かいじつ》なり。鎌倉にその人ありと聞き及ぶ海東左近将監

ならば相手にとって不足なし。いざ見参《けんざん》」

と大音声に呼ばわりながら、二尺八寸の薙刀《なぎなた》を水車のように振りまわしながら打ちかかった。

両軍が固唾《かたず》を呑《の》んで見守る中、両者は武技のかぎりを尽くして打ち合った。いつ勝負が果てるとも見えぬ打ち合いがつづいたが、快実の薙刀を左手に受け止めた将監が後の先を取って剛剣を快実の真っ向から冑《かぶと》も断ち割る勢いで斬り下ろした。

快実は半身を開いて危うく躱《かわ》したところを、追撃した将監の勢いが余って左手の鐙《あぶみ》を踏みはずし体勢を崩した。落馬直前で必死に体勢を直しかけるところに快実が遮二無二《しゃにむに》薙刀を薙《な》ぎ立てた。体勢を立て直しきれなかった将監は、快実の薙刀の一閃《いっせん》に喉《のど》を斬り割かれた。

噴水のように血を噴き上げて馬から転落した将監にすかさず快実が追いすがってその首を上げた。将監の首をかき斬り薙刀の切っ先に突き刺した快実は声高らかに、

「敵も味方も目を開いてご覧ぜよ。岡本房の快実、海東左近将監を討ち取ったり」

と呼ばわった。鎌倉武士のお家芸である一騎打ちで叡山側が勝利したことは、いやが上にも僧徒軍の士気を高めた。

「見よ。口ほどにもない坂東《ばんどう》武者よ」

「快実坊に遅れを取るな」

山門の衆徒や応援の門徒が先を争うようにして六波羅軍に攻め込んで来た。猛将海東将監を一騎打ちで失って意気消沈していた六波羅軍は、たちまち浮き足立ち斬り立てられた。勢いに乗った叡山勢は浮き足立った六波羅軍に追いすがり、さんざんに斬り立てた。

唐崎の浜は東は湖に面し、西側は深い泥田となっており、馬の足を取られる。その隘路《あいろ》に逃げ道を争って六波羅の大軍が一時に殺到した。徒《かち》の兵士を馬が踏み潰し、馬の上に馬が重なった。追手がわずかな兵力でしんがりを押すだけで、六波羅勢は潰乱《かいらん》状態に陥った。

山門側の大勝利である。

緒戦において六波羅勢を討ち破った山門側の気勢は天を衝《つ》き破るばかりに上がった。叡山の僧房に勝鬨《かちどき》が谺《こだま》し、勝利の酒が馳せ参じて来た僧徒に配られた。篝《かがり》が行在所《あんざいしょ》となった釈迦堂を中心に赫々《あかあか》と焚《た》かれ、血を浴びた僧兵たちが続々と集まって来た。彼らは帝に大勝利を報告し、ねぎらいの言葉をもらいたかったのである。

叡山三塔十六谷を埋め尽くすばかりの門徒は、釈迦堂をひしひしと取り囲んで、一目なりとも龍顔《りゅうがん》（帝の顔）に咫尺《しせき》する（近づく）ことを願った。

「山門の衆徒、近隣の門徒悉く帝を我が山門に奉迎して恐懼《きょうく》奮励しております。今日のお味方大勝利も、ひとえに帝我が山門にありてこそ。願わくばご叡姿《えいし》を行在所のきざはしの端にまで運ばせたまえ」

釈迦堂の奥深く閉じ籠っている帝、実は花山院師賢へ釈迦堂の内門から大塔宮が全山を代表して要請した。師賢はじめ隆資、為明、貞平等は顔色を失った。これまではなんとかごまかしてきたが、もはやこれ以上釈迦堂の奥に隠れているわけにはいかなくなった。

「どうする」

「どうするもこうするもあるまい。尊雲法親王様より直接のご奏請とあれば、これ以上隠れ潜んでいるわけにはいくまい」

「されど、姿を現せば偽帝であることが露顕するぞ」

「袞龍《こんりよう》の御衣《ぎよい》に深く身を包み、頭巾《ずきん》を目深にかぶり、顔を隠せば、なんとかごまかせるだろう」

師賢を中心に側近たちは額を集めて相談した。これ以上釈迦堂の奥に隠れていると、怪しまれる。偽帝の一行は絶体絶命の窮地に追いつめられた。

「いざ、お出ましたまえ」

尊雲法親王が釈迦堂の外からうながした。覚悟を定めた師賢は袞龍をまとい、頭巾で面をかくして回廊に進み出た。

「ただいま帝がお出ましになる。一同の者謹んで玉体を拝し奉れ」

隆資が重々しく言った。あまりに近くへ寄るなという牽制《けんせい》である。

釈迦堂を囲んだ山門の僧徒たちは地上に平伏した。帝の二皇子尊雲、尊澄両法親王もそのもったいぶった雰囲気に膝《ひざ》を地についた。親子とはいえ後醍醐はそれほどの尊厳に溢《あふ》れた父親であったのである。

帝に扮《ふん》した師賢が静々ときざはしの前に進み出て来た。背恰好《せかっこう》は後醍醐帝と似通っているので、尊雲、尊澄両法親王以下山門の僧徒も真の帝と信じて疑わない。

きざはしに立つ帝は、頭巾を下ろしたまま、満足そうにうなずいた。一同感激して地に頭をつけた。ねぎらいの玉音が下されるかと一同心待ちにしている前で帝はゆっくりと背を向けて、静々と釈迦堂の内部に引き返しかけた。

「なにとぞ一言、御玉声をたまわりますよう」

尊雲法親王が一同に代わって訴えた。帝の言葉があるのとないのとでは今後の士気に大いに影響する。尊雲としては頭巾を取り、山門の僧徒に龍顔を現して親しく言葉をかけてもらいたいところである。

師賢の足がはたと止まった。止まったまま進みも引き返しもできない。そのときその後ろ姿を凝視していた尊雲の顔色が変わった。

「其方《そのほう》、なに者だ」

尊雲が叫んだ。いかに巧妙に扮装しても、血を分けた子の目は欺けなかった。師賢は凝然と立ちすくんだままである。小波《さざなみ》のようなざわめきが僧徒の間に起《し》きた。

「其方、帝に似て帝にあらざる者。帝に扮するとは天を恐れざる痴れ者め。なに者じゃ」

尊雲はずかずかときざはしを上ると、猿臂《えんぴ》を伸ばしていきなり師賢の被《かぶ》る頭巾を剝《は》ぎ取った。

「花山院」

尊雲は愕然《がくぜん》となって立ち尽くした。一瞬あとの言葉がつづかない。ざわめきがどよめきに変わり、収拾のつかない混乱へと拡大されていった。

「帝ではないぞ」

「真っ赤な偽帝じゃ」

「真の帝はどこにおわすのじゃ」

「帝は叡山を欺いたのじゃ」

「我らは偽帝のために命を懸けて戦ったのか」

「死んだ者になんと申し開きをしようぞ」

彼らが奉迎した帝が替え玉と悟ったときの山門の僧徒の落胆は激しく、やがてそれは激しい怒りに変わっていった。

後醍醐が尊雲、尊澄の二親王を送り込んで叡山に築き上げてきた信頼が一朝にして崩れ陥《お》ちた。

「帝におかせられては、我が山門をなんと心得るか。偽帝を送り込み山門の僧徒を操るは、まさに仏意を恐れざる御仕打ち。断じて許すべからず」

信頼が崩壊したのみならず、怒りの鋒先《ほこさき》が向けられてきた。このままでは全山の信頼厚い尊雲法親王をもってしてもなだめ切れない。それどころか両法親王および師賢以下偽帝一行の安全すら保障されなくなった。

錦旗《きんき》の下に集まって来た衆徒、門徒の間に自壊現象が始まった。ばかばかしいと捨て台詞《ぜりふ》を吐いて山を下りる者が続出した。おとなしく山を下りる者はまだよい。偽帝と露顕する前に、師賢一行の叡山到着を六波羅に密訴した阿闍梨豪誉は、尊雲法親王の執事安居院《あぐい》の中納言を捕虜にして六波羅へさし出した。護正院僧都祐全は門徒中の大名であったが、全家人を引き連れて六波羅に降参した。

尊澄および尊雲両法親王は八月二十九日の夜まで、比叡山の東の山つづきにある八王子《はちおうじ》に留《とど》まっていたが、情勢がますます険悪になってきたので、戸津《とつ》の浜より小舟に乗って石《いし》山《やま》へ落ちた。尊雲に忠誠を誓った約三百人の衆徒がこれに従った。石山までひとまず落ち延びてきた両法親王は、これ以上行を共にしていると六波羅の目に触れやすいので、この地で袂《たもと》を分かつことにした。尊澄は笠置《かさぎ》へ向かい、尊雲は十津川《とつがわ》を志した。

訣別《けつべつ》にあたって二人は別杯を交わした。後醍醐帝三十六人の皇子皇女たちの中で尊雲（護良）、尊澄（宗良）二人は生母を異にするが、最も気が合った。尊雲は父帝の気質を最も忠実に受け継いだ武人派であるのに対して、尊澄は、歌人の生母の素質を引き歌才に擢《ぬき》んでていた。まったく性格の相反する二人であったが、自分にないものを持つ兄と弟は、たがいに尊敬し合っている。

粗末ながら最後の晩餐《ばんさん》を共にした二人は、感情が溢《あふ》れた。

「これが永《なが》の別れとなるやもしれぬ」

「もし父帝が叡山に成し奉れば、かかる惨めな落ち様を見ずにすんだものを」

尊澄が涙ぐんで言った。

「この期《ご》に及んで女々《めめ》しいぞ。いまは落ちても必ずや帝を奉じて盛り返さん。そのための別れじゃ。体を厭《いと》いてまた元気な顔を見せてくれ」

「兄上こそつつがなくわたらせられますよう」

兄弟は言葉少なに語り合った。語らずともたがいの胸の内はわかる。敗戦の悔しさよりも、父に裏切られた悔しさが兄弟の心を重く沈めている。

このときのためにこそ、尊雲、尊澄相次いで比叡山に上り、父帝の討幕の狼煙《のろし》が上がるのを待っていたのである。自分たちこそ父帝を支える大黒柱と自負していたのが見事に裏切られた。

父帝にとって彼ら二人の皇子は偽帝をさし向け戦術の道具とする程度の存在でしかなかったのである。もし父帝とのかねての手筈《てはず》どおり、叡山への遷座が実行されていれば、山門の衆徒、門徒は緒戦に勝った勢いに乗り、一気に鎌倉まで攻め下れたであろう。それだけの勢いと、熱気が偽帝と知らず叡山に上がった錦《にしき》の御旗《みはた》の下にはあったのである。天皇親征の軍が叡山から発足した直後に、偽帝であることが露顕して崩壊した。返す返すも無念である。

そのとき尊雲の胸にふと兆した疑惑の影があった。父帝は自分を信じていないのではないか。父の分身のようにその気質を忠実に受け継いだ自分に、父は不気味なものをおぼえているのではないだろうか。父の片腕とも同志ともいうべき最も頼もしい後継者として、最大の信頼を寄せているはずの自分を、あまりに父に似すぎているが故に父は警戒しているのかもしれない。

分身ということは、強味も弱味も知りつくしていることである。味方にすればこれ以上頼もしい味方はないが、いったん敵にまわしたときは我が弱味を知りつくしているので最も恐るべき敵となる。父は自分に対してそのような恐れと警戒を抱いているのではあるまいか。

「兄上、決してそのようなことはありませぬ」

尊澄が尊雲の胸の内を読んだようなことを言った。

「そのようなこととはなんだ」

胸の内を言い当てられたと思った尊雲はややあわてて問い返した。

「尊澄は決して女々しく敗け戦さにこだわっているのではありませぬ。父君と兄上を助けて、必ずや討幕の儀、はたしおおせましょう」

尊澄は気を取り直したようである。

「その意気ぞ。我らがあるかぎり、誓って盛り返してみしょうぞ」

尊雲は自分の心奥に兆した疑惑を振り捨てるように言った。

美しい毒餌《どくじ》

一

「御前はこのたび鎌倉の主がだれかはっきりと見せつけました。この際、さらに念をお入れあそばしてはいかがでございますか」

菊夜叉《きくやしや》は含みのある声で言った。

「念を入れるとは」

高時《たかとき》は菊夜叉の含みがわからない。

「御前が鎌倉の主権者であるということを、見せつけるだけでなく、力でお示しになるのです」

「力で示せとは」

高時は菊夜叉の意味深長な顔色を探った。

「この際御前がありながら、専横を恣《ほしいまま》にしている高資《たかすけ》殿を誅《ちゆう》しあそばせ」

「高資を誅するだと」

さすがに高時の顔色が変わった。

「高資殿こそ殿をないがしろにし奉る元凶にございます。もともと高資殿は、北条家の家令にすぎぬのではございませぬか。御前があまりにも寛大にお過ごしあそばしたものだから、増長しているのでございます。この際高資殿一味を根こそぎ誅しあそばしませ」

菊夜叉は途方もないことを高時に吹き込んでいる。

「ま、待て。いま京都で鎌倉討滅の計画が発覚した折も折、鎌倉が内輪揉《も》めする時期ではあるまい」

なんでも菊夜叉の言いなりの高時であるが、さすがに踏み止《とど》まった。

「京都が不穏な形勢であればこそ、御前をないがしろにし、増長している輩《やから》を一挙に誅し、鎌倉を御前の下に一体にまとめるのです」

「さればといって、高資を誅すべき口実がない」

「口実などいくらでもおつくりになれましょう。もともと口実などいりませぬ。腕の立つ刺客を二、三人送り込めばすむこと」

「菊夜叉、そなたは……」

高時は唖然《あぜん》として菊夜叉の顔を見た。その艶《つや》やかな顔のどこに鬼神も三舎を避くるような誅戮《ちゅうりく》の意志が潜んでいるのかと、高時は呆《あき》れると同時に、女の謎の深さを提示されたようにおもった。

「御前は私一人のもの。御前を蔑《ないがし》ろにする者は絶対に許せませぬ」

菊夜叉は甘い声でささやきながら、高時の心に毒を吹き込んだ。だがその毒は甘い。高時はすでに菊夜叉の吹きかける毒素の中毒になっている。それがないと禁断現象に陥ってしまう。

「長崎高資殿を憎んでいる者は多うございます。彼が刺客に刺されても、御前のしわざと疑う者はおりますまい。霜月騒動以後、長崎家は御家人の怨《うら》みの的でございます。いまこそ驕慢《きょうまん》な高資殿を誅する絶好の機会と存じ奉ります」

「刺客を送るとすれば、だれを刺客に立てようかのう」

高時は菊夜叉の煽動《せんどう》に乗せられてきた。高資の、得宗《とくそう》家を蔑ろにしたこれまでの振舞いが一挙によみがえってきた。闘犬と田楽《でんがく》にまぎらせていたが、どちらが得宗かわからぬような政《まつりごと》を壟断《ろうだん》している高資の振舞いが、菊夜叉にそそのかされて、高時の胸の中を煮え立たせた。

北条氏の総領に生まれ、十四歳で執権職についた高時は、執権職も得宗も、なんの努力もせずに生まれついてそれを継ぐべき運命にあった。だからそれがどういうものか認識がない。

血のつながりだけで権力を手にしながら、なんの実感もない。男たちが熾烈《しれつ》な闘争を繰り広げて、夥《おびただ》しいライバルの屍《しかばね》の上に立ってようやく手に入れる権力を、高時は自動的に手にしていた。従って実権を長崎高資に奪われても、さして悔しいともおもわなかった。その悔しさを、菊夜叉がおしえてくれた。執権とはなにか。得宗とはなにか。権力とはどういうものか。それを家来筋に奪われることが、どんなに屈辱であるのか、菊夜叉がみなおしえてくれたのである。

現に彼が鎌倉の最高権威者でなければ、菊夜叉を手に入れることもかなわなかったであろう。菊夜叉を自分のものにして、高時は初めて野心に目覚めたともいえる。最高権威者たる所以《ゆえん》は、権力を伴ってこそである。

日本における最高権威は、天皇でありながら、軍事力の裏づけがないために、幕府に実権を握られている。だがその軍事政権、武家の統領たる幕府が、武断派の御家人ではなく、むしろ事務的な才に長《た》けている文官派の内管領《うちかんれい》に握られているのは皮肉である。

実際、戦乱が軍事力によって統一された後は、武将よりは政治力や組織の運営に長けている者が要求される。内管領なくしては、巨大化した鎌倉政権を運営することができなくなっている。それが長崎家の専横を許してしまったのである。

だが、ふたたび動乱の兆しが見え始めた。戦乱の世になれば、内管領などの出る幕はなくなる。それを恐れて高資は京都に対して手ぬるい処置を施しつづけてきたのだ。

関東調伏《ちょうぶく》の祈禱《きとう》を行なった悪僧どもを誅し、討幕計画の中心人物日野俊基《としもと》を処刑し、幕府の断乎《だんこ》たる姿勢を示した後、その勢いを駆って内管領に恣にされている実権を得宗の許《もと》に取り戻さなければならない。菊夜叉の言うとおり、いまこそ絶好のチャンスである。高時はすっかりその気にさせられていた。

「刺客にうってつけの者がおります」

菊夜叉が言った。

「それはなに者じゃ」

「御前はお知りあそばさぬ方がよろしいと存じます。すべて私にお任せあそばしませ」

「また天狗《てんぐ》を使うのではあるまいな」

なにげない高時の言葉に、菊夜叉はややぎょっとなった。高時に悟られていたのかとおもったのである。

「あの天狗どもは、そなたの容色に惹《ひ》かれて迷い出てきたのであろう」

だが高時は菊夜叉の驚きとはべつの想像をしていたらしい。

「ほほほ、まさか。あのような妖《あや》かしの者は使いませぬ」

「天狗でも妖かしの者でもよい。高資を討て。きゃつに鎌倉の主がだれかおもい知らせてやるのじゃ」

高時は菊夜叉に煽動されて気負い立った。

二

高時に充分吹き込んだ後、菊夜叉は自分専用に与えられている新館の奥の部屋に一人の男を密《ひそ》かに呼び寄せた。土岐《とき》左近蔵人頼員《さこんのくろうどよりかず》である。彼は正中《しょうちゅう》の変に際して討幕の企てを幕府に密告して以来、鎌倉に身を寄せている。頼員は菊夜叉が鎌倉へ来て以来、高時の想い者に遠方から密《ひそ》かに懸想している。菊夜叉はそれをとうに察知していた。

頼員は武勇には秀《すぐ》れていたが、酒と女にだらしがない。そのために京都にいられなくなって、鎌倉に身を寄せているのである。密告の仲介者となった舅《しゅうと》の斎藤太郎左衛門《たろうざえもん》が横死してから妻との間がうまくいかなくなり、いまは別居している。

頼員は菊夜叉からその居室へ密かに呼び寄せられて、いそいそとやって来た。もの欲しげな表情が面に顕《あらわ》れている。だらしはないが正直なのである。

「ようこそいらせられました」

部屋には酒肴《しゅこう》の用意が整えられてある。頼員のそばに菊夜叉はふんわりと寄り添うように座ると、自ら瓶子《へいし》を取って酌をした。

「今宵《こよい》は久しぶりに京の話などをいたしたく、ゆっくりおくつろぎくださいませ」

菊夜叉が媚《こび》を含んだ目で酒を勧めた。遠方から想いを寄せていた高時の寵妾《ちょうしょう》が、意外にも彼女の方から誘いをかけてきた。初めは警戒していた頼員も、熟練した菊夜叉の手管《てくだ》の前に、たちまちめろめろになってしまった。

「無骨な東国の侍どもに囲まれていると、都の人が懐かしくなります。私たちは都から来た同志ですもの。やっぱり、都の殿方はちがいます」

菊夜叉は触れなば落ちなん風情で、頼員の心をくすぐった。

「拙者も東夷《あずまえびす》の女どもにはうんざりしてござる。せめて菊夜叉殿を遠方から眺めるのがわずかな救いでございました」

「これからは遠方からではなく、近くでご覧《ろう》じませ」

菊夜叉がますます挑発した。

「近づいてもよろしいのでござるか」

この女は本当におれに気があって、誘いをかけているのではないのか。頼員は美味《うま》そうな餌に向かって一歩一歩にじり寄っていた。一気に食いつこうとしないのは、自衛本能からである。

菊夜叉は高時の寵愛《ちょうあい》を独り占めにしている女である。鎌倉の庇護《ひご》の下に生き永らえている京都の裏切り者が、彼女を盗んだと知られれば、頼員の命はいくつあっても足りない。

「見るだけではいやです」

「なんと」

「見るだけでは、絵に描いた餅《もち》のようなもの。食してこそ本当の味がわかるというものでしょう」

艶《あで》やかな流し目を送られて、頼員に制動《ブレーキ》をかけていた自衛本能が吹っ飛んだ。

「菊夜叉殿」

抱き締めようとした頼員の手をするりとはずして、

「ここではいけませぬ。ここは得宗様が私のために新たに建ててくださったお館《やかた》です。私があなたのお待ちする場所へまいります」

「いつ、いつ渡らせられるか」

頼員の声が震えた。

「すぐにでも。今宵は遅うございますので、明日の夜にでも」

「それはまことでござるか」

「かようなことを戯言《ざれごと》で申しませぬ」

「夢のようで信じられぬ」

「夢でない証拠に、これこのように」

菊夜叉は頼員の手を握って、

「その前に一つお願いをしてようございますか」

花のような唇を頼員の前で喘《あえ》ぐように薄く開いて言った。

「そなたの願いならばなんなりと」

「内管領長崎高資殿。私に邪《よこしま》に懸想して、拒んだのを根に持ち、私を鎌倉から追い払おうとしております」

「高資殿がそなたを」

「京へ追い返そうとしているのでございます。私は京に帰りとうはございませぬ。京に帰れば、頼員様にお目にかかれなくなりますもの」

「しかし、得宗殿がそなたを手放すまい」

「御前に讒言《ざんげん》をしておるのでございます。私が鎌倉に下着した夜、天狗の一団が田楽にまぎれ込んで来たのをご存じですか」

「知っております。私もそのとき駆けつけて行きました」

「それを高資殿は、京都から私が連れて来た刺客だと讒言しているのでございます」

「京都よりの刺客とな」

「京都より御前を失い奉るための刺客だと御前に吹き込んでいるのでございます」

「得宗殿がそれを信じておるのか」

「いまのところ、半信半疑のご様子におわします」

「そなたから得宗殿に根も葉もないことと言えばよいではござらぬか」

「もちろん申し上げております。でも高資殿は執念深いお方。機会あるごとに讒言を吹き込めば、御前も次第にその気にさせられてしまいます」

「高資殿はもともと根性いやしきご仁であるが、そこまでとはおもいませなんだ」

「頼員様。高資殿を討ってくださいませ」

「高資殿を討つだと」

頼員が愕然《がくぜん》とした目を向けた。

「あの方がおわすかぎり、私はいつ京都へ追い返されるかわかりません。いえ、その前に殺されてしまうかもしれません。同じ京都から下って来た同志としてお願いいたします。私のために高資様を討ってくださいまし」

「そなた、そのようなことを本気で申しておるのか」

「私が信じられぬのであればお忘れくださいまし。今夜のことはなかったことにいたします。頼員様は京へお戻りになれぬご身分におわしましょう。私が京へ追い返されれば、もはや二度とお目もじはかないませぬ。なまじあなた様と契りを交わした後お別れするのは辛《つろ》うございます。このままならば、美しい想い出として心の片隅にしまい込めるかもしれません。ご縁のなかった、すれちがった雲のように遠くから眺めているだけの殿方として」

「待て、待ってくれ。もし高資殿を討てば、本当に拙者との約束をかなえてくれるのであろうな」

頼員が仕掛けられた罠《わな》の中に飛び込んで来た。

「私の方が頼員様を欲しいのです」

「その言葉を胸に刻んでおきまするぞ」

「高資殿さえ討ち果たせば、私はいつまでも鎌倉にいられます。頼員様のおそばに」

「得宗殿に知られたらなんとするご所存か」

「御前は、私を愛しているのではございませぬ。私の田楽を愛しているのでございます」

「それを聞いて安心仕《つかまつ》った。この身に代えても高資殿は討ち果たすであろう」

酔いと共に心悸《しんき》が異様に昂《たかぶ》っていた。

「待ちきれなくなりました」

菊夜叉の唇が真っ赤な花のように喘《あえ》いだ。その言葉の意味を察知する前に、頼員は視野に赤い閃光《せんこう》が炸裂《さくれつ》したように感じた。菊夜叉の唇が頼員の口を塞《ふさ》いだ。

「ここでもようございます。あなたが高資殿を討つのが待ちきれませぬ。いますぐ頼員様が欲しい」

熱い息と共にささやかれて、頼員の意識に残っていた理性のかけらが熱湯の中に放り込まれた氷片のように消えた。

「菊夜叉殿」

頼員の手を今度は払わなかった。

「好きなようにして」

頼員は飢えた獣が久しぶりにありついた美しい獲物に牙《きば》を突き立てるようにむしゃぶりついた。だがそれは頼員から見た構図であって、見る目が変われば、頼員は食虫花に捕えられた羽虫である。

肉食獣が貪《むさぼ》り合っているような生臭い場面がようやく満足し合ってたがいの体を離したとき、どちらが獲物にされたかはっきりとわかった。

「これであなたと私はお仲間ね」

菊夜叉が薄い笑いを口辺に浮かべながら言った。

「同族でもある」

頼員は同志と仲間とどうちがうのか頭の中で測っている。

「もしこのことが御前に露顕すれば、鎌倉にもおられなくなりまする」

つづいて菊夜叉が漏らした言葉に頼員はぎょっとなった。

「得宗殿に露顕、まさかそなた」

「さように驚かれた顔をなさいますな。私たちが口をつぐんでいればだれにも知られないこと。頼員様がさようなことを漏らすはずもございませぬに」

「まさかそなたが話すとは」

菊夜叉を盗んだことが高時の耳に入った場合を想像して、頼員は慄然《りつぜん》とした。

「さあ、わかりませぬわよ」

菊夜叉がいたずらを含んだような笑みを浮かべた。

「そなた……」

官能の余韻が急速に醒《さ》めている。

「頼員様が約束を果たしてくださるかぎり、私がさようなことを申すはずもございませんわ」

頼員はそのとき報酬を先払いされたのではなく、是が非でも債務を履行しなければならない枷《かせ》をかけられたのを悟った。

三

興奮が徐々に醒めてくると、頼員の本来の小心がよみがえってきた。小心なくせに意地が汚い。その意地汚さが宿り主の手活《てい》けの花を摘《つま》んでしまった。先方から持ちかけられたとはいえ、露顕すれば命取りである。菊夜叉自身が脅かすようなことを言った。

それにしても長崎高資を討てとは途方もない委嘱である。菊夜叉の本心はどこにあるのか。本当に京都へ追い返されるのを防ぐために頼員に頼んできたのか。あるいはべつの意図があるのか。べつの意図におもい当たって、頼員は自分のおもわくを脹《ふく》らませた。

べつの意図とは別人の意図ではないのか。高資を取り除いて最も恩恵を被《こうむ》る者はだれか。高時。頼員は自分のおもわくに凝然となった。

高時は長崎高資に政《まつりごと》を壟断《ろうだん》され、鎌倉幕府の飾り物となっている。高資に奪われた実権をもう一度自分に取り戻そうとしているのではないのか。とすれば菊夜叉は高時がさし出した餌である。高時はなにもかも承知の上で菊夜叉を頼員にあたえたのではないのか。

だが田楽と闘犬に耽《ふけ》っている暗愚な高時にそのような術数がめぐらせるものであろうか。もしかすると菊夜叉が高時をそそのかしたのかもしれない。いずれにしても自分は罠の中に仕掛けられた餌を食ってしまった。冷気が足許《あしもと》から這《は》い上がってきている。もはや逃れようがない。

菊夜叉との約束を守らなければ、高時に殺される。守ったところで、宿り主が大切にしている餌を食った報復を受けるだろう。罠の構造は精緻《せいち》で完璧《かんぺき》であり、どこにも逃げ口がない。頼員は自分が追いつめられた獲物になったのを悟った。

小心者の常であきらめが悪い。どんなに追いつめられてもあがくのをやめない。あがきまわっている間に、絶望的な視野の中に一筋の逃げ道が見えてきた。これ以外に逃げ道はない。

それは正中の変の際、京都から鎌倉へ落ちのびて来た道と同種の逃げ道である。彼の経験がその逃路《エスケープルート》を見出させたといってもよい。菊夜叉の委嘱に応《こた》えて高資を討ったところで、頼員の出口はない。高時は自分の寵妾《ちょうしょう》を盗んだ（たとえ餌としてさし出したものでも）者を決して許さないだろう。

進んでも退《ひ》いても助からない。となれば横へそれる以外にない。高資に菊夜叉から委嘱された暗殺計画を密告すれば高資の庇護《ひご》を受けることができる。鎌倉の実権を握っているのは高資である。頼員は、刺客の剣を捨てて高資に密訴した。

四

長崎高資は、土岐頼員からの密告を受けて仰天した。暗愚な飾り物と歯牙《しが》にもかけていなかった高時が、刺客を自分に送り込もうとしていた。最近の高時の行動を見ると、充分に考えられることであるが、高時と刺客が結びつかなかった。

「おのれ、高時め、たとえ飾り物でも、北条得宗家の統領としてあぐらをかいていられるのはだれのおかげか」

驚愕《きょうがく》した後に激しい怒りが突き上げてきた。全国武家の統領として、巨大化した北条政権を運営することは、戦さをするしか能のない武士にはできない。長崎氏がいなければ、北条政権はとうに瓦解《がかい》してしまったはずである。その恩も忘れて田楽と闘犬にしか能のない高時が、刺客を送り込んで来た。

激怒した高資は、高時を糾弾した。今度は高時が仰天する番である。まさか菊夜叉のさし向けた刺客が寝返るとはおもわなかった。

「私は知らない。まったく私の与《あずか》り知らぬことだ」

高時は知らぬ存ぜぬで通す以外になかった。たしかに高時直接の命令によって刺客がさし向けられたという証拠はない。頼員も菊夜叉から委嘱されたと言っているのである。菊夜叉の委嘱に、高時の意図が働いていることは明らかであるが、証拠はない。また高資としても高時の寵妾である菊夜叉を捕えて拷問するわけにもいかない。

頼員が寝返ったと知った菊夜叉は、さして驚きもせず、

「あの男に命じたのが私のまちがいでした。でも御前がお気になさることはございません」

菊夜叉は言って、一通の文をさし出した。

「これはなんじゃ」

菊夜叉が意味ありげにさし出した文に高時は不審の目を向けた。

「長崎高頼《たかより》が私に宛てた付け文でございます」

「高頼の付け文」

高頼は高資の異母弟である。

京よりは移し変えばや我が庭に
片時たりとも忘れじの君

「高頼は以前から私に懸想いたし、このような付け文を送ってまいりました。歌の中の片時とは御前を意味しているのでしょう。高時の庭から我が庭に菊夜叉を移し変えたい。そのような意味を籠《こ》めた歌でございます」

「おのれ、高頼め」

菊夜叉が曲げた歌意を聞いただけで、高時の頭に血が昇った。高時にとってほかの男が菊夜叉に付け文をすること自体が許せないのである。

「この文を高資殿にお示しなされませ。高頼は高資殿の地位を狙っております。高資殿を討ち、その罪を御前になすりつけようとしているのでございます。さすれば高頼は北条氏の実権と、私を同時に手に入れることができます。そのように高資殿に申し立てるとよろしいでしょう。もともと高資殿と高頼は仲が悪うございます。高資殿にとっても日頃うっとうしくおもっている高頼を取り除くよい口実を見つけられるでしょう」

菊夜叉から入れ智恵されて、高時は落ち着きを取り戻した。考えてみれば、高時は高資排除のための具体的な命令はなに一つ与えていない。すべて菊夜叉の一存で張りめぐらした謀《はかりごと》である。

「それはまことに妙案じゃ」

高時は菊夜叉の策に飛びついた。

長崎高頼は突然着せられた濡《ぬ》れ衣《ぎぬ》に対して身におぼえのないことだと抗弁したが、菊夜叉に宛てた付け文を突きつけられて、顔色を失った。

「其方《そのほう》、かねてよりわしの地位を奪わんと狙い、菊夜叉に拒まれたのを根に持ち、わしに刺客をさし向け、得宗殿と内管領の内紛と見せかけようとしたのであろう」

と高資から糾問されても咄嗟《とっさ》に返すべき言葉が出てこない。菊夜叉に拒まれた鉾先《ほこさき》を高資に向ける迂遠《うえん》な報復の矛盾に高資も気がついていないらしい。いや、気がついていても、この際これを口実として高頼を取り除こうとしているのかもしれない。

得宗はなんといっても得宗である。高時が高資に刺客をさし向けた証拠が挙がったとしても、せいぜい厭味《いやみ》を言うくらいで、高時に手を出すことはできない。その鬱憤《うっぷん》を高頼に向けてきたのかもしれない。高頼はスケープゴートにされたのである。

結局、高資暗殺未遂事件は、罪をすべて長崎高頼に託して、彼を流刑に処して落着した。

戦いの名分

一

花山院師賢《かざんいんもろかた》を偽帝に仕立てて比叡山《ひえいざん》で陽動作戦を展開している間に、後醍醐《ごだいご》はわずかな供回りを引き連れたのみで、奈良を目指した。六波羅《ろくはら》も後醍醐と叡山の兵力が結びつくのを最も恐れて、その方面に兵力を集めており、奈良への交通は封鎖されていない。その隙を衝《つ》いて後醍醐一行は都から脱出した。

暗夜の脱出行はみじめであった。替え玉天皇に四条隆資《たかすけ》や二条為明《ためあきら》をつけたので、ただでさえも少ない側近が半数になった。万里小路藤房《までのこうじふじふさ》、季房《すえふさ》、千種忠顕《ただあき》、北畠顕家《きたばたけあきいえ》以下あとを慕って来た女官を含めても二十数名である。里内裏とはいえ、数千名の公卿《くげ》、諸官が働いていた宮中から追い落とされたという感はいなめない。

暗夜の中に方向感覚も失われた。

「ここはどの辺りか」

簾《すだれ》の奥から帝《みかど》が下問した。

「おそらくは宇治《うじ》の辺りかと存じ奉ります」

と答える方も自信がない。いまここで六波羅の手勢や、洛外《らくがい》に跳梁《ちようりよう》する盗賊どもに襲われたらひとたまりもない。反鎌倉的とされる悪党共も決して油断できない。彼らの中には鎌倉に誼《よし》みを通じている者もいるからである。

この期《ご》に及んで、動座を早まったのではないかという虞れが一行の胸に生じていた。あのまま内裏の奥深く閉じ籠《こも》っていれば、いかに理不尽な六波羅勢といえども帝を引き立てるようなことはすまい。その間に尊雲《そんうん》、尊澄《そんちよう》両法親王が叡山の僧兵を引き連れて救援に駆けつけて来る。そんな未練が不安と共に墨のように一同の胸に拡がった。

都落ちして行く一行に冷たい秋の霖雨《りんう》が落ちてきた。濡《ぬ》れそぼちながらひたすら南へと急ぐ。一行は夕食も満足に摂《と》らずに内裏を脱出したので、空腹であった。だが殿上人《てんじようびと》には食物を手に入れる算段がない。食物を探したくとも周囲は漆で塗り潰《つぶ》されたような闇である。

文字どおりの牛の歩みを励ましながら、宇治川を渡り、宇治を過ぎ、木津《きづ》川に沿って奈良街道をひたすら南へと下っていると、突然数百の軍兵に進路を塞《ふさ》がれた。六波羅勢に先まわりされたかと一同なすところなくうろたえていると、武装したたくましい僧侶《そうりよ》が近づいて来て、

「後醍醐帝の鳳輦《ほうれん》とお見うけいたします。拙僧は東大寺の別当聖尋《べっとうしょうじん》、帝ご動座の早馬を受けて、お迎え申し上げるべく参上仕《つかまつ》ってござる」

と声をかけてきた。地獄で仏とはこのことである。

聖尋は五摂家《ごせっけ》鷹司家《たかつかさけ》の係累であり、後醍醐とは肝胆相照らすシンパである。動座に先立って早馬を飛ばしておいたのである。

「聖尋か。よく駆けつけてくれた」

後醍醐帝も愁眉《しゅうび》を開いた。

「拙僧が馳《は》せ参じましたるからには、ご安堵《あんど》召されませ。これより南都《なんと》へご案内申し上げます」

聖尋は地にひざまずいて言った。聖尋がとりあえずの食べ物を持参してくれたので、一行はひとまずそこで飢えを癒《いや》し、聖尋に護衛されて木津川を渡った。夜の帳《とばり》が明け放たれようとしていた。

聖尋に護《まも》られて、後醍醐一行は八月二十五日、ともかく無事に奈良へ着いた。一行はとりあえず東南院《とうなんいん》を行宮《あんぐう》とした。突如帝を迎えた奈良は驚愕《きょうがく》した。

遷都は歴史的な事件である。それが事前のなんの準備も通知もなく、一夜のうちに天皇がほとんど着の身着のままで移って来た。遷座を最も早く知った聖尋すら、前夜禁中からの早馬によって報《しら》せを受けたばかりである。

聖尋は奈良の各寺院に触れをまわして、緊急宗門会議を開いた。各寺院の代表者が集まったところで、聖尋は立ち上がって事情を説明した。

「六波羅の暴兵、主上を恐れず、畏《おそ》れ多くも禁中を侵し奉った。主上は御身一つで南都に蒙塵《もうじん》（帝の都からの退去）したまわれた。主上をお迎えし奉り、我ら宗門の総力を結集して主上を守護し奉り、もって皇恩に報いようではないか」

聖尋は熱弁を振って、南都宗門の協力を要請した。だが聖尋に熱っぽい要請を受けても、ただちに反応する者はいない。彼らはたがいに当惑した顔を見合わせているばかりである。

ようやく東大寺塔頭《たっちゅう》尊勝院《そんしょういん》の顕実《けんじつ》が立った。

「我らもとより帝を迎え奉ったことは光栄であるが、帝を擁して鎌倉と干戈《かんか》を交えることは、仏門の徒としての本義に反するのではないか。この度の六波羅による禁中の手入れは、破戒《はかい》無慙《むざん》の悪僧文観《もんかん》一派の主導の下に、帝が関東調伏《ちょうぶく》の祈禱《きとう》を行なわれたためと聞き及ぶ。さればこれは帝を押し立てた文観らと鎌倉との私闘ではないか。そのような私闘に我が山門が巻き込まれることは、控えるべきである」

と顕実は真っ向から反対した。

もともとこの顕実は北条氏の一族であり、東大寺の中で一方の勢力である。叡山のように早くから二親王を送り込んで、事前工作を施していたのと異なり、奈良には昨年三月行幸して供養しただけである。いまにして奈良の僧徒は、このための布石であったかと悟らされた。それだけに必ずしも後醍醐のシンパだけではない。

「なにを申すか。たとえ文観が破戒僧であるにしても、文観と鎌倉の私闘とはなに事。これは鎌倉に簒奪《さんだつ》された政《まつりごと》を帝に戻し、天皇ご親政を進めるための第一歩である。その第一歩を我が南都にしるされたことは、宗門の光栄であり、誇りとすべきところ。全山挙げて帝の許に馳せ参ずることになんのためらいがあるべきや」

聖尋は舌鋒《ぜっぽう》鋭く切り返した。

「帝のご親政の第一歩にしては、あまりにも性急ではないか」

「そうだ。政を鎌倉に委任するは、頼朝公が幕府を創《はじ》めて以来の定制である。いまその大権を帝に奉還するにしても、なんの前触れもなく一夜にして帝がご遷座あそばし、鎌倉に大権を奉還せよと迫っても鎌倉が応ずるはずもあるまい。またわずかな側近を引き連れたのみで、天下の大権を司《つかさど》れるものか」

「恐れながら帝のこの度の御振舞いはあまりにも軽率におわさぬか」

興福寺《こうふくじ》一派が次々に言い立てた。興福寺は南都の勢力を東大寺と二分する一大勢力である。

興福寺は大和《やまと》一国を領し中世末まで大和守護職の地位を保ってきただけに鎌倉との結びつきが深い。また東大寺は治承《じしょう》四年（一一八〇）、平重衡《しげひら》の南都征討によって主要な建物をほとんど焼失し頼朝の強力な援助によって復興したという謂《いわ》れがあるので、鎌倉との結びつきが深い。特に東大寺西室は皇室方の聖尋の東南院に対して、幕府の大シンパである。奈良が源平の争いに巻き込まれたためである。南都の宗門には治承の轍《てつ》は踏むまいという意識が強かった。

それ以後議論百出したが、結論は出ない。下手をすると山門の運命を決する重要な問題である。それだけに事は慎重に検討しなければならない。だがすでに帝は南都に行幸している。ただちに旗幟《きし》を鮮明にする必要に迫られていた。

奈良の情勢は後醍醐にとって必ずしも良好とはいえなかった。むしろ反後醍醐の勢力が優勢である。北条一族の顕実や、幕府と誼《よし》みを通じている興福寺からいつ鎌倉に密告されるかわからない情勢である。すでに密使が六波羅や鎌倉に向けて発《た》っているかもしれぬ。六波羅勢が奈良を包囲すれば、後醍醐は万事休すである。

いまや一刻の猶予もならないと判断した聖尋は、後醍醐に奏請した。

「帝のご遷幸をたまわりながら、昨年三月御行幸を仰ぎ奉ったときに比べて、掌《てのひら》を返したような南都の対応、山門の一徒として、聖尋、お詫《わ》びの言葉もございませぬ。さりながらここもご安住の地ではございませぬ。いまは一刻も早くご避難あそばしますように」

聖尋は沈痛な顔をして訴えた。

「さればいずこの地へ移れと申すか」

さすが剛毅《ごうき》の後醍醐の面も不安に塗り込められている。南都と北嶺《ほくれい》の勢力を合すれば、充分鎌倉に対抗できると踏んできた目算はもろくも崩れさった。こうとわかっておれば、身代り帝を叡山へ送るような姑息《こそく》な手段は取らず、最初から叡山へ遷幸すべきであったと悔やんでも後の祭りである。

「さればひとまず鷲峰山金胎寺《じゆぶせんこんたいじ》にお移りたまわりますように」

「鷲峰山の金胎寺とな」

「この寺は山城《やましろ》と甲賀《こうが》の境いの山奥深くに位置しており、鎌倉の兵もめったに近づけませぬ」

聖尋の奏請に従って、ひとまず金胎寺へ移動することになった。八月二十六日深夜、後醍醐一行は行宮に席の温まる暇《いとま》もなく奈良を発して鷲峰山に向かった。

鷲峰山は現在の綴喜《つづき》郡宇治《うじ》田原町《たわらちよう》と相楽《そうらく》郡和束町《わづかちよう》の境いにある標高六百八十五メートルの山である。金胎寺はその山頂付近にある。鷲峰山は奇岩怪石に囲まれており、天然の要《よう》塞《さい》の観をなしている。

二十七日朝鷲峰山に到着した後醍醐は、そのあまりにも険阻にして狭隘《きようあい》な山地に立地している金胎寺の地理的条件が、討幕挙兵の拠点としては不向きであるとして、そこを行宮とすることに強い難色を示した。後醍醐の反対をあらかじめ見越していたかのごとく、聖尋はさらに笠置山《かさぎやま》まで御旅行の足を伸ばしたまうよう奏上した。

「笠置ならば、我が管領《かんれい》の寺でもあり、要害堅固にして、充分な兵力を集められる地勢にございます。この地に行在所《あんざいしょ》を設け、全国の尊皇の士に檄《げき》を飛ばせば、たちまちにして大兵が集い来るは必定」

聖尋の景気のよい言葉に乗って、一行はさらに笠置へ向かって移動をつづけた。つき従う者は都から供奉《ぐぶ》して来たわずかな側近たちと、聖尋の率いる約三百の僧兵である。この兵力ともいえないような寡兵を率いて、幕府の大軍に対して戦いを挑むことができるのか。山気はますます深く、地勢は険阻になっていく。

こんな辺鄙《へんぴ》な土地に拠《よ》って、天皇親政の旗印を立てたところで、果してどの程度の尊皇の士が集まってくれよう。さすがの後醍醐も心細くなってきた。

犬打峠《いぬうちとうげ》から杣田《そまだ》へ越える山道で後醍醐はその悲壮な心境を次の御詠に託した。

うかりける身を秋風にさそはれて
おもはぬ山のもみぢをぞ見る

難航を重ねてようやく辿《たど》り着いた笠置山は、山城、大和、伊賀《いが》の三国境いに位置する標高二百八十八メートルの険阻な山というよりは突起である。『笠置寺縁起《かさぎでらえんぎ》』には「当山は日本無双の城。高山峨々《がが》として聳《そび》え、嶺《みね》は雲に隠れ、深山峡々と沈みて麓《ふもと》に籠《めぐま》れり」

と記されてあり、要塞《ようさい》を築くには最も恵まれた天然の条件を備えていた。しかも籠城《ろうじょう》に擁する兵力の収容能力がある。

今度は後醍醐もその地勢に満足した。欠点としては周囲が平地であるために、大軍によって包囲されやすいことである。後醍醐帝は山上の笠置寺大伽藍《だいがらん》の一部に行宮を設け、錦《にしき》の御旗《みはた》を打ち立て全国に討幕の大号令を発した。

天皇の檄を受けた各地の尊皇の有志たちは連日のように笠置山へ駆け集まって来た。だがそれらはいずれも五十名から百名の土豪や野武士の集団であり、武装も貧弱であった。名のある武士の姿はなく、野盗や山賊のようないかがわしい輩《やから》までが錦旗《きんき》の下にひと暴れしてやろうという魂胆を持って集まって来た。

こんな状態であるので、旗揚げはしたものの気勢はさっぱり上がらない。聖尋が豪語したように、帝の檄に応じて全国から大兵力が即座に集まるという場面には及びもつかない。

旗揚げから日を経るに従って、集まる兵力は少なく、質も悪くなってきた。中には日当目当てで集まって来る者もいる。彼らにとっては天皇も幕府もない。要するに働き口の一つなのである。かようなことで幕府を倒せるのかと後醍醐は不安を募らせた。

都からは側近の万里小路《までのこうじ》宣房《のぶふさ》や洞院実世《とういんさねよ》、烏丸成輔《からすまるなりすけ》などが六波羅勢に捕縛されたという悪い報せが届いた。

一方後醍醐帝の動座によって持明院統《じみょういんとう》は一挙に勢いを盛り返した。後伏見《ごふしみ》上皇を中心に花園《はなぞの》上皇、量仁《かずひと》親王、これを供奉して今出川《いまでがわ》兼季《かねすえ》、三条通顕《みちあき》、西園寺《さいおんじ》公宗《きんむね》、日野資名《すけな》、同資明《すけあき》、坊城経顕《ぼうじょうつねあき》などが六波羅勢に護られて北六波羅へ移った。持明院統は後醍醐が南都へ逃れて空になった皇座を埋めるべき大切な皇統である。幕府にとっては後醍醐の都脱出は少しも困らない。むしろ歓迎すべき事態である。幕府にしても親幕的な持明院統を皇座につかせた方が、安心していられる。幕府にとっては後醍醐帝の突然の動座は勿怪《もっけ》の幸いであった。

都では持明院統が幕府の庇護《ひご》を受けて日に日に勢いをつけているのに対して、笠置に設けた後醍醐の行宮では、焦燥と疲労が深まっていた。頼みにしていた叡山の兵力は、替え玉帝であることが露顕して雲散霧消し、尊雲、尊澄の行方は不明である。当てにしていた全国の尊皇有志も、名のある騎馬武者や有力大名は一人も駆けつけて来ない。

笠置は護るには堅固な天然の要塞であるが、いやしくも一天万乗の大君のまします場所ではない。都の雅《みやび》な暮らしに馴《な》れた公卿《くげ》たちにとっても、山上の生活は不便極まりない。もとより食物や衣服その他の日用品も充分ではない。日を経るほどに疲労と焦燥が重なってくる。このままではせっかく集まって来た有志たちも逃散《ちょうさん》しかねない情勢である。

ある日、疲労と焦燥の極みに、後醍醐がうとうとまどろんだとき、紫宸殿《ししんでん》の前庭とおぼしき辺りに大きな橘《たちばな》の木が緑の重なった枝を広げていた。特に南へ伸びた枝の緑が濃く、その下に太政大臣《だいじょうだいじん》、左右大臣、諸官、威儀を正して居流れている。南面の上座に畳を敷いた空席があった。

後醍醐は夢うつつに、だれのための席かと問うたところ二人の童子が忽然《こつぜん》と現れ、帝の前にひざまずき涙を袖《そで》で拭《ぬぐ》いながら、

「天子の身にあらせられながら、天下の間に一時御身をお隠しあそばす場所もございませぬ。さりながらあの大樹の陰、葉が一際濃く茂っている南枝の下に設けられた御座こそ主上にとってしばし安全な御座所にございます。これより南枝の下を頼られますように」

と告げると天の上方に姿を消してしまった。と同時に後醍醐の夢は醒《さ》めた。後醍醐帝はこれを天の告旨と解釈して、帷幄《いあく》の者に話した。

「この夢はなにを意味するものであろうの」

帝は側近の顔を見まわした。一同はそれぞれ夢の内容を占って、すぐには答えない。しばらくして聖尋が、

「帝の御座が設けられた南の枝は楠《くすのき》を意味するものと存じ奉ります」

と申し出た。

「南の木、なるほど楠か。この近くに楠という者がおるか」

「日野俊基卿《としもときょう》がご存生のころ、全国遊説の途中、河内国《かわちのくに》赤坂にて楠木多聞兵衛正成《たもんのひょうえまさしげ》という武士に出会ったと話しておりました」

「楠木多聞兵衛とな」

後醍醐は記憶を探った。そんな名前を聞いたような気もするが、はっきりと記憶には残っていない。

紫宸殿の前庭には右近の橘と左近の桜が植えられており、楠はない。その他の植物は呉《くれ》竹《たけ》、紅梅、柳、萩、菊、撫子《なでしこ》、すすきである。

日野俊基の慫慂《しょうよう》を受けて、後醍醐帝決起の際は、呼応して立ち上がろうと決意した楠木正成も、この程度の存在でしかなかったのである。

「さればただちに楠木正成を呼べ」

帝は言った。これは天の夢告《むこく》である。楠木こそ後醍醐の悲願である天皇親政の旗を推し進める主力となってくれよう。

意気消沈していた後醍醐は、南枝の方角すなわち楠木のいる方位に一縷《いちる》の光明を見出したようにおもった。使者には万里小路藤房が立った。

二

楠木正成は赤坂の里水分《みくまり》の楠木館《やかた》に閉じ籠《こも》って、凝《じ》っと情勢をうかがっていた。後醍醐帝ご動座の報知は、二十五日の昼すぎにはすでに正成の許《もと》に達していた。六波羅の手勢や置き去りにされた禁中の諸官たちが天皇が蛻《もぬけ》の殻になっているのを知ったのが二十五日の朝であるから、これは異常な早さである。正成の張りめぐらした諜報網《ちょうほうもう》がいかに優秀なものであったかを物語るものであった。

「して、主上はいずこに向かわれたか」

「三条河原にて二手に分かれ、鳳輦《ほうれん》は叡山に向かわれた模様にございます。あとの一手はわずかな供回りを引き連れ、南へ向かいました」

「ご一行が二手に分かれたとな」

正成の目が深沈たる光を放った。しばらく黙考した後、

「おそらくは帝は南都へ向かわれるであろう」

正成は独り言のようにつぶやいた。

「すると叡山に進まれた鳳輦は」

「帝の身代りであろう。さような姑息《こそく》な手は使わぬ方がよいが、楠木党にとっては帝が南に向かわれた方が都合がよい」

「さすれば南都にご遷座したまうのでしょうか」

「ひとまず南都に渡らせられるとしても、さらにお移りあそばすであろう」

「帝はいずこの地に行宮をお定めあそばしましょうか」

「わしにもまだしかとはわからぬ。だが南都には誼《よし》みを通じておる聖尋僧正がおられる。聖尋殿はわしの意を察しておる。鎌倉の大軍と戦うためには平地ではかなわぬ。山城、大

和、伊賀の山地のどこかで、兵を集めやすい場所に定めるであろう。笠置には聖尋殿の管下の寺がある。守るに易く攻めるに難い天然の要塞《ようさい》である。だが奈良に近く、平地に囲まれた場合糧道を絶たれる弱点がある」

「なに故この地に帝を奉迎いたさぬのですか」

「まだその時期ではない。楠木一党は帝の最後の奥の手となるのじゃ」

　正成はさらに京都、奈良周辺の監視を充分にするようにと言い渡すと、水分の館《やかた》に一族の主だった者を集めた。山に近い赤坂の里には秋色が濃い。都の不穏な情勢は、この静かな山里には影響なく、里のあちこちでは稲の取り入れがたけなわである。

　高所を彩った林が日に日に下方へ移動して里の木の葉が赤く染まる。真っ赤に色づいた柿が背後の青空に打ちつけた朱点のように鮮やかに浮かび上がる。切り取って保存しておきたいような平和で穏やかな風景である。

　正成はその美しくも平穏な風景に兵馬の満ち満ちた光景を重ね合わせていた。青い空を点綴《てんてい》した柿の朱が、迸《ほとばし》る血煙によって塗り替えられるであろう。秋の収穫を祝う祭り太鼓は、矢《や》叫《たけ》びと兵馬の喊声《かんせい》によってかき消されるであろう。そのときがすぐそこまで迫っている。橘諸兄《たちばなのもろえ》から赤坂の里に六百年つづいた楠木家は、自分の代に至って滅びるかもしれぬ。正成はとうとうそのときが来たのを悟っていた。

　たとえ我が代において楠木家が滅びるとも、楠木一族の名を天下に轟《とどろ》かせてやる。これはいうならば名分のための決起であり、名誉のための戦いである。河内の片隅に逼塞《ひっそく》していていた六百年から広い世界へ出ていくのだ。そのきっかけを後醍醐帝があたえてくれる。後醍醐帝こそ天下をみそなわすただ一人の帝である。その帝の檄に応ずるために、赤坂の里に六百年兵馬を養ってきたのだ。

招集を受けて水分の楠木館に集まって来た楠木一族および郎党は、正成から天皇ご動座を聞いて色めき立った。

「これよりただちに帝の許へ馳《は》せ参じ、ご親征の先駆けを仕らん」

「我ら楠木党、錦の御旗の下に一番駆け仕ろうぞ」

「いざ出陣のお下知《げち》を」

弟正季《まさすえ》以下恩地《おんち》、神宮寺《じんぐうじ》、南江《みなみえ》、平野、山城《やましろ》、渡辺、その他楠木党の親族、一族の面々がはやり立った。

「待て、早まってはならぬ。まだ帝のご動座の報知を受けただけで、行宮の所在も確かめておらん。軽挙妄動に走ってはならぬ」

正成は一同を戒めた。

「帝の行宮がお定まりになったときは、ただちに出陣あそばしますか」

正季が問うた。

「いや。我らはこの赤坂の里において決起する」

正成は答えた。

「帝の御許《おんもと》へ馳せ参じませぬのか」

正季が不満顔をした。それは一同の不満を代表している。たれしも帝から離れた所で戦うより、錦の御旗の下、帝のおそば近くで華々しい働きをすることを望んでいる。

「この際、改めて一同に申し渡しておく。楠木党は赤坂を離るれば必ず敗れる。幕府の大軍を向こうにまわして戦うには、六百年住み馴れた赤坂の地以外にはない。金剛山《こんごうざん》一帯は我が楠木氏にとって我が家の庭のようなもの。この山腹に砦《とりで》を張りめぐらし、それに拠って戦うならば、いかなる大軍が押し寄せようと恐るるに足りぬ。我らがこの地に鎌倉の主力を引きつけるのじゃ。改めて申し渡す。この地を離れて楠木の未来はないと知れ」

正成は眉《まゆ》に固い決意をみなぎらせて言った。

「されば帝はだれが守護し奉るのですか」

平野将監《しょうげん》が問うた。

「帝を護り奉る者はほかにおる。その者どもに任せておけばよい。よいか。我らは帝を擁して戦うのではないぞ」

正成は意外なことを言いだした。

「帝の御為《おんため》ではないと仰せられるか」

恩地左近が驚いたように尋ねた。

「いかにも。帝の御玉体のためではない。一天万乗の至尊たるご名分のために戦うのじゃ。名分なればこそ、帝のおそば近く馳せまいる必要もない。天下に至尊はただ一人しかおわさぬことを楠木党が一族を挙げて実証するための戦いなのじゃ。そのための旗揚げであるなれば、我らが父祖の地を離れてはならぬ。我らの錦の御旗は大義名分である。単に御輿《みこし》を担ぐための戦いではないと心に刻んでおけ」

正成の大義名分論は、後醍醐の討幕の動機とぴたりと重なり合う。後醍醐にとっては自分と自分の血流のみがただ一人の天子であり、正統な皇統なのである。後醍醐はその思想的根拠を宋学《そうがく》においた。

大義名分論に基づく国家秩序観は君主たるものの名分として血統の由緒正しさと統治能力を必須《ひっす》の条件とする。この条件を欠く者は、君主として立つ名分がない。そして後醍醐こそ絶対君主としての名分を備える者である。彼以外の血統を後醍醐は正統な皇統として認めない。

宋朝は建国以来、北方の蛮族に侵攻され、遂に元に滅ぼされた。宋代の儒者は北の金や元を夷狄《いてき》として憎み、順逆を乱す悪の根元とした。この教義が後醍醐の皇統を糺《ただ》す（我が血統を正統として）思想的根拠とされたのである。

後醍醐がこの宋学イデオロギーの熱烈な信奉者であり推進者であるなら、楠木もまた大義名分論の使徒であった。名分の象徴として天皇があるなら、天皇の馬前に身を挺《てい》して戦う必要はない。御稜威《みいつ》の下、いずこの地においで旗揚げをしても、名分のために戦えるのである。そこのところが叡山の僧兵とは大いにちがっていた。

ただし天皇からあまり離れていては、幕府の大軍を引きつけられない。正成にとって後醍醐は、敵を引きつけるための囮《おとり》とも言えた。名分の象徴を囮とするあたりが正成の面目躍如たるものがある。

「よいか。行宮《あんぐう》の在所が定まるまでは決してはやってはならぬ。それまでは金剛山の各砦を強化し、武器を整え、兵糧や飲料水を蓄えておけ。長い籠城になるぞ。まだ楠木党に目をつけておる者はおらぬとおもうが、俊基朝臣《あそん》が我らを訪れたことが鎌倉に通じておるやもしれぬ。どこに間者《わっぱ》の目がひかっておるやもしれぬ。各々はつとめて平静を装い、戦さに備えておくように。二、三日うちに帝よりの御勅使が見えるであろう。そのときの心構えをいまのうちにしておくのじゃ」

正成から言い渡されて、一族郎党は心身の引きしまるのをおぼえた。

これまで正成の予言は悉く《ことごと》的中している。この河内の片隅にあって、天下の大勢を掌《たなごころ》をさすごとく読みとおしているのである。楠木一党は正成の舵取り《かじと》に任せて動くかぎり、いかに混乱の世相の海であろうと、水路を誤ることはないという全幅の信頼を寄せていた。

正成が予言したとおり、庶民に身をやつした万里小路藤房一行の勅使が間もなく赤坂に到着した。夕闇が薄く山里に降り積もり始めたころ、疲労困憊《こんぱい》した藤房一行はようやく錦織《にしごり》の金剛寺《こんごうじ》別院に辿《たど》り着いた。笠置からわずか十数里の距離（直線距離にして約八里、三十二キロ）を野に伏し山に隠れて三日かけてやって来たのである。

別院の住職から急使を受けた正成は、

「やっぱり来たか」

と口中につぶやいた。日野俊基から根まわしがあったとはいえ、果して自分の名前が帝に通っているかどうか不安があった。通っていたとしても、河内の片隅の名もない土豪を帝がおぼえているかどうかはなはだおぼつかない。名分のための戦いであっても、名分の象徴に我が名が達しているかどうかは、士気に大いに影響する。

すでに来勅は予期して用意は整えてある。正成と正季は折烏帽子《おりえぼし》に大紋の直垂《ひたたれ》の上下を着装し、白の小袖《こそで》を重ね、腰刀をさし、中啓《ちゅうけい》（扇子）を手にして威儀を正した。

館に居合わせた武士たちも、すべて礼装に固めて、勅使の到着に備える。勅使を迎えるべき大広敷は、磨き上げられたように清掃されている。

間もなく金剛寺別院の寺僧に案内されて、勅使一行が楠木館に到着した。別院にて服装を整えて来たらしいが、六波羅の目をくぐっての数日の苦しい行旅の疲労が滲《にじ》み出ている。

勅使一行は館の玄関にて正成、正季、および重臣の迎えを受けて大広敷へ通された。

「初めて御意を得ます。楠木多聞兵衛正成にございます。これは弟七郎正季にございます。

かかる辺鄙《へんぴ》な山里に御勅使を奉迎し、身に余る光栄、楠木一族ひたすら恐懼《きょうく》しております」

正成ははるか下座から丁重に挨拶《あいさつ》した。

「ご貴殿が楠木正成殿か。ご武名はかねてより聞き及んでおります。麿《み》は勅旋《ちょくじょう》を奉じてまかり越しましたる万里小路藤房と申す。お見知りおき願いたい」

藤房も丁寧に挨拶を返した。彼は帝から南枝の夢を語られるまで、正成の存在については知らなかった。聖尋より、夢に関連して河内国赤坂の里に楠木党なる一族が住んでいることをおしえられたのである。だがこの場面では、以前より正成の名前を知っているような顔をしている。

初対面の挨拶が交わされた後、藤房は顔色を改め重々しく言った。

「されば勅旋を申し伝える。謹んで承られたい」

正成以下一同は、ははっと平伏した。勅旋はかなりの長文であった。大権を簒奪《さんだつ》する幕府討滅の意義、京都脱出後笠置に行宮を定めるまでの経緯、帝の楠木党に寄せる期待等が語られた後、聖意を奉じて速やかに討幕回天の軍陣に馳せ参ずるよう切々と訴えられた。

勅旋を読み終った藤房は、一呼吸をおいて、

「この勅旋は帝御自らが長い時間をかけてしたためあそばされたご宸筆《しんぴつ》にございます。一言一句、帝のご心情が籠《こ》められてござる。心して承られよ」

とつけ加えた。勅諚とは申せ、おおむね帷幄《いあく》の作成したものである。それを帝御自らがご執筆されたという。正成は感激した。日野俊基の訪問を受けたとき、正成の心は定まっていたとはいうものの、なお一抹の不安が揺れていた。

後醍醐の檄に応ずれば、幕府の大軍を引き受けなければならぬ。六百年祖霊の定めた赤坂の里の平和を、東国の軍兵の蹂躙《じゅうりん》に委ねるのだ。一族郎党を戦さという死刑台に乗せ、その家族に長い悲嘆を強いなければならない。もとより自分自身の命も保障されない。だが局外中立は許されない。幕府はどの道ひびの入った大船である。鎌倉の軍事的圧力に屈して、一時の延命を図っても、結局それは沈みゆく船に乗るようなものである。

正成の心は帝御自らが筆を執られたという勅諚を受けたときに確固と定まったといってもよい。正成は平伏したまましばらく面を上げなかった。

「正成殿、お返事を承りたい。帝への奉答はいかに」

藤房が促した。正成は静かに面を上げると、

「ご聖意、謹んで承りました。取るに足りぬ楠木党一党をかくも頼りにされておられる由承り、正成はじめ一族郎党ただただ恐懼に耐えませぬ。正成の心はすでに定まっております。我ら楠木一党微力ながら、全力を挙げて帝をお助け仕るでございましょう。帝にはそのようにご伝奏願わしゅう存じ奉ります。なお拙者は近日中に数騎を率い笠置行宮に伺候いたします。その節詳しく戦略作戦等上奏申し上げますが、楠木党の主力は、本拠地たる

金剛山の各砦に拠って決起する所存にございます。笠置は天然の要害なれど、長期の籠城には適しませぬ。できうるならば鳳輦を我が領邑《りょうゆう》にお迎えし、我ら一党帝を直接守護し奉り、赤坂の里よりご親征の先駆けを仕りたいと存じます」

正成の力強い言葉に、藤房はおもわず感涙を目に浮かべた。都を脱出して以来、初めて頼もしい味方に出会ったのである。楠木一党三千、幕府の大兵力に対しては寡兵であるが、河内の里に六百年養った兵馬は精強である。

金剛山地に築きめぐらした天然の要害群に立て籠れば、一騎当千の戦力を発揮してくれよう。帝に楠木党がついたというだけで、全国の尊皇の有志にあたえる影響は大きい。

藤房一行は正成から奉答を受けた後、丁重な歓待を受けた。一行は楠木館に一泊した後、笠置をさして帰って行った。

勅使一行が帰還後、正成は改めて一族郎党を館に招集して勅諚を申し伝えた。幕府相手の持久戦を想定し、戦略作戦の細部を検討すると共に、各砦の整備補強、武器、糧食、医薬品の備蓄、非戦闘員の避難、各砦間の連絡の保持、籠城中の補給路の確保、各地の同志や友好豪族への応援要請など綿密に再検討した。

「改めて皆の者に申し渡しておく。我らは後醍醐帝御一人のために働くのではない。万世一系の皇統のために戦うのである。後醍醐帝はその皇統の代表たる大君である。楠木一族、後醍醐帝御一人の御馬前にて死ぬならば、それは後醍醐帝一代かぎりのものであろう。我

「らは死して、万世一系の皇統を守ると知れ。これぞ楠木一族の戦いなるぞ」

正成の熱い言葉は一族郎党の胸に沁《し》み入った。遠祖を敏達《びだつ》天皇にいただく七百年の血流を、万世一系の皇統を守るために捧《ささ》げるのである。正成の大義名分こそ、後醍醐天皇の思想が基づく宋学の教義であった。

後醍醐帝が絶対君主であるなら、楠木正成は絶対錦旗《きんき》を掲げた武士団の統領である。日本の聖地京都を回復するための十字軍であった。

正成の言葉に楠木一族一党すべてが奮い立った。今日の招集に間に合わない遠隔地の将兵に対しては、勅諚の趣きを伝える早馬が飛んだ。

三

笠置に帰還した万里小路藤房から楠木正成の奉答を受けた後醍醐は、満面に喜色を表した。京都脱出後、ようやく自分を支える心強い柱が現れたのである。だがただちに喜色を抑えて、

「正成は近う伺候すると申したのじゃな」

と藤房に問うた。

「近日中に必ず正成自身伺候仕《つかまつ》ると申しておりました」

「正成自身と申したのか。軍勢を引き連れて来るのではないのか」

「正成の申すには、笠置は天然の要害なれど、長期の籠城《ろうじょう》に適さず、できうるならば河内にご遷幸《せんこう》たまわり、金剛山の砦《とりで》に帝を楠木一党が守護し奉り、幕府と雌雄を決したいと申しておりました」

「さようか」

後醍醐は喜びが大きかっただけにやや落胆した。いまのところ正成の言葉だけでなにも具体的なものは得られていない。正成一人にご機嫌伺いに伺候してもらったところで仕方がない。後醍醐としては正成に配下の精兵を率いて笠置の行宮に参陣してもらいたいのである。それができぬとあれば、せめて数百の護衛を引き連れ、後醍醐を迎えに来てもらいたい。

気軽に河内へ遷幸せよと言うが、赤坂への勅使すらわずか十数里の距離を鎌倉の目を憚《はばか》り、三日かけてようやく辿り着いたのである。すでに笠置に行宮を設けたことは鎌倉の耳に届いているであろう。行宮の周囲には鎌倉の諜報網《ちょうほうもう》が張りめぐらされていると見なければならない。それを潜って正成の領地へ遷幸することは非常な危険を伴う。

六波羅の虚を衝いた京都脱出ごときではない。また河内へ脱出するとなれば、前回に用いた陽動作戦は使えない。勅使には調子のいい奉答をしておいて、正成が変心すれば、それこそ飛んで火に入る夏の虫である。頼みにしていた叡山や南都から裏切られた後醍醐は、疑心暗鬼に陥っていた。

叡山を騙《だま》したのはむしろ後醍醐の方であるが、叡山と並び立つ一方の勢力、南都の冷たい反応は帝の胸に南都・北嶺頼むに足りずのおもいを植えつけた。

正成から色よい返事は得られたものの、まだ空手形である。南河内《みなみかわち》の悪党として評判あまり芳《かんば》しからざる楠木正成が果してどの程度の力になってくれるか。最初の喜びが醒《さ》めた後、後醍醐は正成の言葉の中身を冷静に測っていた。

四

藤房の笠置帰着と前後して、帝の囮《おとり》となって叡山に赴いた花山院師賢一行や、尊良《たかなが》（第一皇子）、宗良《むねなが》両親王が相次いで笠置へ参着した。いずれもその行旅の厳しさを示す、汗と埃《ほこり》にまみれ、疲労の滲んだ体であった。正成が笠置山の行在所に伺候したのはそれから数日後のことである。正成は数名の近侍を引き連れただけであったが、後醍醐は彼がまず第一の約束を守ったことに満足した。

正成来ると聞いて帷幄の臣たちはざわめき立った。彼らは帝の夢告に現れた楠にそれぞれの想像を描いていた。緑の青々と茂る南枝の下に帝の御座所を設けた楠木なる人物に、すでに正成に会っている藤房や聖尋はべつとして、尊良親王、千種忠顕や万里小路季房、北畠具行《きたばたけともゆき》、また叡山から駆けつけて来た宗良親王および花山院師賢、四条隆資、二条為明など後醍醐のかたわらに居流れて、正成を迎えた。

一同が固唾《かたず》を呑むようにして見守る中、御座所のはるか下手に正成はおずおずと伺候して来た。正成の姿を最初に見た一同は、彼が正成の先導の者かとおもった。

「楠木多聞兵衛正成にございます」

藤房が帝に取り次いだので、一同は彼が正成本人と知った。彼らは一様に軽い失望と軽蔑《けいべつ》をおぼえた。

御座所の前に通されたのは土埃《つちぼこり》にまみれた風采《ふうさい》の上がらぬ小男である。年齢のわりに幼い童顔は、親しみやすいが重みに欠け、左右の目の大きさが著しく異なっているために見る角度によっては半眼に見える。その上歩くときはやや跛行《はこう》する。

帷幄の臣がざわめいた。失望のざわめきである。みな一様に、これが帝に安泰の玉座を奉る楠木かと信じられないおもいで視線を集めた。スタイリストの多い堂上人にとって、容姿は人物の評価の重要な要素であった。正成の泥くさい貧弱な風体に、誤った先入観を植えつけられたのである。

彼らのこの先入の染色が、後々まで災いして、建武《けんむ》の中興の早期崩壊を招いたといってもよい。もし正成が諸葛亮孔明《しょかつりょうこうめい》や西郷隆盛《たかもり》のように凛々《りり》しく、あるいは厚みのある容姿の持ち主であれば、建武の中興の行方は多少変わったかもしれない。

「多聞兵衛正成、待ちかねておった。近う進め」

後醍醐が声をかけた。正成は許されて御座の御前に進んだ。

「藤房より聞いたが、其方《そのほう》、河内の所領の地において朕《み》の蜂起《ほうき》に呼応するそうじゃな」

後醍醐に問われても、正成は直答できない。

「苦しゅうない。直答を許す」

帝にうながされて、正成は、さればと上体を起こして、

「伺候に先立ちまして、行宮の地勢をつぶさに観察いたしましたところ、まことに堅固な天然の要害ではござれど、平野に囲まれ、孤塁にございます。籠城戦においては出丸を設け、二の丸三の丸を重ねて、それぞれが相呼応して戦ってこそ、威力を発揮します。南面のみ浅い丘陵につづき、北面に木津川、東西に緩やかな斜面を下ろして平野と面する笠置の地勢では、長期の籠城に持ちこたえられませぬ。帝のお立場も推察仕れど、帝のましす所、危うからん折は、なにとぞ我が領地に御遷幸願わしゅう存じ奉ります。この戦いは長引きまする。一時の勝敗をもって前途を占いあそばしませぬように。正成一人いまだ生きてありと聞こし召され候わば、ご盛運必ず開かるべしとおぼし召されませ」

と大胆率直に奏上した。

正成が笠置を孤塁と見たのは、当時白兵戦中心の築城思想の中で、彼はすでに火器中心の攻守城の発想を持っていた。各砦が相呼応して火器を速射重射すれば寡兵をもってして

大軍に耐えることができる。これが本丸だけの裸の砦であれば、各砦が連動して助け合うことができない。正成は中世においてすでに幕末の築城思想を持っていたのである。

その場には足助《あすけ》次郎重範《じろうしげのり》（無礼講に出席した重成《しげなり》の従孫）、石川飛騨守《ひだのかみ》、錦織判官代《にしごりのほうがんだい》俊政《としまさ》らの武将も同席している。大胆な発言であった。だが後醍醐は正成の奉答がいたく気に入ったらしい。

「其方の言葉嬉しくおもう。されど、我が錦旗の下に馳せ参じた有志を見捨てて、ただちに赤坂へ動座することはできぬ。其方、赤坂にて朕《み》に呼応し朕《み》を助けてもらいたい。楠木正成蜂起すと知れば、全国の有志我が勅に応じて決起するであろう」

いまや正成の率いる三千の兵力は、後醍醐にとって最後の望みの綱である。正成の挙兵が、各地の尊皇討幕の勢力を相呼応して決起させる導火線となってくれればよい。後醍醐は祈るような気持ちであった。

楠木の伺候を受けた後醍醐の御感《ぎょかん》は斜めならず、その場で左衛門《さえもん》の少尉《しょうじょう》に任ずる勅諚を下した。いわば近衛《このえ》軍の少尉《しょうい》である。最下級の将校であるが、悪党野伏《のぶせ》りの類《たぐ》いにすぎなかった正成が、この勅諚によって帝公認の親衛隊長になったのである。

九月三日領地に帰った正成は同十四日赤坂領に挙兵した。

都の動静は逐一鎌倉へ報告されていた。長崎高資の暗殺に失敗した高時にとって、それは高資の鋒先《ほこさき》をかわす恰好《かっこう》の口実となった。後醍醐帝が突如笠置へ遷幸して、討幕の兵力を集めている時期に、鎌倉が内輪もめをしている余裕はないというわけである。
『楠氏《なんし》研究』によれば、正成が笠置行宮に伺候したのは九月三日となっている。八月下旬から九月上旬にかけ鎌倉では六波羅の報告に基づいて笠置攻略のため諸将を続々と進発させた。『南朝編年記』によれば、正成が笠置に呼応して挙兵したのは九月三日となっているが、同日正成は笠置行宮に伺候しているので、時間的に矛盾がある。

正成の挙兵に対して幕府が上洛《じょうらく》させた兵力は二十万七千六百余騎となっているが、これが誇張であるとしても、楠木軍の十倍以上の大軍であったことはまちがいない。この際幕府としても積年の宿敵後醍醐を徹底的に殲滅《せんめつ》するつもりであった。

闇の奥の曙光《しょこう》

一

元弘元年（一三三一）九月二日、鶴岡八幡宮《つるがおかはちまんぐう》の境内は幕府の上洛軍《じょうらくぐん》で埋め尽くされた。大仏貞直《おさらぎさだなお》、金沢貞冬《かねざわさだふゆ》、名越《なごえ》右馬助《うまのすけ》、江馬《えま》越前守《えちぜんのかみ》、赤橋尾張守《おわりのかみ》、長崎高真《たかさだ》（貞）などの宿将が続々と社頭につめかけ戦勝祈願をした。旗指物《はたさしもの》が翩翻《へんぽん》とひるがえり、意気は天を衝《つ》くばかりである。創立時の覇気を失ったとはいえ、まだ幕府の兵力は強大である。

八幡宮の社頭に集まった主力と呼応して、武蔵《むさし》、相模《さがみ》、伊豆《いず》、駿河《するが》、上野《こうずけ》、その他畿内《きない》五か国、全国各地から続々と駆けつけて来つつある。この大兵団を見ただけで、これを阻止する力のある者があろうとはおもわれない。

戦勝祈願の後、全軍の総司令官高時《たかとき》が立って、

「この君あるかぎり、鎌倉《かまくら》に安眠なし。誓って先帝を討滅せよ」

と呼ばわった。すでに鎌倉では後醍醐《ごだいご》帝は廃されて、先帝となっている。

この日の高時は大鍬形《おおくわがた》の装飾をつけた日輪の冑《かぶと》を戴《いただ》き、赤糸縅《あかいとおどし》の鎧《よろい》を着し、金箔置皮《きんぱくおきがわ》包《つつみ》の長太刀《ながだち》を腰に横たえ、犬狂い田楽《でんがく》狂いの高時とは別人のように凜々《りり》しい武者ぶりであった。

高時の号令に応じて総大将大仏貞直が采配《さいはい》を振り勝鬨《かちどき》をあげた。全軍の喊声《かんせい》は鎌倉山に谺《こだま》し地軸を揺るがした。だが、八幡宮の社頭に参陣した軍勢の中に足利《あしかが》勢が見えぬのを知って、上機嫌だった高時の顔色が曇った。

「高氏はまだ見えぬのか」

彼はかたわらの金沢貞冬に問うた。足利勢は幕府軍の中核兵力である。一見兵馬の数は多いが、寄せ集めの混成軍である。足利軍を欠いては、戦力の要を失うことになる。

「本日足利貞氏《さだうじ》殿、卒去されましたので、その喪に服して進発が遅れておるものと存じます」

「非常の際じゃ。葬式など後まわしにすればよかろうに」

高時は吐き捨てるように言った。

「高氏殿は人一倍の親想い。父御の喪を顧みずに出陣するは心残りでございましょう」

「死んだ者が生き返るわけではない。葬式など京都から帰ってゆっくりやればよい。急ぎ出陣するよう督促の使者を立てよ」

高時は言った。京都で後醍醐が叛旗《はんき》を翻しているというのに、なにをのんびり葬式などをやっているか。死んだ人間より生きている人間と事件を重視せよ。その間に後醍醐が勢いを得て鎌倉へ攻め下って来たならなんとする。高時は口中でいまいましげにつぶやいている。

だが兵馬を握っているのは高氏である。彼が動かぬかぎり、高時としてもどうすることもできない。高時はいらだった。

八幡宮社頭の出陣式をよそに、大倉《おおくら》の足利屋敷では、貞氏の葬儀がしめやかに営まれていた。雰囲気はしめやかであるが、会葬者は錚々《そうそう》たるメンバーである。

いずれも幕府の有力御家人が、次々に会葬に現れる。会葬後出陣式へ臨む者や、進発の途中焼香して行く者も少なくない。

上洛の途上立ち寄った二《に》階堂《かいどう》出羽守《でわのかみ》が、

「入道殿にはご貴殿の参陣を首を長くして待っておられましたぞ」

と高氏に耳打ちした。出羽守が立ち去った後、彼の耳打ちを聞き止めた高師直《こうのもろなお》が、高氏のかたわらへ来て、

「あわてて参陣なさることはございませぬ。父君にゆっくりと告別をされ、喪を顧みた後でご進発なされるがよい。この度の京都との戦い、戦って益するものはなにもありませぬ。長崎高資《たかすけ》は心中この戦いを好んでおりませぬ。できるだけ時間を稼ぐことです」

と高氏にささやいた。

「わしも気が進まぬ。だが多年北条氏を支えてきた足利家としては、出陣せぬわけにも行くまい」

高氏は父を失った哀しみに加えて、気の進まぬ戦さを控えて浮かぬ顔である。

「初七日をすますまでは動かぬ口実をつけられます。御父君の成仏を願うのは子として当然のつとめ。入道殿もいらいらしながらも、無理強いはできますまい。我らが臍《へそ》を曲げれば、鎌倉勢は骨抜きのようなもの。人数ばかり掻《か》き集めても、所詮《しょせん》烏合《ごう》の衆でござる。入道殿は、足利の褌《ふんどし》で相撲を取ろうとしているのでござる。そうは問《とい》(問屋)が卸さぬ」

師直が脂を塗ったような面に薄笑いを浮かべた。

高時はいらだっているだけであったが、この足利の動きに、いや動かざることに、不審を持った者がいた。

「御前、足利をあまりご信用あそばしてはいけませぬ」

と高時の耳にささやいたのは菊夜叉《きくやしゃ》である。

「足利を信じてはいけぬと。なぜじゃ」

高時が不審を籠《こ》めた目を菊夜叉に向けた。続々と進発して行く諸軍が、鎌倉の町に朦々《もうもう》たる土埃《つちぼこり》と騒然たる気配を掻き立てている最中、さすがの高時もここ数日、闘犬と田楽を忘れている。だが菊夜叉を抱くことだけは忘れなかった。実戦にはほとんど役に立たないこけ威しの武者装束であるが、甲冑《かっちゅう》を身につけると男の野性を刺激《しげき》されるらしく、高時は激しく欲情した。

諸将を見送る八幡宮の社頭から社務所の一室に駆け込んでは、具足をつけたまま菊夜叉を慌しく抱いた。そのような慌しい営みがかえって興奮を高めるらしく、戦陣において敵の婦女子を凌辱《りょうじょく》するような荒々しさで菊夜叉に挑んだ。

菊夜叉もその変態的な交わりに、かえって昂《たかぶ》り、高時以上に激しく応ずる。血のにおいのするような男女の交合《まぐわい》である。その合間に菊夜叉がささやいたのである。

「鎌倉開府以来、北条家の庇護《ひご》を受けてきた足利家としては、真っ先に参陣仕《つかまつ》るべきところにございます。それを先代の葬儀にかこつけて腰を上げぬのは、この戦いを避けていると見てよろしいでしょう」

「足利には恩をかけてある。貞氏の葬儀がすめばただちに駆けつけてまいるであろう」

高時はまだ楽観的である。

「そのようなお気のよいことを仰せられておりますと、足利に乗ぜられまする。貞氏はとうに卒したものを、喪を秘していたという噂もございます」

「喪を秘していたと。なぜさようなことをするのじゃ」

高時の表情が驚いた。

「言うまでもないこと。京都との手切れの近いのを悟り、出陣を遅らせる口実をつけるためにございます」

「まさか、足利がさようなことを」

「わかりませぬ。足利高氏という男、一筋縄ではいきませぬ。それに家令の高師直、油断も隙もならぬ人物と見立てます。師直の献策によって、とうに死んだ貞氏の喪を秘し、御前の出陣の御下知《げち》と同時に公けにしたのではございますまいか」

「それは其方《そのほう》の考えすぎじゃ」

「考えすぎならばよろしゅうございますが、もし足利が北条にまことに忠誠を誓っておるならば、父親の葬儀などは後まわしにして早速駆けつけるべきでございましょう」

菊夜叉に言われて高時も不安になったようである。喪を秘してまで出陣を遅らせるとは只事《ただごと》ではない。

「貞氏が死んでいたという証拠はあるのか」

「証拠はございませぬ。しかしながら貞氏が重体であったということは周知の事実。いつ死んでも不思議はございませぬ。文観《もんかん》一味や日野俊基《としもと》の処刑からして、京都との手切れは当然予見できることにございます。京都出陣の御下知あるまで喪を秘するのも高氏ならばやりかねぬこと」

「菊夜叉、其方」

不安が高時の胸に醸成されている。もし高氏がそのような魂胆を抱えているとすれば、足利の兵力を転用できなくなる。

二

九月中旬から鎌倉の大軍が洪水のようにひたひたと笠置《かさぎ》を取り巻いた。その兵力十万余騎と誇張されているが、少なくとも三万の軍勢が、笠置の孤塁を完全に包囲したのである。笠置山に立って木津川《きづ》を埋め尽くした大軍勢を眺めると、まさに木津川が氾濫《はんらん》したような圧迫感を受ける。いかに笠置が天然の要害であっても、土豪や野伏《のぶせ》りの掻き集めにすぎない混成兵力をもって、この大軍と向かい合っていると、それだけで圧倒されるような恐怖をおぼえる。

しかも鎌倉の兵力は諸国から馳《は》せ集まる諸将の軍を加えて脹《ふく》れ上がる一方である。足利高氏が亡父の初七日をすまして、笠置に着陣したのは九月下旬である。すでに戦端は開かれていたが、まだ本格的な交戦は行なわれていない。

寄せ手の先鋒《せんぽう》高橋又四郎は抜け駆けの功名にはやった。数万の大軍を背負って、意気軒《けん》昂《こう》とした彼は、

「たかの知れた小城一つ、なにほどのことやあらん。我ら先駆けして、東国武者の戦さぶりを彼我に見せつけてくれよう」

と気負い込んで手勢三百を率い笠置の山麓《さんろく》に攻めかけた。これを山上から眺めていた足《あ》

助《すけ》次郎は、

「なんとも命知らずの者どもよな。よほど死に急いでおると見える。望みに任せて死なせてやれ」

と砦《とりで》から討って出た。下から攻め上る者と上から攻め下るものとでは勢いがちがう。まして功名にはやった三百の寡兵をもって攻め口のない山城に猪突《ちょとつ》猛進するのは、用兵上考えられない自殺行為である。

本隊から突出した高橋勢は城の麓《ふもと》に充分に引き寄せられ、退路を絶たれて木端《こっぱ》微塵《みじん》に叩《たた》き潰《つぶ》されてしまった。高橋隊のはるか後方で数万の軍勢は救援に駆けつけるでもなく呆然《ぼうぜん》として見守っているだけである。

「見せしめじゃ。一兵たりとも生かして帰すな」

足助次郎は本隊の救援がないと見て砦の総兵力を繰り出して高橋隊を袋の鼠にした。これはすでに戦いではなく虐殺《ホロコースト》である。

「その敵おれに譲れ」

「馬鹿をぬかせ。お主はすでに二人斬ったではないか。わしはまだ一人しか斬っておらぬ」

「一人斬れば充分じゃ。わしはまだ一人も殺しておらぬ」

面白がった城兵は数少ない敵を奪い合いさえした。

木津川の水が赤く染まった。染料となった血は、すべて高橋隊から流れ出たものである。高橋隊を殲滅《せんめつ》した城兵は、さっと水が引くように城中へ引き上げた。ようやく本隊が救援に駆けつけたときは、絶壁に護《まも》られた砦の中に貝のように閉じ籠《こも》っている。その采配《さいはい》は見事である。

幕府軍は後醍醐側の十倍以上の大軍であったが、攻め口が限られているために大兵力の強味を発揮できない。むしろ図体《ずうたい》が大きいだけに小回りがきかない。攻める度に鎌倉方の犠牲が重なっていく。

「たかがこれしきの小城にいつまで手間取っておるか」

総大将大仏貞直が歯ぎしりしたがどうにもならない。焦燥と疲労が濃くなっていたところへ、足利軍が来援した。

高氏の笠置到着と前後して楠木正成《くすのきまさしげ》が赤坂にて挙兵の報が届いてきた。笠置を攻めあぐんでいた幕府軍に正成の挙兵は衝撃をあたえた。

「その兵力数万、金剛山《こんごうざん》一帯の大要塞《だいようさい》に立て籠り気勢を上げている」

正成が流布した情報であるが、これが幕府軍の士気にあたえた影響は大きい。大兵力の遠征となれば、それだけ兵站《へいたん》（補給）線も延び補給が難しくなる。持久戦にもつれ込めば、補給がつづかなくなる。正成はまず情報戦から敵の撹乱《かくらん》を始めていた。

正成の挙兵と呼応して、同日、桜山四郎茲俊《さくらやましろうこれとし》も備後《びんご》にて挙兵したという報《しら》せを早馬が伝えてきた。反乱の導火線が全国に飛び火すれば、手がつけられなくなる。幕府は焦った。

ようやく重い腰を上げてきた高氏は、笠置の砦の地勢を見て、

「これは無理押しすれば、犠牲を重ねるだけじゃな」

とつぶやいた。攻めあぐんでいた大仏貞直は、待ちかねていた高氏の着陣にほっとして、
さっそく軍議を開いた。

「まことに手に負えぬ。攻めれば牡蠣《かき》のように閉じ籠り、退けば押し出して来る。高氏殿、なにかよい思案はござらぬか」

貞直は高氏の顔色を探った。すでに山野に秋色が濃い。このまま冬に入れば長陣の幕府軍の疲労が重なってくる。

「この砦を正攻法で攻めても、いたずらに犠牲を重ねるだけでございますな」

高氏はおもむろに言った。

「されど攻め口が限られておる砦を、どのように攻めるのかの」

他に攻め口がないので攻めあぐねているのである。

「敵は奇襲が得意と見えます。されば我らも奇襲をもって応ずる以外にござるまい」

高氏は悠然と答えた。

「奇襲に奇襲をもって応ずる」

「されば笠置の地形を見るに、北面には木津川の激流が走り、北東西いずれも断崖《だんがい》絶壁で

ござる。また南面は柳生《やぎゅう》や月ヶ瀬《つきがせ》に連なる山になっております。しかしさして高く深い山ではございませぬ。砦の搦《から》め手にあたる南の山から近づけば、牡蠣の内側に入り込めると存じますが」

「南方の山に入れるものならとうに入ってござるわ」

長崎高真があざ笑うように言った。軍議に列した諸将はいまごろになってのこのこやって来た高氏になにがわかるかと暗黙に非難している。

笠置山の東麓《とうろく》は布目《ぬのめ》川、西麓《せいろく》は今《いま》川、白砂《しらすな》川が流れ、南方は丘陵となって奈良へ通じている。だが東西両面には逆茂木《さかもぎ》をかけ、屏風《びょうぶ》を立てたような岩石を並べ、岩の上を滑らかな苔《こけ》が覆い、手がかり足がかりが得られない。人柱を組んで無理に這《は》い上がろうとすると、上から岩石の雨が降ってくる。岩は無尽蔵といってよいほど岩の上に岩が重なっている。

「それは手間を惜しむからでござるよ」

高氏が唇の端で薄く笑った。

「手間を惜しむと」

諸将の目が高氏に集まった。

「南へまわり込もうとして東西両麓から入り込もうとするのはだれでもおもいつく智恵でござる。南へまわり込むに東西の麓から行くのは最も近道。ここは大迂回《うかい》をして柳生、月ヶ瀬辺りから入れば南方へまわり込めまする」

一同は口をあんぐりと開いた。そんな遠方から兵をまわすという発想はなかった。

着陣前に一応の地理は下調べをしておいたつもりであるが、笠置の砦を眼前にしていると、大軍を頼みとして至近距離からごり押しをしてしまう。こんな小城一つを攻め陥《おと》すために、山城《やましろ》から大和《やまと》へ兵を迂回させるのが敗北のような意識もある。

「されど兵を動かせば敵に悟られまいか」

貞直が不安げに問うた。

「大兵を動かす必要はござらぬ。せいぜい三百、精兵を選《え》りすぐり、南方の搦め手より城中へ忍び入り、火を放つと同時に全軍呼応して攻めかかれば、いかに堅固な要害であっても一気に抜けましょう。我らもおもいつかなかったごとく、敵もはるか後方の柳生辺りより兵力を割いて取りつこうとはおもいも及びますまい」

高氏の献策によって挺進隊《ていしんたい》が編成された。挺進隊の隊長には勇猛をもって鳴る備中国《びっちゅうのくに》の住人陶山藤三義高《すやまとうぞうよしたか》、副隊長に小見山《こみやま》次郎が任ぜられた。

三

笠置へ伺候した楠木正成は、急ぎ南河内《みなみかわち》へ戻ると、いよいよ幕府の大軍を迎え討つべく、夜を日に次いで金剛山一帯の砦の築城とその強化につとめた。この工事のために数千の領民が動員され、楠木家の郎党と共に一体となって働いた。日野俊基の密《ひそ》かな訪問を受けて挙兵を決意してより、既存の砦の補強にはつとめてきたが、鎌倉の間者の目を晦《くら》ますために、新たな築城や大がかりな工事は旗揚げが確定するまでは取りかかれない。

「急げ。勝敗は時間にかかっておる。工事が間に合わなければ必ず敗れる。最大の難敵は時間と心得よ」

正成は自ら陣頭に立って工事の指揮を取った。重臣も武士も百姓も、土を掘り、材木を運び、岩石を積み上げる。女たちが武器や食糧を急造の砦に蟻のように運び込む。工事に従事する人たちのかけ声と掻き立てられた土埃《つちぼこり》で、すでに合戦が始まったような雰囲気である。

旗揚げの本陣たる下《しも》赤坂城を中心とした金胎寺《こんたいじ》、龍泉寺《りゅうせんじ》、河合寺《かわいでら》等の前哨《ぜんしょう》基地、各砦間には秘密の通路を設けて、ベトナム戦争におけるベトコンゲリラのように各砦連携して神出鬼没の作戦を展開できるように金剛山山域を要塞《ようさい》ネットワーク化する工事を、鎌倉勢が到着するまでに成し終えなければならない。

城といっても江戸城や大坂城のような石垣を積み何層もの天守を重ねる永久居城ではない。あくまでも実戦のときに立て籠《こも》る居住性を無視した戦闘本位の城塞《じょうさい》である。

平野の中央に城下町を侍《はべ》らせて権勢を誇示するために築く豪壮華麗な居城ではなく、地形を充分に利用し、傾斜の下に空堀を掘りめぐらし、掘り出した土を掻き上げ積み上げて土壇とし、その斜面に逆茂木を植え胸壁を設け塀を張りめぐらす。塀の内側には大木や巨岩を蓄え、弓射や観測用の櫓《やぐら》を建てる。これを掻き上げ城と呼んだ。急ごしらえの城であるが、正成の軍略のすべてが籠められている。

正成はいま楠木家の郎党と、領民が一体となって築き上げている砦を特別の感慨をもって見つめていた。まもなくここに数万の鎌倉の大軍が押し寄せて来る。正成はこれまで摂《せっ》・河《か》・泉《せん》を中心に押妨して(暴れまわって)きたが、せいぜいゲリラ的な行動にすぎなかった。

幕府の大軍を相手に戦うのは初めての経験である。しかも敵は衰えたりとはいえ、正規の組織的軍隊である。この訓練された大軍団に対して、正成のゲリラ戦術がどこまで通用するか。これは、いわば無名のマイナーチームが、大リーガーに初めて挑戦するような戦いである。

興奮が体の芯《しん》から盛り上がってくる。まともに戦ったのではまったく勝ち目はない。六百年、河内の一隅に密かに蓄えてきた兵馬の実力をいま験《ため》すときがきたのである。

果して自分の力がどの程度のものか。通用するのかしないのか。後醍醐が夢見たという南枝の下の高御座《たかみくら》に自分がなりうるのか。帝も一族郎党も領民たちも、正成を信じてその運命を託してきた。自分は彼らの負託に応《こた》えられるのか。自分にはそれだけの能力と器があるのか。まだ正成は数万の大軍の実景を見たことがない。

楠木氏の一族郎党、友好豪族を総動員したところで三千、直率兵力一千、総兵力を一場に集めて閲兵したこともない。だが本城の手勢五百を集めただけでも、狭隘《きょうあい》な赤坂の里は埋まってしまう。ここに幕府の大軍が殺到したら、まさに兵馬の上に兵馬が重なるような光景が現出するであろう。

視野からはみ出すような大軍をわずか三千の手勢と、この急造の小城をもって迎え討とうとしている。正成はふと背筋に冷たいものをおぼえた。不安や恐怖ではなく、自分が途方もないものを相手に戦端を開くような武者震いである。

この突貫工事の最中、笠置の行宮《あんぐう》から後醍醐帝の名代として尊良《たかなが》親王、四条隆資《たかすけ》、同隆《たか》貞《さだ》などの一行が水分《みくまり》の楠木館《くすのきやかた》へ到着した。親王の一行は帝からの特別の下賜品として菊水をあしらった軍旗を携えて来た。菊はもとより帝を象徴し、水は正成の本拠地水分を表している。

親王と軍旗を迎えて楠木軍の士気はますます奮い立った。この模様を『増鏡《ますかがみ》』は次のように簡潔に表現している。

「中務《なかつかさ》の御子《みこ》（尊良）・大塔宮《おおとうのみや》（護良《もりなが》）などは、かねてよりここ（笠置）を出《い》でさせ給て、楠の木が館におはしましけり」

昼夜兼行の突貫工事が一応の籠城《ろうじょう》に耐えられる下赤坂城および各砦群を完成した時点で、

正成は水分の館を焼き払った。水分の楠木館は、楠木一族の本拠であり、六百年の先祖の生活が刻みつけられた場所である。それを焼き払うことにより、正成はもはや後へは退けぬという不退転の意志を示したつもりである。

彼は弟の正季《まさすえ》や、一族郎党の者に、

「この炎の色をよく見ておけ。我らが砦に籠れば、赤坂の里は敵兵に蹂躙《じゅうりん》される。我らが祖霊の住むこの館を敵の手に委《ゆだ》ねるわけにはいかぬ。もはや我らには帰るべき場所はない。この炎を瞼《まぶた》に刻みつけておけ。これは楠木一族が万世一系の君のために立つ狼煙《のろし》である。敵は百万たりとも我行かむ。この菊水の旗の翻る下に我ら楠木一族の死に場所はあると心得よ」

正成の言葉に一族郎党は喊声《かんせい》を上げて応えた。炎の先は夥《おびただ》しい火の粉となって、空を埋め尽くした星屑《ほしくず》の中にまぎれ込んだ。楠木一族の戦わざる前から敵を呑《の》む勝鬨《かちどき》は、金剛山一帯に谺《こだま》した。

水分の館を焼き払った正成は、同時に武士団の家族や領民たちを安全な場所に避難させた。西欧の城塞と異なり、日本の城は戦闘員だけが立て籠って戦う。戦いの的《ターゲット》を戦闘員のみに置き、非戦闘員は戦いに巻き込まれたり、略奪の被害者になったりすることはあっても、直接戦いの対象にしない。

西欧の城が城下町ぐるみ郭内に抱え込み、戦闘員、非戦闘員のべつなく籠城するのとは戦いの様式が異なる。領主と領民との関係は、ひと戦さかぎりである。これまでの領主が敗れれば、勝利者が新たな領主となって君臨する。敗れた領主が昨日までの領民によって落人狩《おちゅうどが》りされるのは珍しくない。

領民にとっては領主がだれになろうと自分の土地さえ保障されればかまわないのである。正成は領民の恐さを知っていた。領民を戦力として砦の中に組み込まなかったのは、戦勢が不利になった場合、彼らが寝返る虞れがあったからである。

戦機は刻々と熟してきた。笠置ではすでに熾烈《しれつ》な戦いが始まっている。楠木一族の動きは、早馬によって逸速《いちはや》く六波羅《ろくはら》に報告されていた。『太平記』ではその模様を次のように記述している。

「楠木兵衛《ひょうえ》正成といふ者、御所方（後醍醐天皇）に成つて旗を挙ぐる間、近辺の者ども、志あるは同心し、志なきは東西に逃げ隠る。すなはち国中の民屋を追捕《ついぶ》（略奪）して兵粮《ひょうろう》のために運び取り、おのれが館の上なる赤坂山に城郭を構へ、その勢五百騎にてたて籠り候《そうろう》。御退治延引せば、事御難義に及び候ひなん。急ぎ御勢を向けらるべし」

この記述から見ても、正成が戦略物資をかなり領民から略奪した模様がうかがわれる。正成は討幕蜂起《ほうき》にあたって軍資金や兵糧を集めるために付近の荘園《しょうえん》に侵攻し略奪していたことが元弘《げんこう》二年（一三三二）、臨川寺《りんせんじ》領和泉国若松荘《いずみのくにわかまつのしょう》の記録に残っている。このような領主に対して領民が忠誠を誓うはずがない。忠臣であり智将である正成のべつの側面である。

先祖代々の館を焼き払った正成は、これでよいと心中につぶやいた。これが自分の選び取った進路であり、これ以外に進むべき道はない。彼の後に楠木一族は従《つ》いて来る。直率兵力一千、呼応して立つ一族や友好土豪が合わせて三千、家族を含めて数うるにいとまなしとされた。

九月十四日、正成一党は赤坂城に挙兵した。笠置では、後醍醐勢と鎌倉勢が激しい攻防戦を繰り広げている。笠置勢の戦力の中心は足助次郎重範《あすけじろうしげのり》である。これに猛僧南都《なんと》般若寺《はんにゃじ》の本性坊《ほんしょうぼう》が奮戦して、鎌倉の大軍を拒《は》ね返していた。

足助次郎の強弓は三人張りであり谷を隔てた二町（約二百二十メートル）の距離に対陣していた荒尾九郎《あらおくろう》の鎧《よろい》の胸板を射抜き、右の小脇まで射通した。荒尾が馬から地上に落ちたときは、すでに死んでいた。ほとんど即死の状態である。彼我共に足助の弓勢に驚嘆した。

荒尾の弟弥五郎《やごろう》は兄の死を矢面《やおもて》に立って隠し、

「足助殿のご弓勢、日頃承るほどのことはござらぬ。ここを射よ。御矢一筋受けて、鎧の強さを試さん」

と鎧の胴を叩《たた》いて立ちはだかった。敵味方は弥五郎の新たな挑戦に固唾《かたず》を呑んだ。もし失敗すれば足助が嘲笑《ちょうしょう》の的とされる。そればかりでなく全軍の士気にあたえる影響が大きい。戦争の中にスポーツの技比べを持ち込んでいる。

これを聞いた足助は、小癪《こしゃく》なる高言、おそらくは鎧の下に腹巻か鎖を重ね着しているのであろう。挑発に乗って鎧の上を射れば、鏃《やじり》は折れはね返されるかもしれぬ。むしろ冑の真っ向を狙えば打ち砕くであろう、と思案して、

「さらば一矢仕る。見事受けてみよ」

と呼ばわり、鎧の高紐《たかひも》をはずし、兄を射たときよりもきりきりと引き絞った。充分に狙って弦を放せば、したたかな手応《てごた》えが伝わり、狙いたがわず弥五郎の冑の篠垂《しのだれ》（真っ向）を打ち砕き、眉間《みけん》深く突き刺さった。弥五郎は一言も発せず、即死した。

後醍醐勢は刀槍《とうそう》を振りかざし、弓を叩いて、歓声を上げた。

「我とおもわん者は我が弓の矢面に立ってみよ」

足助次郎が呼ばわったが、寄せ手の勇士荒尾二兄弟をたちまちに射殺されて、怖じ気をふるった六波羅勢には、ふたたび足助の矢面に立とうとする者はいなかった。

また本性坊はその怪力にものをいわせ、大岩を次々に寄せ手の上に投げ下ろした。寄せ手の兵は頭蓋《ずがい》を砕かれ、馬は足をへし折られ、死傷した兵馬の上に、新たな兵馬が積み重なる。谷は死傷者に埋まり、川の水は赤く染まった。

「きゃつら、化け物か」

寄せ手はこの世の者でないものと戦っているような恐怖をおぼえてきた。攻める都度犠牲が出るのは、寄せ手である。

この間京都では九月二十日、量仁《かずひと》親王が践祚《せんそ》（即位）し光厳《こうごん》天皇となった。三種の神器のうち剣と璽《たま》を後醍醐が擁しているので、剣璽《けんじ》なしの異例の践祚となった。これより後伏見《み》上皇が院政を行ない、ここに両皇統の対立は、地理的にも南北の位置を占めたのである。いまや後醍醐が皇統の正統性を主張するものとしては神器の確保だけになった。

幕府の軍事力によって皇座についた持明院統《じみょういんとう》の光厳天皇は神器こそなかったが、京都にいてこそ帝である。後醍醐はこの時点から神器を抱えた流浪の帝《みかど》となったのである。

鎌倉側の挺進隊を率いた陶山義高は土地の猟師に案内させて、笠置の南面につづく山の原生林を密かに伝っていた。南は低い丘陵性の山が柳生から奈良へつづいているが、密度の濃い原生林が山腹を埋め、高木の下には兎も走り抜けられないような藪《やぶ》が地表を覆い、侵入を阻んでいる。まさかこの南面の搦め手から挺進隊が柳生まで大迂回《うかい》して忍び寄っていようとは笠置勢は夢にもおもっていない。

「よいか。時刻を合わせて小見山次郎の一隊が北面の崖《がけ》をよじ登っているはずだ。砦に攻め込んだら、各所に火をかけよ。戦うのが目的ではない。ただ火をかけよ。それに呼応して小見山の手勢が攻め込むであろう。同時に味方が総攻撃をかける手筈《てはず》になっておる。砦の中に攻め込めば足助の弓も本性坊の岩も役に立たぬ。今宵《こよい》の戦いの帰趨《きすう》は、一にかかってお主らの働きにある。先陣仕って、武門の誉れとせよ」

挺進隊長の陶山は一同に申し含めた。いずれも選りすぐりの一騎当千の強者《つわもの》が功名心で目をぎらぎらさせている。

数万の大軍が連日攻めかけてもびくともしない笠置を、このわずかな手勢をもって先駆けするのである。彼らが手にしているものは刀槍や弓ではなく、鉈《なた》や鎌であった。鉈で進路を阻む灌木《かんぼく》の枝を切り落とし、鎌で藪を切り払う。全員が藪でみみず腫《ば》れだらけである。遅々たる歩みであるが、着実に進んでいる。

宵の口から降り始めた雨は、夜が更けるにつれて次第に雨脚が激しくなった。風もつのり荒れ模様となった。夜襲には絶好の気象条件である。だが風雨は体温を容赦なく奪っていく。一行は濡《ぬ》れそぼちながら蟻の歩みをつづけた。

九月二十七日夕刻、陶山の手勢は笠置山の本営に迫っていた。籠城兵の気配が間近に聞こえる。

「ここで夜半まで待つのだ」

陶山は一行に命じた。敵のすぐ後ろに迫っているので、火を焚《た》いて暖をとることもできない。旧暦九月二十七日は新暦の十一月初旬に当たる。風雨が情け容赦もなく身体を叩く。寄せ合った体の間に雨がしみ込む。震えながら携帯して来た焼き米をかじる。寒さによる震えに武者震いが加わっている。

「小見山隊は北面の崖をうまく登り切れたであろうか」

寄せ手を頑として阻みつづけている木津川をめぐらした断崖絶壁を小見山次郎率いる別働隊が今夜半までに登り切れなければ、陶山隊は敵中に置き去りにされる。

風雨の底に凝《じ》っと身体をすくめていると、武者震いが不安から怖じ気に変わってくる。

「小見山隊は岩登りに長《た》けた者ばかりを選りすぐっておるそうじゃ。必ず崖を登り切るであろう」

不安を打ち消すようにだれかが言った。

「登れるものなら、とうにだれかが登っておるであろう」

北面から何度か攻めかけたが、その都度上から岩を投げ落とされ、いたずらに死傷者を積み重ねただけであった。

「これまでは大勢して白昼攻めかけていたからじゃ。まさか深夜小人数で這い上って来るとはおもうまい」

関東の戦法は、奇襲や夜襲を卑怯《ひきょう》として敬遠する傾向がある。鎌倉武士にとって戦さは自分の名を挙げる機会であり、勝敗よりも戦場における名誉の方が重要であった。

数万の大軍が笠置の小城一つを攻めあぐんでいたのも、正々堂々たる正攻法にこだわっていたからである。足利高氏の示唆によって、ようやく正攻法では攻略できないと悟り、渋々ながら奇襲戦法に切り換えたのである。

夜が更け、寒気が一際厳しくなった。笠置砦の気配も寝静まったようである。彼我共に夜は休戦である。陶山は頃合よしと測って出発を命じた。

「よいか。抜かるなよ。敵の本営は目の前だ。目星をつけた後は火を放ちながら、敵だ、裏切りだと叫びまわれ」

陶山は最後の注意をあたえた。藪の下に切り破ったトンネルを抜けて一隊は物《もの》の怪《け》のように砦の中に忍び込んだ。所どころに篝《かがり》が焚かれ哨兵《しょうへい》がいるが、みな居眠りをしている。搦め手は原生林と藪に安心してまったく無防備である。

足音を忍ばせ気配を殺してまず砦の内部を偵察していると、本堂の方角へ向かった所で、

「夜中に胡乱《うろん》な足音、なに者か」

といきなり誰何《すいか》された。挺進隊ははっと固唾を呑んだが、陶山は少しも慌てず、

「今宵は風雨激しく、これに乗じて敵の夜討ちあるやも知れず、見廻《みまわ》り仕っております」

と答えた。

「ならば行け」

哨兵の前を通過した挺進隊はこれ以後堂々と気配を現して、見廻りを装い、

「諸陣の各々方、ご用心候え」

と呼ばわりながら歩いた。城兵は組織的な軍ではなく、各地の豪族や野武士たちが錦旗《きんき》の下に駆け集まって来ただけであるから、陶山らを怪しむ者はいない。挺進隊は帝の御座

所の近くまで迫り、充分に偵察した後、

「よし、行け」

陶山が突撃命令《ゴーサイン》を下した。挺進隊は携えて来た松明《たいまつ》に一斉に火を点ずると、人影の少ない仮屋や無人の坊舎に向けて八方に散った。火をかけると同時に鬨《とき》の声が上がる。

「敵だ」

「寝返ったぞ」

という怒声が湧いた。火の手は急ごしらえの砦を燃料としてたちまち版図を拡げて行く。火に焙《あぶ》り出されて籠城兵が起きだして来た。そこへ北面の断崖を登り切った小見山次郎率いる別働隊が斬り込んで来た。彼らも少し前に崖の頂上揺ぎ石の直下に達して、火の手の上がるのを凝《じ》っと待っていたのである。

砦はたちまち大混乱に陥った。

「出合え、出合え」

「火を消し止めろ」

「慌てるな。敵は小勢ぞ」

「帝をお護り奉れ」

御座所の近くに寝ていた足助次郎は、攻め込んで来た兵力の少ないのを見抜いて、冷静な命令を下したが、パニック状態に陥った味方を建て直すことができない。火は火を呼び、風を巻き起こした。敵勢よりも火に焙《あぶ》り立てられている。

「まず帝を安全な場所にお移しまいらせよ」

懸崖《けんがい》の上にへばりつくように立てられた本堂を中心に堂塔および四十九の子院に炎の触手が伸び、その先端が花崗岩《かこうがん》に彫られた磨崖仏《まがいぶつ》をなめている。仁王堂やにわかごしらえの櫓《やぐら》や仮居は最も効率よい燃料となっている。

寝ぼけ眼を炎に焙り立てられて慌てて飛び出して来た城兵を、陶山と小見山に率いられた挺進隊が草でも刈り取るように狩り立てた。城兵は戦うどころか火の手から逃れるのに精いっぱいである。笠置の山上は狭く、水利が悪いので炎に対してはほとんど無抵抗である。

これまで山頂に積み重なった巨岩の間に立て籠った針鼠のように寄せ手を悩ましていた笠置勢は、いま針衣を剝《は》ぎ取られ、裸の体を熱せられた釜《かま》のような岩の上に放り出されて逃げまどっている。

山上に上がった火の手を見て、これまで攻めあぐんでいた六波羅勢が総攻撃をかけてきた。こうなると一方的な虐殺である。寝込みを襲われ、地の利を失った上に、勇敢な指揮者を次々に討たれて、城兵は戦意を失ってしまった。石川飛驒守《いしかわひだのかみ》、錦織《にしごり》の判官代《ほうがんだい》父子が相次いで討ち死にした。

炎の先端はついに行宮にまで迫った。

「御座所も危険でございます。いざや遷《うつ》らせたまえ」

君側を固めた万里小路《までのこうじ》藤房《ふじふさ》らに勧められて後醍醐も避難を始めた。火の手と共に鎌倉勢が迫っている。すでに満山に寄せ手が詰めかけて、落ち行く先もなさそうである。

「断崖以外に逃げ道はございませぬ」

季房《すえふさ》が言った。皮肉なことに小見山次郎が這い上って来た断崖が、唯一の脱出ルートとなった。寝込みを襲われたために、側近たちも満足な武装をしていない。ほとんどが裸足《はだし》同然である。

着の身着のままの体で逃げ出したが、辛うじて三種の神器だけは持ち出した。これを保持しているかぎり、皇統の正統性を主張できる。

「帝はいずこに」

「帝とて容赦することはない。捕り押さえ奉れ」

後醍醐を探し求める寄せ手の怒号が火の粉と共に追いかけて来る。だが寄せ手も火の手に焙られて、おもうように捜索できない。笠置を落城させた火は、寄せ手の止《とど》めをも阻んでいた。

混乱の中の脱出行で、君側を固めていた帷幄《いあく》の臣が次々にはぐれていった。いつのまにか後醍醐につき従う者は万里小路藤房と季房の二人だけになっていた。

この場面を『太平記』は、

「只藤房季房二人より外は、主上の御手を引進《ひきまいら》する人もなし。忝《かたじけなく》も十善の（完全な）天子、玉体を田夫野人の形に替へさせ給《たまい》て、そことも知らず迷い出させ給ける御有様こそ浅猿《あさまし》けれ」

と簡潔的確に描写している。

深夜の脱出行のこと故、どこをどう歩いているのかまったく見当もつかない。

「赤坂はどの方角か」

いま頼みの綱は、正成の立て籠る赤坂城だけである。だが後醍醐に問われてもただ二人の随行には答えられない。彼らにもまったく土地感覚と方向感覚が失われている。背後に燃え盛る笠置の山から遠ざかる方角へ落ちのびているだけである。

わずかな距離も鳳輦《ほうれん》や輿《こし》に乗って成っていた後醍醐にとって、道なき道の脱出行は、まことに難行苦行であった。数歩行っては休み、

「なにとぞ急がせたまえ」

と藤房、季房に手を引かれてまたよろめきながら歩きつづける。風雨はますます激しく主従三人を打ち叩いた。だがこの風雨のおかげで彼らは笠置から脱出できたのである。ようやく長い夜が白んできたが、これは彼らにとって闇という味方が去って行くことを意味する。

「これ以上動いては敵の目に触れまする。暗くなるまでどこかにお身を潜ませあそばしま

せ」

二人の勧告によって、彼らは野末の墓地に隠れた。草が生い茂り、墓参の人もなさそうな荒れ果てた古墓地である。

「かような場所に至尊をおいたわしや」

二人の扈従《こじゆう》がはらはらと涙を落とした。藤房がどこからか山芋を見つけて来た。

「かようなものしか見当たりませぬが、なにとぞ御身のために召し上がりませ」

泥にまみれた山芋を洗う水もない。藤房が衣の袖《そで》で泥を払い帝にさし出した。後醍醐にとっては生まれて初めて口にする得体の知れないものである。だがそんなものでも空虚な胃だましにはなる。

昼は物陰に隠れ、日暮れと共に歩き始める。ただひたすら赤坂の方角へ向かった。赤坂へ行けば、正成がいる。正成こそ後醍醐の磐石《ばんじやく》の味方である。あの誠忠無比、機略縦横の正成さえ健在であれば、笠置の敗北は充分盛り返せる。後醍醐はともすれば落ち込んでいく心を、正成を想うことによって引き立てた。

後醍醐が必死に赤坂へ向かって脱出行をつづけている間、笠置山は幕府軍によって蹂躙《じゆうりん》され、主だった武将はほとんど討ち死にした。総大将足助次郎重範も勇戦奮闘したがついに捕えられ、後醍醐帷幄《いあく》の臣も悉《ことごと》く捕虜になった。

捕虜の中には尊良親王、宗良《むねなが》親王、峯春雅《みねのしゆんが》、二条左衛門督為明《にじようさえもんのかみためあきら》、花山院師賢《かざんいんもろかた》、源具行《ともゆき》、

洞院別当実世《とういんのべっとうさねよ》、平成輔《なりすけ》、千種忠顕《ちぐさただあき》などがいた。帷幄の臣六十一名、これらの従者郎党を含めると、数うるにいとまがない。

「帝はおわさぬか」

「帝はいずこにあらせられるか」

幕府勢は捕虜一人一人の面体を厳しく改め、後醍醐の行方を血眼になって探しまわった。彼らが最も恐れたのは、後醍醐が脱出して、赤坂に挙兵した楠木勢と合流することである。楠木の端倪《たんげい》すべからざるは、鎌倉にも聞こえている。敏達《びだつ》天皇の末裔《まつえい》として橘 諸兄《たちばなのもろえ》より六百年、南河内《みなみかわち》にたくわえた兵力は侮り難い。帝を擁した楠木正成に相呼応して全国の尊皇有志が次々旗揚げすれば、手がつけられなくなる。

「死骸《しがい》を検《あらた》めよ。兵火に焼かれ逃げ道を失われたか、ご自害あそばされたやもしれぬ」

総大将大仏貞直は督励した。討ち死にした笠置方の武士や、火に取り巻かれて逃げ遅れた公卿《くげ》や諸官の死骸が一人一人入念に調べられた。だが鎌倉方に帝の顔を知っている者はいない。捕虜の重臣を引き立てて来て立ち会わせた。

笠置山の絶望的な抵抗と、そのあとにつづく死者の首実検などのおかげで、後醍醐一行は距離を稼げた。草に伏し野に隠れ、夜の底を伝うような脱出行の間に後醍醐は、
さして行く笠置の山を出《いで》しより

あめが下には隠家《かくれが》もなし

とその感慨を歌に託した。藤房が、

いかにせん憑《たの》む陰とて立よれば
猶《なお》袖ぬらす松の下露

と返歌した。敗残の逃避行の間にも、なおこれだけの余裕があったのである。むしろ歌を詠《よ》むことによって、絶望をまぎらしていたのかもしれない。
後醍醐はまだ望みを捨てていなかった。八方をひたひたと鎌倉の追手に囲まれている気配であったが、赤坂の方角だけには希望の曙光《しょこう》があった。

太平記（二）につづく

本書は二〇〇二年十二月に小社よりカドカワ・エンタテインメントとして刊行された『太平記(上)』を二分冊にしたものです。

太《たい》平《へい》記《き》(一)

森《もり》村《むら》誠《せい》一《いち》

平成16年 12月25日　初版発行
令和7年 3月10日　9版発行

発行者●山下直久

発行●株式会社KADOKAWA
〒102-8177　東京都千代田区富士見2-13-3
電話　0570-002-301(ナビダイヤル)

角川文庫 13613

印刷所●株式会社KADOKAWA
製本所●株式会社KADOKAWA

表紙画●和田三造

●お問い合わせ
https://www.kadokawa.co.jp/（「お問い合わせ」へお進みください）
※内容によっては、お答えできない場合があります。
※サポートは日本国内のみとさせていただきます。
※Japanese text only

ISBN978-4-04-175365-1　C0193

角川文庫発刊に際して

角川源義

第二次世界大戦の敗北は、軍事力の敗北であった以上に、私たちの若い文化力の敗退であった。私たちの文化が戦争に対して如何に無力であり、単なるあだ花に過ぎなかったかを、私たちは身を以て体験し痛感した。西洋近代文化の摂取にとって、明治以後八十年の歳月は決して短かすぎたとは言えない。にもかかわらず、近代文化の伝統を確立し、自由な批判と柔軟な良識に富む文化層として自らを形成することに私たちは失敗して来た。そしてこれは、各層への文化の普及滲透を任務とする出版人の責任でもあった。

一九四五年以来、私たちは再び振出しに戻り、第一歩から踏み出すことを余儀なくされた。これは大きな不幸ではあるが、反面、これまでの混沌・未熟・歪曲の中にあった我が国の文化に秩序と確たる基礎を齎らすためには絶好の機会でもある。角川書店は、このような祖国の文化的危機にあたり、微力をも顧みず再建の礎石たるべき抱負と決意とをもって出発したが、ここに創立以来の念願を果すべく角川文庫を発刊する。これまで刊行されたあらゆる全集叢書文庫類の長所と短所とを検討し、古今東西の不朽の典籍を、良心的編集のもとに、廉価に、そして書架にふさわしい美本として、多くのひとびとに提供しようとする。しかし私たちは徒らに百科全書的な知識のジレッタントを作ることを目的とせず、あくまで祖国の文化に秩序と再建への道を示し、この文庫を角川書店の栄ある事業として、今後永久に継続発展せしめ、学芸と教養との殿堂として大成せんことを期したい。多くの読書子の愛情ある忠言と支持とによって、この希望と抱負とを完遂せしめられんことを願う。

一九四九年五月三日